朔が満ちる

窪　美澄

朝日文庫

本書は、二〇二一年七月小社より単行本として
刊行されたものです。

目次

朔が満ちる

第一章　三日月／幾度となくくり返される悪夢

1

また同じ夢を見た。

僕は中学一年生だ。

僕の名前は横沢史也《よこざわふみや》。あの山村では珍しかったロッジ風の木造建築の二階建ての家に両親と妹と住んでいる。吹き抜けの玄関には天窓があり、そこに嵌《は》められたステンドグラスが階下に七色の光を放っている。僕は靴を脱いで部屋にあがる。リビングのほうから母のうめき声がする。「見えないよ！　目が見えないよ！」という妹の声。聞き慣れた父の怒鳴り声。

リビングのドアは開け放たれている。母は父に蹴られた腹部をかばって海老のように体を丸めている。そのまわりには父によって割られた皿の欠片《かけら》。その上に載っていたはずの料理はまるでもう生ゴミのようにカーペットを汚している。靴下ごし、皿の尖った欠片が僕の足の裏を刺す。妹の泣き叫ぶ声。父から発せられるアルコールの饐《す》えたにおい。父が僕の右手をひねり上げる。いつか父に折られた右手の中指に鈍い痛みが走る。叫び声が自分の口から出ていることに、しばらく経って僕は気づく。

酒を飲んでは暴れ、家族に暴力をふるう父に対して僕には明確な殺意がある。十三歳で刑罰に問われないことは知ってはいるが、僕が父を殺せば、もう母とも妹とも暮らすことはできないだろう。それがわかっていても僕は父を殺そうとしている。自分のなかに黒い炎を噴き出す龍が住んでいる。いつそれが自分のなかから生まれたのかはっきりとはわからない。龍は僕に命令した。今だ、と。

僕は力の限り、父に摑《つか》まれた右手を振り払い、父の腹を足で蹴った。アルコールでおぼつかない足取りの父は簡単に床に倒れてしまう。そのあっけなさに、ふと一瞬、我に返るが、龍が叫ぶ。今だ。殺せ、殺せ、と。

僕は玄関から靴も履かず飛び出して、庭に走る。

薪置き場に置かれたままの斧を手にする。庭から家の中を見た。カーテンごしに見えるシルエット。父は再び暴れ、母は逃げ惑っている。妹の姿は見えないが、泣き叫ぶ声だけは聞こえる。僕は斧を握りしめ、再び家の中に進む。父は母の腹をさっきと同じように蹴っている。幼い僕が顔を埋《うず》めたそのやわらかい腹部を。父は僕に背を向けている。今だ。また龍の声がする。殺せ。殺せ。

僕の振り上げた斧が父の後頭部にめり込む。

ついにやってしまった、という後悔ではなく、仕留めた、という思いが湧き起こる。力をふりしぼり、父の後頭部から斧を抜くと、ぱっくりと割れた後頭部から赤黒い血が噴き出す。血が僕の顔を、制服の白いシャツを濡らす。母が泣き叫んでいる。妹は「見えない！　見えない！」と叫んでいる。妹はいつからか父親が暴力をふるう時間にだけ目が見えない症状があらわれるようになった。そうだ。こんな場面を妹は見てはいけない。父は一度ゆっくりと振りかえり、僕の顔を見ると、なぜだか笑った。その顔に僕はもう一度、斧を振り上げた。眉間に刃が刺さる。骨が割れる音がした。僕の息は荒い。母が父のそばに駆け寄る。父の体を抱き上げようとする。母の白いブラウスが、汚れた父の血で染まる。この期に及んでなぜ、まだ父の体を気遣うのか。怒りが僕のなかで渦巻く。僕の手から斧が滑り落ちる。しゅー、しゅー、というダース・ベイダーのような父の呼吸音。

まだ生きている！　僕はもう一度、斧を手に取り、父の頭に振り下ろす。何度も。何度も。何度も。

自分の叫び声で目を醒《さ》ました。

携帯のアラームが鳴っている。午前四時。もう起きなければならない。全身に汗を掻《か》いている。口の中がやたらにねばつく。この夢を見たときはいつもそうだ。

浴室のシャワーの蛇口をひねる。古いアパートだから、水温が上がるまでには少し時間がかかる。その間に僕は歯を磨き、緑色の洗口液で何回もうがいをした。裸になり、シャワーの湯を頭から浴びる。今、見た夢を洗い流してくれ、と願うように。

二十八にもなって僕はまだ、十五年近くも前の夢を見る。

正当に罰せられなかったという罪の意識か。

正確に言えば、僕は父を殺そうとしたが、殺してはいない。

母は救急隊員にこう言った。

「お酒を飲んで階段から足を滑らせて」

その嘘が事実になった。

十三年間、あの家に暮らした。たったの十三年だけだった。父には十三のときから会っていない。あの事件のあと、僕は母の姉、弘前《ひろさき》に一人で住む伯母の家で暮らし、大学進学と同時に東京にやってきた。この伯母と、やはり大学進学で東京にやってきた三歳下の妹、千尋《ちひろ》だけが、僕にとって家族と呼べる人間になった。

千尋は僕のアパートの隣町に住んでいる。

タオルで髪と体を拭き、下着を身につけ、黒いタートルネックを着て、黒いデニムを穿《は》く。黒い服を着るのは新築の家を汚さないためだ。吉田《よしだ》さんのアシスタントになったばかりの頃、何も考えずにおろしたてのデニムを穿いて現場に行き、真っ白な壁に青いシミをつけて、こっぴどく叱られた。それ以来、仕事でもプライベートでも黒しか着なくなった。洋服はすべて黒、と決めてしまえば、洋服を選ぶことにも迷わなくなった。

黒いダウンジャケットを羽織り、家を出た。カメラバッグを背負い、機材をまとめて載せたカートを引いて、時間貸し駐車場に停めてあった車の鍵を開け、機材を積み込む。アパートと駐車場を幾度か往復して、それをくり返した。車は事務所のもので、環八沿いで吉田さんと建築事務所の境《さかい》さんを拾うことになっている。

車を発進させ、ＦＭラジオをつける。吉田さんを乗せるときは、いつもこの局をつけておかないと叱られる。曲が流れてくる。誰の曲かはわからないが、

「Home sweet home…」という部分だけは聞き取れた。

そんなものがあるもんか、と思いながら、僕はスピードを上げる。そう思っているのに、今日撮影する予定の住宅はまさに、そのスイートホームなのだった。

自分の育った家庭には目を背《そむ》けるほどの嫌悪感があるのに、家族の容《い》れものとしての家には興味があるのだ。だから、大学も建築学科に進んだ。そうは言っても入学と同時に入った写真サークルで、写真、というもののおもしろさに目覚めてしまい、家や建物を造るよりも（そもそもその類いの才能がなかった）、撮影するほうが自分には合っていると自覚したのは、同級生の皆がリクルートスーツに身を包み始めた頃だった。

建築雑誌を見て、この写真が好きだ、というカメラマンをピックアップし、ネットで

事務所の住所を見て片っ端から、「建築専門のカメラマンになりたいんです」とポートフォリオを片手に半ば押し売りのように出かけるようになり、そのほとんどから断られ、三年ほどバイトで食い繋《つな》いだ。最後に拾ってくれたのが吉田さんの事務所だった。今でもなぜ、吉田さんが僕を採用してくれたのかはわからない。それでも、僕は建築専門のカメラマンとしての一歩を踏み出すことができた。最初の三年は下働き。撮影機材の準備、撮影する建物や家の養生や掃除や片付け、撮影場所までの運転などに日々の時間は割かれた。撮影を任せられるようになったのは、今年に入ってからで、撮影の一部だけをやっと撮らせてもらえるようになった。

朝日が雲間から顔を出す。まず荻窪《おぎくぼ》で吉田さんを、さらに高井戸《たかいど》で、今日撮影する家の設計を担当した建築事務所の若い男性、境さんをピックアップした。吉田さんが助手席に、境さんは後部座席に座った。境さんがコンビニで買ったコーヒーを僕と吉田さんに渡してくれる。

「住んでどれくらいでしたっけ？」吉田さんが境さんに尋ねる。

「二カ月ですね」

「じゃあ、まず浴室とキッチンとトイレ掃除な」吉田さんが僕に言う。

「了解です」僕が答える。

新築の家といってもまず汚れてくるのは、水回りの部分だ。

僕が吉田さんの事務所に入ってまず覚えさせられたのも、「激落ちくん」を使っての、水回り部分の掃除だった。浴室の鏡が曇っているくらいならまだいいほうで、真っ白な壁の隅に黒いカビが早くも顔を出しているときは、ため息が出た。

今までいちばん困ったのは、リビングに置かれた大きな仏壇だ。信仰の自由はあるにせよ、こんなにおしゃれな家の中央に、金ぴかの仏壇を置こうと思うセンスを疑ってしまう。そのときには、お施主さんに頭を下げ続け、なんとか、仏壇を動かすことで事なきを得たのだが……。

「だけど、若い夫婦で、久留里《くるり》さんに設計頼むって、金持ってる奴は持ってんだなあ」

吉田さんがコーヒーを啜《すす》りながら、独り言のようにつぶやく。久留里さんとは境さんの事務所の代表で吉田さんがカメラマンとして専属契約を結んでいる著名な建築家だ。次にプリツカー賞をとるのは久留里さんだ、と業界でも評判の人だった。

「その分、こだわりもすごかったですよ。毎日、修正修正、毎日、徹夜徹夜」

眠そうな声で境さんがため息交じりに言う。

「今日も徹夜かい？」吉田さんが振りかえって言う。

「まあ、そうですね。今週、家には帰っていないので」

「じゃあ、到着するまで眠るといいよ。現場についたら寝てる暇もないんだから」

「えっ、いいんですか？」

「境さんの目の下のクマ、ひどいことになってるよ。それに髭。途中でコンビニに行くから髭剃ってよ。お施主さんにその顔で会えないだろう」

写真を請け負っているのはこちらで、境さんは発注主の側なのだが、吉田さんと久留里さんとの縁はもう二十年近いので、吉田さんは境さんにもこんな軽口を叩く。そのたびにひやひやさせられるが、それがいつもの吉田さんでもあった。

車のハンドルを握りながら、僕は左手首を右手で摩《さす》る。先週あった撮影。やはり久留里さんが手がけた新築住宅で、階段の上から玄関を撮影しようとしていた。吉田さんにカメラのレンズを渡そうとしたとき、なぜだかレンズが手から滑り落ち、僕はそれを無事にキャッチしたものの、階段を下まで滑り落ちたのだった。まず気にしたのは、レンズが無事だったかどうかで、その次に気になったのは、家を汚したり、壊したりしていないか、ということだった。そのどちらも大丈夫、とわかった瞬間に、背中と後頭部と左手首に強い痛みを感じた。

「大丈夫か?」そう言いながら、吉田さんが階段を駆け下りてくる。撮影を遠目に見ていた施主の奥さんも大きな物音に気づいて僕に近づいてきた。

「すみません。本当に大丈夫ですから。大事な階段も傷ついていないみたいですし」

「救急車呼びましょうか?」若干青ざめた奥さんが小さな声で言ったが、

「いえいえ。それには及びません」と頭を下げ続け、撮影を続行したのだった。背中と後頭部の痛みは、一週間もすれば気にならなくなったが、左手首を変なふうにひねったのか、鈍い痛みが続いている。吉田さんが僕に向かって言う。

「おまえ、まだ、そこ、痛むんじゃねえの」

「いや、日常生活には支障はないんですよ。ふとした瞬間にギクッとなるだけで」

「筋を痛めたのかもしれないなあ。今日、早く上がれるから夕方にでも整形外科でもなんでも行ってこいよ」

「はい」

「カメラマンはまず目、それから手、体が動かなくなったら失職！」

自分に言い聞かせるように言うと吉田さんは前を向き、手にしていたコーヒーをぐびりと飲んだ。首都高から東京外環自動車道、関越自動車道を走り、高崎インターチェンジで降り、田園地帯を抜けた場所に、今日、撮影をする予定の住居が見えてきた。到着したときには午前七時をまわっていた。久留里さんの造った先鋭的な住宅は、明らかにまわりに建っている住居からは浮いている。僕の胸のなかでちくり、と弾けるものがある。そうだ、僕の家も、あの村ではいかにも浮いていた。

車を停めると、玄関から施主の関口《せきぐち》さんが出てきた。平日なのに夫婦揃っている。それは珍しいことではない。新居が建築雑誌に載る。それは僕が思っている以上に名誉で光栄なことなのだ。

「遠いところをすみません」赤んぼうを抱いた若い母親が何度も頭を下げる。

「いいえいえ、こちらこそ朝早くから申し訳ないです。いいところですねえ。静かで自然が豊かで」

と吉田さんが、いかにもよそゆきの笑顔を作る。

「じゃあ、早速なんですが、家の中を見せていただいてもいいですか？」

境さんがそう言うと、

「ええ、もちろん。どうぞ」と父親が胸を張るようにして言った。

境さんが手にした平面図には今日、撮影すべき場所と方向が矢印で示されている。それを元に吉田さんが撮影をしていく。冬の日は特に日が翳《かげ》るのが早い。時間との勝負だ。吉田さんと境さんと僕は、差し出されたスリッパに足をつっこみ、家の各所のチェックにまわった。僕は何より先に浴室にまわった。鏡も壁もまったくと言っていいほど汚れてはいない。

そのとき、「ああっ！」という声が聞こえたが、それが誰の声なのか、判断がつかなかった。僕はリビングに向かう。漆喰《しっくい》の壁の前に、男三人が立ちつくしている。僕は彼らの背中ごしに壁を見た。ソファの上、クリーム色の漆喰の壁の上に、真っ赤なクレヨンで長い線が何本も描かれている。

「さっきまではなかったのに！　拓也《たくや》！」と父親が声を荒らげた。

父親が掃きだし窓に向かう。拓也、と呼ばれた三歳くらいの男の子はフリースの上着を着て、庭を駆け回っていた。

「拓也！　おまえ！」父親が再び声を荒らげる。僕のなかで小さな実が弾ける。サンダルを履いた父親は拓也と呼ばれるその子どもの首元を摑み、小さな体をまるでつり上げるかのように持ち上げる。

「おまえ、なんてことをしてくれたんだ！」父親が子どものお尻を叩こうとする。気がつけば僕は庭に飛び出していた。靴も履かずに。あの日の夜と同じように。

僕は思わず子どもを父親から引き離していた。拓也と呼ばれたその子を庭に下ろす。彼の体がひどく緊張していることが、手から伝わる。

「お父さん、あの汚れは専用の泡スプレーで綺麗になるんです。だから」

父親が僕を睨《にら》んだ。何度も見たことのある視線だ。僕の父親が僕を睨んだ目。

「余計なことをしてすみません……」頭を下げた。

「もう、この子はどうしようもないんです。きかなくてきかなくて」

赤んぼうを抱いた母親が割って入る。男の子は庭にしゃがみ、まだ十分に生えそろってはいない芝生を白い指でちぎっている。父親にも母親にも、母親の胸に抱かれた赤んぼうにも目をやらない。

「壁の汚れは僕がすぐに消しますから」

頭をもう一度下げて、汚れてしまった靴下を脱ぎ、家の中に入った。吉田さんと境さんが僕に目で合図する。ほかの部屋も見てまわった。今日の撮影のために念入りに掃除をしたのだろう。幼い子どもがいるのに、おもちゃが転がってもいないし、紙おむつが散乱している様子もない。まるで生活感がなかった。

「じゃあ、僕、壁の汚れ、やっちゃいます」

吉田さんと境さんがほかの部屋の撮影のセッティングにまわっている間、僕はまずソファの上にブルーシートをかぶせ、ゴム手袋を用意して、壁のクレヨンの赤いラインに泡スプレーを吹きかけた。

綺麗になるんです、とは言ったものの、クリーム色の壁のその落書きの部分だけ、目を凝らせば白さが目立ってしまう。撮影した写真は、レタッチをすればどうとでもなるから、大きな問題ではないが、あの男の子の様子からして、また、何かをしでかす可能性はゼロではないな、と思いながら、僕は壁に残った泡を丁寧に拭きあげた。

「そんなふうに綺麗になるんですね」

いつの間にか、そばに立っていた母親が声をあげた。

「主人がその壁の色にこだわって……子どもがいるんだから、汚れるって言ってもきかなくて……」

「泡スプレーしたあとに、粗めのサンドペーパーで削ってしまう、という方法もあります。だけど……」

母親が僕の顔を見る。

「今日は撮影ですから綺麗にしますけれど、子どもの落書きもいいものですよ。家の歴史というか……」

何を出過ぎたことを語っているのだろう、と思いながらも、言葉が口をついて出る。どういうわけだか、来たときから感じていたこの家の緊張感に、この母親も囚われているような気がしてしまったからだ。母親が、抱っこしている赤んぼうの首筋に顔を埋める。頼む、泣かないでくれ、と心のなかで僕は叫んでいた。

住居の撮影をしていると、どうしようもなくこういうことに敏感になる。家族の誰がこの家の主導権を握っているのか、誰が主導権を握って、この家を造ったのか。たった数時間、撮影で滞在しているだけなのに、そういうことが透けて見えてしまう。

ふと庭に目をやると、さっきの子どもがまだ、庭の隅にしゃがんでいる。まだ、一度も笑ったところは見ていないな、と思いながら、僕は、

「なるべく早く撮影は終わらせますので」と母親に告げ、吉田さんと境さんのいる場所に足を向けた。

昼食休憩を挟んで午後二時にはすべての撮影が終わった。全部で百五十以上のカットを撮影したと思う。吉田さんの撮影ペースは速い。僕は浴室とトイレを撮影した。自分の決めた構図を吉田さんにチェックしてもらいながら、シャッターを押し続けた。

最後には必ず、施主さんに家の前に立ってもらい、サービスカットを撮る。父親は胸を張り、寄り添う母親は赤んぼうを抱いて、泣き笑いのような表情だ。母親の後ろから顔だけ出している子どもは、右手の親指を口に入れたまま、やっぱり最後まで笑顔を見せることはなかった。

「あの関口さんて、なんか……」

帰りの車の中で、境さんが口を開いた。

「ん？」吉田さんが後部座席を振りかえる。

「なんというか……」

境さんにとっては施主様だ、それ以上のことは口にできなかったのだろう。代わりに僕が口を開いた。

「あの父親、僕はなんか苦手ですね」

「おまえ、また、それかよ。カメラマンは家の写真だけ撮ってりゃいいの。人様の家のことに口出しするんじゃないよ」吉田さんの言葉に境さんが口を開く。

「いやあ、完成するまで、あの人、ほんっとうに大変だったんすよ」

「そりゃ、久留里先生に頼む一生の買物だろ。こだわりのある人が先生に頼むんだろうから、施主さんの希望をのむのが境君の仕事じゃないの?」

「いや、それはそうで、僕もわかってるんですけど。あの家、全部、あの人のこだわりなんですよ。奥さんの意見は一切無視。普通、キッチンとか、水回りは奥さんの意見が強いじゃないですか。そういうところも全部、俺は俺は、って」

撮影が無事に終わった解放感があるのか、境さんが言葉を続ける。

「子ども、あの男の子、ぜんっぜん笑ってなかったですね」

境さんの言葉に同意しながら、DVという言葉が頭に浮かんだが、口には出さなかった。子どもを叱ったときの、父親の表情。首元を摑んだ父親の、摑まれた子どもの体の、あの慣れた様子。あの子どもも僕のような、年上の男性が苦手な大人になってしまうのではないか、ふと思った。

父に薪割り斧を向けたとき、僕にははっきりとした殺意があったのだ。斧の刃が父親に向いていたら、僕は確実に父親を殺していただろう。殺人を犯そうと思った人間である、ということが、あの事件以後の僕をひどく内向的な人間にしてしまった。

弘前の中学や高校でも親しい友人はできなかったし、大学時代もそうだった。「あいつは一人が好きな人間だ」そう思われてしまえば、僕にかかわろうとして寄ってくる人間などいない。大学のゼミで作品のプレゼンをする以外には、ほとんど口も開いたことはなかったのではないか。それでも話さなければ、と思ったのは、建築専門のカメラマンのアシスタントになろうと思ったときで、随分長い間、言葉で自分をアピールすることなどしていなかった僕は、面接で相当難儀した。

「横沢君さ、その無口さで、どうやって仕事していくつもりよ」

吉田さんに面接で最初に会ったとき、頭から怒鳴られた。

「写真は悪くない。水準以上。だけどね。住宅専門のカメラマンはアーティストじゃないのよ。商業写真。商売しないと仕事も来ないの。商売、つまり売り込みに行くときには、もっと自分のことを話さないと」

それでも、どういう理由があったのか知らないが、僕のことを拾ってくれた吉田さんには感謝の気持ちしかない。

「おまえ見てると、なんか昔の自分思い出すのよ。いや、おまえみたいに暗く、内向きになってたんじゃないよ俺は。世の中に突っ張って。俺の写真がわかってたまるか。って、上から目線でポートフォリオを投げ出したこともあったな」

いつか酒の席で吉田さんにそう言われたこともある。

正直に言えば、僕はゼミの先生であれ、面接で会う社長であれ、大人の男性と話すことがひどく苦手だった。子どもの頃から父親の言動を常に気にしつつ、この人はいつか爆発するのではないか、と思って暮らしていたから、子どもらしい本音も言えないまま成長してしまった。学校の男性教師や大学の教授に僕のほうから話をした記憶もない。

年上の男性を前にすると、体が萎縮し、口の中は渇き、頭が混乱する。怖さすら感じることもあった。それでも僕はカメラマンとして生きていきたかった。吉田さんの事務所に入って何度、怒鳴られたかわからない。最初はただ、吉田さんの言うことに「はい」と言うことだけしかできなかった。写真の感想を求められて、適当な言葉を並べる僕に、

「自分の言葉で！」と幾度も言われた。

人間同士の意思の疎通。それも大人の男の人との。それを僕は吉田さんから三年の時間をかけて学ばせてもらった。

境さんを上野毛《かみのげ》の事務所で降ろし、事務所がある中目黒《なかめぐろ》に戻った。吉田さん以下、スタッフは僕を入れて五人。建築雑誌に吉田さんの名前を見ない日はない。車を車庫に入れて、トランクから機材を下ろしていると吉田さんが僕に近づいて言った。

「それ、ほかのスタッフにやらせるから、おまえ、医者行け」

「はい」

「駅前のドラッグストアのそばに整形外科があったはずだから」

「……すみません」

「そういうときは、すみませんじゃなくて、ありがとうございます！」

そう大声を出しながら、吉田さんは車のキーを僕から受け取り、事務所の中に入っていった。


「昔、ここ、ヒビが入ったことがあるね」

老齢の医師はパソコンの画面上に表示された左手のレントゲン写真を指差しながら言った。

「子どもの頃、スケートで転倒して」もちろん嘘だ。

「古い傷だけど、肘のあたりにも同じような形跡があるなあ。随分、派手に転んだね」

「はあ……」

父親にされたことだとは口が裂けても言えないが、悪事を暴かれているような気分になる。

「左手首の骨はなんともない。筋を痛めたんだろうなあ。湿布をして、あんまりひねるような動きをしないこと。仕事は何してるの？」

「あ、カメラマンです」

「へえっ、アイドルのグラビアとか撮るの？」

医師が笑いながら言う。隣に立っている若い看護師が怒ったような顔で医師を睨む。

「ああ、いいえ、僕が撮るのは建物だけです」

「へええっ、建物だけ。それ、撮っておもしろいの？」

何と答えていいかわからず、僕は曖昧な笑みを返した。

「お父さ——院長！」看護師が声をあげた。

「すみません、余計なことを」

この人は院長の娘なのか、と思いながら、僕は彼女に目をやった。前髪は目の上ぎりぎりで一直線にすっぱりと切られた黒髪で、それ以外の髪を後ろでゆるくまとめている。メイクは薄い。けれど、目力のある人だ、と僕は思った。

「じゃあ、あっちで湿布してもらって、それから三日後にもう一度来て」

僕は看護師に案内されるまま、診察室の隣にある処置室のようなところに入った。小さなテーブルのようなものがあり、そこの上に置かれた長方形の台に腕を乗せるように言われる。ひやっとする湿布を左手首に貼られた。彼女の爪にはネイルが塗られておらず、それがなぜだかひどく新鮮な気がした。妹と同じくらいの年齢だろうか、と思いながら、自分の左手首を黙って見つめていた。

「ほんと、すみません。余計なこと言って」

「いえいえ」その答えで合っているだろうかとどぎまぎしながらも僕は答えた。

「でも、カメラマンなんてすごいですね」

なんと答えていいかわからず、僕は黙ってしまった。誰かに自分の職業を聞かれると、必ず言われる言葉だが、未だになんと答えていいかわからない。

「そういう才能があるって、本当にすごい」

これもカメラマンてすごい、から続くいつもの言葉だった。

「看護師さんのほうがすごいです」

「えっ？」

「僕にはこんなに綺麗に湿布を貼ったり、包帯を巻いたりする才能はありませんから」

一瞬、彼女の顔に怒りがにじんだ。馬鹿にしたつもりはない。心からの言葉だったはずなのに。それでも彼女はその怒りを表情の下に隠して包帯を巻く。

「じゃあ、三日後に。必ずいらしてくださいね」

そう言って彼女は笑った。ぎこちない笑顔だった。

明日は撮影の予備日になっていたので、事務所に出て、今日、撮影した写真の整理や、レタッチや事務作業をすればいい。酒が飲みたかった。駅前の適当な店に入り、生のジョッキとつまみをいくつか頼み、腰をすえて飲み始めた。酒を飲む人間にあれほど嫌悪感があったはずなのに。

学生時代に酒を飲んだ記憶はない。吉田さんの事務所に入ってから少しは口にするようになっていたが、一人で大量の酒を飲む、という習慣がついたのは、佳美《よしみ》との結婚話が駄目になった一年前からだった。

佳美は建築雑誌の編集者だった。僕よりも六歳上の女性だった。吉田さんの事務所に入って二年目、心を惹かれた。美しく凛《りん》とした人だった。吉田さんと同様、僕を人間にしてくれた人でもあった。

「頭に思い浮かんだことはなんでも言葉にして伝えて」

佳美はくり返し僕に言った。例えば、佳美が作った食事を僕はただ黙って食べてしまう。そうすると烈火のごとく怒られた。

「おいしいのかまずいのか、どういうふうにおいしいのか言葉にしないと私に伝わらないよ。人間はテレパシーが通じないんだからね！」

語彙《ごい》、というものが極端に少ない僕に、感情の表現を教えてくれたのも佳美だった。佳美の仕事は忙しかった。校了前には、徹夜も多かった。佳美のいない夜は僕は酒を飲んで早々とベッドに入って眠った。それが寂しい、という名のつく感情だということを僕は知らなかった。徹夜明けの人間の、独特のにおいを発しながら、佳美が帰ってきたときには、涙が出るほどうれしかった。佳美が僕の体に覆い被さる。

「今の気持ちは？」佳美が僕に顔を近づけて聞いた。

「今、どんな気持ち？」

「佳美が帰ってきてうれしい。佳美が帰ってこなくてとても寂しかった」

「よろしい！」と言い終わる前に佳美の唇が僕の唇に触れた。

籍を入れよう、夫婦になろう、と言い出したのは佳美で、僕に家庭というものが作れるものか、と大きな疑問ではあったが、佳美となら、それも夢ではないのでは、と思う瞬間がいくつもあった。

静岡にいる佳美の両親にも会った。僕には家族と呼べる人は弘前にいる伯母と、東京にいる妹しかいないのだ、と話した僕の言葉を佳美は疑わなかった。けれど、その結婚は叶わなかった。佳美は「親が納得していない」という言葉で押し切ろうとしたが、執《しっ》拗《よう》にその理由を尋ねる僕に根負けして言った。

「あなたの家のことを調べた。私の父が。青森にいるあなたのご両親のことも。お父様の体のことも」

僕の家のことなど興信所に頼めば、すぐにあらわになる、と証明されたようなものだった。

「お父様が『事故』に遭ったあと、あなたは一月近く引きこもっていたんでしょう。……そんなこともあなたは話してくれないのね。子どもの頃、あなたの家でいったい何があったの……」

「……」

僕には返す言葉もなかった。あの村の人間に聞けば、僕の家の内情など、すぐにわかってしまうはずだ。

「あなたが何を考えているのかわからない。私はあなたが怖い」

それが佳美の最後の言葉だった。興信所がどういう報告を彼女の両親にし、彼女が何を知ったのかはわからないが、家族や家庭にあまりに秘密が多すぎる男と結婚したがる女はいないだろう。佳美は正しい。

寂しい、と感じたときに大量に酒を飲んでしまう、という習慣は、佳美と別れた直後から僕の生活習慣の一部になった。吉田さんや仕事相手の人と飲むときには、ビール一杯程度しか口にしないのに、一人になると前後不覚になるまで飲んでしまう。けれど、翌日には酒は残ることもなく、しらふで仕事に向かうことができる。

父親と同じじゃないか、と僕は自分の血を呪った。けれど、僕は父親以外の誰かに暴力をふるいたくなるような気持ちになったことがない。子どもの頃から、誰かととっくみあいの喧嘩《けんか》をしたこともないし、佳美に手をあげたこともない。酒を飲んでも寂しさが紛れないときには、家の近くにあるキャバクラや風俗に通った。暴力よりはまし、とはいえ、褒められたものではない。自分がそんなことをしていることを、吉田さんや事務所の誰かには絶対に知られたくはなかった。恥の感覚があった。

居酒屋でビールをしこたま飲んだあと、僕はタクシーに乗り、三軒茶屋《さんげんぢゃや》のキャバクラに足を向けた。水希《みずき》に会いたかった。

「あー、ふみくーん」

店のドアを開けると、水希が手を挙げて僕を呼んだ。子猫のように小さな体を僕に擦《こす》りつけてくる。店の中は数組のキャバ嬢と男たちがいるだけで、とても流行《はや》っている店、とはいえない。

座っただけで埃《ほこり》が舞うような年代物のソファに座ると、水希がめざとく、僕の左手にある包帯を見つけた。

「何、ふみ君、リスカ？」

「違う違う。水希じゃないから」

僕は笑って首を振った。そう言う、水希の細い腕には、白いリストカットの痕《あと》があった。

「水希、もうリスカしないもん。過食嘔吐だけだもん」

そう言って右手中指の吐きだこを見せてくる。

「それもだめだろ」


「メンがヘラってる、水希です！」

それが初めてこの店に来た客への、水希の挨拶だった。僕はメンヘラではない、という自覚があるが、なぜだか水希に自分に近いにおいを感じた。それは水希も同じようだった。子ども時代に何かあったな、という同族のにおい。それをお互いに感じていたのだ。店に来れば、水希が勝手に自分の幼少時代を語り、語っているうちに泣き出す、というのが、いつものパターンだった。

「二番目の義理のお父さんにレイプされそうになった」

「お母さんの料理は、いつだって冷食にコンビニ飯。家はいっつもゴミ屋敷。洋服なんてさ部屋の隅に山になってて、あたし、小学校に行く前に、洗濯してあるかどうか、におい嗅いで確かめてたんだよ!?」

そんなふうに、見知らぬ誰かに、自分のトラウマ、とも言うべき体験を軽々と話す水希に僕は痛快さを感じてもいたのだ。薄暗いキャバクラの店内、安っぽい衣装に身を包んで、派手な化粧をし、自分のトラウマを語る水希に僕はいつしか親近感を覚えるようになっていた。

「水希の言うお涙頂戴話、あれ、嘘ですよ全部」

別のキャバ嬢からそう告げられたこともあったが、たとえ、それが嘘でも僕にはどうでもよかった。水希の話で自分は慰撫され、自分のどこかが認められたような気になるのだから。いつ、水希がそうしたのかわからないが、僕の携帯には水希の携帯番号と住所が登録されていた。

「お薬、たくさん飲んじゃって」

呂律《ろれつ》のまわらない言葉で真夜中そんな電話がかかってきたのは一年前のハロウィンの頃だったと思う。翌日の午前中には撮影が控えていたから、時間貸し駐車場に停めた事務所の車で水希の家に向かった。三軒茶屋の駅にほど近い、古いマンションの一室に水希は住んでいた。ドアを開けると、水希はベッドにもたれかかるようにして俯《うつむ》いている。そのまわりにはたくさんの空の薬のシートが散らばっている。

「とにかく病院に行こう」

僕は足元のおぼつかない水希を立ち上がらせて、体を支えながら部屋を出た。出る瞬間に車を汚されたらまずい、と冷静に考えている自分がいて、床に落ちていたコンビニのレジ袋を手にした。水希に「気持ち悪くなったらそれに吐いて」とレジ袋を渡し、後部座席に寝かせ、救急病院に向かった。

「胃洗浄と点滴をします。明日一日、入院してもらって、それで帰れますから」

こういうことはよくあることなのか、あまりに平坦な医師の言葉に内心かすかに腹立ちながら、それでも大事にならずに済んだという安堵《あんど》の気持ちが広がっていた。胃洗浄を終えた水希は処置室で点滴を受けていた。クリーム色のカーテンをそっと開く。化粧を落とさず泣いたせいなのか、目の下がアイラインやらマスカラで黒々としている。それをデニムのポケットでくしゃくしゃになっていたハンカチで拭いてやった。水希の目の端から涙が零《こぼ》れ、僕はそれをまたハンカチで拭った。

「頭、わけわかんなくなって……もう、いいかなって思っちゃってさ」

わかった、わかった、という意味で僕は頷《うなず》いた。もう夜明けに近かった。絶対に寝不足で車を運転するな、と吉田さんには言われていたが、この出来事を話せるわけもない。カフェイン入りのドリンクを飲んでごまかすしかないな、とも思っていた。

「明日……ああ、もう今日か、仕事が終わったら迎えに来るから」

「……ありがと。らけど、自分一人で帰れるから大丈夫」うまくまわらない舌でそう言って目を瞑《つむ》る。

「仕事早く終わるから大丈夫だよ。一人で帰れないだろうこれじゃ」

「それが帰れるんだなあ……」と水希がおどけた声で言った。これが一度目ではないのだろう、と思った。

「……ふみ君に電話して、悪かったよ。電話するつもりはなかったんだよ。たまたま携帯繋がっちゃってさ。あたしのほうがびっくり」

「いや、やっぱ明日来るわ、僕」

「……こんなことまでしてもらってありがたいと思ってるよ。だけど、ふみ君とあたし、あんま」

「あんま？」

「近づきすぎないほうがいいと思うんだよね」

「今さら何言ってんだよ。真夜中に呼び出しておいて」

「優しくされたらさ……」

どこか遠くのほうで子どもの泣き声が響いた。真夜中の救急外来には意外に幼い子どもが多い、ということも今日初めて知ったことだった。

「あたし、ふみ君のこと好きになったら、絶対にこれ以上の迷惑かけるから」

水希にそのとき、恋愛感情のようなものはまったくなかったが、水希の言うこともわかるような気がした。トラウマを持った者同士が近づきすぎてどうなるのか、眠い頭で考えてみても、それはあまりよくない結果になるだろう、という気がした。

「もういいよ。ありがとう。バイバーイ……」

そう言って水希は、瞬く間に眠りの世界に引きずられていった。

一度だけ会った佳美の家族には翳のようなものがまったくなかったな、と車を運転しながら思った。そんな家もこの世の中にはあるのだ。いや、そういう家のほうが多数なのだろう。自分はなんで、あの家に、あの父親の元に生まれてきてしまったのか。今までに頭がすり切れるほど考えた。前世の行いが悪かったから？

いつか、本屋で『赤ちゃんはお父さん、お母さんを選んで生まれてきます』というタイトルの本の表紙を見て、その場に叩きつけたくなったことを覚えている。あんな親だとわかっていたのなら、僕も水希も、この世に生まれてくることを絶対的に拒否したはずだ。虐待で死んでいく子どもたちだってそうだ。虐待されるとわかっていたら、そんな両親を選ぶわけがない。腹立ちまぎれに、それでもその本をめくっていて、「虐待された子どもはこの世に愛を伝えにやってくる」と書かれた一文を目にして、腹の底から怒りがこみ上げた。だったら、おまえがその家に生まれてこいよ、と見たことのない作者を恨んだ。

その日の翌日、それでも僕は病院に行った。水希はもう退院したあとだった。何度携帯にかけても繋がらなかった。一週間後に水希の店に行くと、「ふみくーん」といつもと同じ調子で僕の体にすり寄ってきた。いつもの水希の姿だった。あの日の出来事のことは一切口にしなかった。だからこそ余計に心配ではあった。

「メンヘラの水希でーす！」とほかの客にも挨拶している。

「メンヘラ、それ、やばいっしょ」と若い男が目を丸くしている。

メンヘラという言葉で水希は結界を張っているのだ。そう思った。ヤバい女だ、と客に思わせるために。とはいえ、水希がメンヘラである事実は変わらず、僕は水希の様子を見に、この店に通っているようなものだった。

「ふみ君、今度、水希の写真撮って」

「人物下手なんだよ」水希の作った水のような水割りを口にしながら僕は言った。

「カメラマンなのに？」

「カメラマンだって撮るものの上手、下手はあるよ。人物写真って、視線がこっちを向くだろ。あれが苦手なの」

それは事実だった。正確に言えば、人間を含めた有機物を撮ることが苦手だった。

「水希の遺影を撮ってもらいたかったなあ」

「絶対にやだ」

「なんでよーーー」と笑いながら僕の腕を叩く。

「死んだらだめ」酔った勢いで僕は言った。

「憎い親より絶対に先に死ぬなよ」

水希に言っているようでいて、自分に言い聞かせている言葉でもあった。多分、世の中でいちばんラクに話せる女性は妹で、水希もそうだった。なぜなら、妹も、水希も自分の過去を知っているからだ。しこたま酔った勢いでいつか話したことがあった。佳美にも話せなかったことだ。

「僕、父親、殺しかけたことあるんだよ」これじゃ、「メンがヘラってまーす」という水希と同じだ、と思いながらも、それでも言葉を続けた。

「水希だって、何回もそう思ったことあるよ。父親ってか、義理のお父さんだけど」

「思っただけじゃないよ。実際に僕はやったの殺そうとしたの」

「…………ふみ君、かっけー」

そう言って水希は手を叩いて笑った。水希が笑うたび、自分のなかに充満している真っ黒いガスのようなものが毛穴から抜け出していくような気持ちになった。

「でもさ、本当に殺してはないでしょ。殺してたら、こんなふうに娑婆《しゃば》にはいられないんじゃない」

「十四歳未満なら罪には問われないもの。僕、そうしたの、十三のときだもの」

「ふみ君てやっぱ、頭いいんだな、水希も十三で殺しておけばよかった。……でも殺したい、って言うか、存在の記憶を抹消したいんだよ。お父さんとお母さんの。自分の記憶を消したい。あの二人に育てられたってこと」そう言って、ピスタチオの殻を苦労して割ろうとしている。僕はその殻を右手で割って、水希に渡した。

記憶を消したい。そう。それは確かに水希の言うとおりだった。過去は過去のこと、水に流して、という言葉が心から嫌いだった。過去は今に繋がっているし、今は未来に繋がっている。記憶喪失にでもならない限り、父親と母親の記憶は永遠に僕のなかから消えてはいかない。そのことが、二十八になっても歯がゆかった。

左手首に貼った湿布のにおいが鼻についた。今日、あの病院で湿布を貼り、包帯を巻いてくれた看護師の女性の顔が思い浮かんだ。院長の娘、ということは、子どもの頃からお金に苦労することもなく、まっすぐに愛されて育ったのだろう。大きな苦労もせずに。

いつ頃からか、僕は会う人間を、こっち側の人間か、あっち側の人間か、で判断するようになっていた。水希や妹や僕はこっち側の人間だ。何か、においを感じるのだ。それは佳美のような建築雑誌の編集者や、久留里さんや吉田さんの事務所のスタッフたちからは、におってはこないにおいだった。皆、平穏無事に親に愛され、育てられたのだろう、と思うと、時に彼らに対して名付けようのない憎しみが湧くことがあった。

ただ一人わからないのは、吉田さんだった。吉田さんが自分の育った環境のことを口にしているのを聞いたことがない。昨年、母親が亡くなった、と聞いたが、父親のことは聞いたことがなかった。ふいに、吉田さんからこっち側のにおいを感じることもあったが、上司である吉田さんに、詳細を尋ねることはできない。吉田さんは僕のしたことを知らない。けれど、僕のような素性の人間を雇い入れてくれていること、そのことだけで頭の下がる思いだった。

「親子さんですか？」

と撮影に行った家で尋ねられたことは一回や二回ではない。同じような黒い服を着て、同じ仕事をしているうちに、顔や雰囲気が似てくるものなのだろうか？　けれど、そう言われるたびに、僕のどこかがうれしい、と感じているのも事実だった。

水希と時折、シリアスな話をしながら、それ以外はくだらない馬鹿話をし、ほかのキャバ嬢たちとも楽しく話したあとで、僕は店を後にした。ひどく酔っぱらっていることは自覚していた。家に帰って、トイレに顔をつっこみ、喉の奥を指で刺激して、二、三回吐いたあとに薄めたポカリスエットを飲めば、明日の業務には支障がないだろう、そう判断した。これじゃ、水希のOD《オーバードーズ》と変わらないと思いながら、歩き出す。それでも足がふらつく。吐き気が喉元にせり上がってくる。タクシーはなかなかつかまらず、ガードレールに座って携帯をチェックした。酔いが少し醒めるまで、と思いながら、自分でも予想外にたくさんの酒を飲んでいたようで、目が回った。その場に座りこむ。時間は午前一時に近かった。アスファルトって意外に温かいもんなんだ、と思いながら、足を伸ばす。時折、目の前を通りすぎる通行人が邪魔そうに僕の足を跨《また》いでいく。

「邪魔なんだよ！」女の声がした。赤いハイヒールが目に入る。そのつま先で臑《すね》を蹴られた。ふと顔を上げる。今日、会った看護師が人でも殺しそうな目で僕の顔を見ていた。

2

ぶん、と耳のそばで風を切る音がした。

それが、父が自分を殴ろうとした音だ、と気づくまでに時間がかかった。父から逃げながら僕は壁の時計を見る。午後六時半。僕は父が暴れ始めるこの時間が大嫌いだった。いや、父が帰ってくる午後五時半のほうがもっと嫌いだった。

役場に勤めている父は毎日決まって午後五時半に帰ってくる。だから夕食はいつも決まって午後五時半。

父は帰ってくるときはまともだ。今日もしらふで社会生活をやり遂げた大人の充実感と疲れに満ちた顔をしていた。玄関先で父を迎える母に、今日あったことを尋ね、革製の鞄を僕に持たせる。そして、妹を抱き上げて、ダイニングに向かう。

夕飯にはいつも酒が出た。父は母に作らせた大量のつまみを口にしながら、ビールを飲む。大抵の日は、ビールの大瓶を二本飲む程度で終わった。けれど、週に一日か、二日、ビールに加えて日本酒を口にする日がある。

「おい、日本酒」

それが合図だった。母と僕と妹の体が緊張し始める。最初は杯で飲んでいた父は、いつしか自分でキッチンから一升瓶を抱えて持ってくる。グラスで飲んでいたのに、いつの間にか、一升瓶に口をつけて飲み始める。時折、「みんなして俺ごと馬鹿にしやがって」という意味のある言葉が聞き取れたが、父の口から発せられるそのほとんどが意味のない音の羅列だった。父の行動はまったく予想がつかなかった。手にしていたグラスを壁にいきなり投げつける。テーブルクロスを引っ張り、上に載せられていた料理の皿を床に落とす。僕が物心ついた頃からそうだった。それでも、その頃はまだ父の怒りは物、だけに向けられていた。

父が母を殴るのを初めて見たのは、僕が小学校に入った年だったと思う。父のぶあつい手が母の頬を張った。母の口の端から血が垂れていた。僕は父の前に立ちふさがった。父が僕の体を片手で床に倒す。

「あなた！」と叫んだ母の頬を父はまた張った。

「やめて！　やめて！」

僕は叫びながら、父の体を拳で殴った。そんなもの痛くもかゆくもないと言わんばかりに、父は僕の頬を張ろうとした。風が耳のそばで鳴る。僕は逃げた。ソファで蹲《うずくま》ったままの妹の手を摑んだ。妹が座っていたソファの布の部分に、丸いシミがある。恐怖のあまり、粗相をしてしまったのだろう。それを見て、また、父が言葉にならない叫び声をあげる。母が父の腰にすがりついて、

「あなた！　落ち着いて。あなた！」と声をあげている。その母の体をいとも簡単に父は投げ飛ばしてしまう。母が床に倒れ込む。その母の腹のあたりを父は何度も蹴る。殺

されてしまう、と僕は思った。妹の手を摑んだままその場から逃げた。児童館で見た『かいじゅうたちのいるところ』という絵本の表紙が浮かんだ。かいじゅうたちのいるところ。それは僕の家だ。

僕は妹と共に浴室に逃げ込んだ。ガラス戸の鍵を閉める。

「史也！」と父の声がする。

母さんは生きているだろうか、と思うけれど、今は妹を守ることが優先だ。浴室のガラス戸に父のシルエットが浮かぶ。父がここにいるのなら、母はもう父に暴力をふるわれてはいない。そう安心すると同時に、次は自分だ、という恐怖心で体が縮こまる。

「おにいたーん！」と妹の千尋が泣き始める。父は妹に手を出したことはないが、それがいつ破られるかわからない。最初は母だけだった。そうして僕。千尋がいつ父の餌食になるかわからない。

ガラス戸を父が叩く。もう幾度も壊されている浴室の鍵はすぐに開いてしまう。戸が開くとどす黒い顔をした父が仁王立ちになっていた。いきなり髪の毛を摑まれた。「痛い」と言う隙もなかった。それに、そう言ったところで痛みが和らぐわけでもない。

僕は妹を浴室に残し、ダイニングに逃げた。父が追いかけてくる。母はソファの上で荒い息を吐いていた。ぶん、とまた、耳のそばで風の鳴る音がする。父の足がふらついているせいで、父の体勢はなかなか定まらない。それでも父のぶあつい手が僕の頰を張った。鼻血が噴き出て、無垢の床の上に赤い水玉を作った。

「ごめんなさいごめんなさい」

謝るというのは自分が悪いことをしたからではなかったか。幼稚園でも小学校でもそう習った。母親からだってそう習った。けれど、その意味すら、この家では通じない。

「ごめんなさいごめんなさいもう許してください」

母を、妹を守るため、僕は謝り続ける。それでも父は僕の頬を張り続ける。

明日、また、学校で友人に、先生に、

「どうしたの？　それ」と驚かれる。囃《はや》される。先生には理由を問い詰められる。けれど、自分の家で起こっていることは絶対に外に知られてはならない、と僕は思っていた。

「階段から落ちたんだ」

「庭で転んだの」

すぐにばれるような嘘を僕はもう何回ついてきただろう。自分の家が恥にまみれている、という感覚は小学生の僕にもあったのだ。

父が突然床に膝をついた。仰向けになって大の字になる。ほどなくして大いびきをかき眠り始めた。終わった、と僕は思った。壁の時計を見る。午後七時半。

かいじゅうが暴れる時間は終わった。僕は浴室に走った。千尋は洗い場の隅にしゃがみ震えていた。

「もう大丈夫だよ」と僕は千尋の手を取り、浴室から出る。ダイニングに戻ると、母が口の端と鼻から出た血をエプロンで拭いながら泣いていた。僕と千尋が駆け寄る。

「おかあさーん」と僕は血のにおいのする母を抱きしめて泣く。母は千尋を膝の上に置いて言った。

「弱虫のお母さんでごめんね」そう言って母は泣いた。その横ではもうかいじゅうではなくなった父が腹を上下させて眠っている。

「もう、お風呂に入って寝ようね」母は僕が父に張られた頬を撫でる。

「冷やしておかないと腫れちゃうね」千尋を抱いたまま、母が冷蔵庫から保冷剤を取り出して僕に差し出す。僕はそれを手に取り、母に渡した。左頬が赤黒く変色している。明日には僕と同じように腫れるだろう。けれど、母はそれを誰にも気づかれないように、厚い化粧で隠していたし、家族以外の人と極力顔を合わせようとはしなかった。

汚れたダイニングで眠ってしまった父を一人置いて、僕と母と妹は浴室に向かった。母は洋服を脱ぐことはなく、僕と千尋の体を洗ってくれる。

「おとうさん、かいじゅうなの？」千尋が尋ねると母は泣き笑いのような顔をした。

「お父さんは怪獣じゃないのよ」と言いながら、スポンジで僕の脇を洗った。くすぐったくて笑いたかったが、父に張られた頬の痛みのほうが強かった。母の体はどうなのだろう、とそのときから思っていたが、僕は母の裸身を物心ついてから見たことはなかった。

「よーく百まで数えたら出るのよ」

そう言って母は僕たちを浴槽に浸からせた。遠くのほうから、父のいびきと、母が皿を片付ける音が聞こえてくる。泣き声も聞こえたような気がしたが、僕はそれを聞きたくなくて、両手で耳を押さえた。千尋は何も聞こえないのか、湯船に浮かべたアヒルのおもちゃをお湯の中に沈めては、浮かべる、という遊びをくり返ししていた。

僕は一九九一年、青森の岩木山《いわきさん》が遠くに見える林檎《りんご》畑に囲まれた山村に、横沢家の長男として生まれた。

僕の家はその村にある家々とは外観が大きく異なっていた。深い森の中にあった。遠方から来た人が「ここはペンションですか？」と聞いたのも数えきれない。洋風の、ちょっと変わった家だった。あの村では一言で言えば「浮いていた」。

玄関の天窓にはステンドグラスがあり、リビングの中央には薪ストーブがあった。秋になればもう東京の真冬ほどに温度が下がるので、一年の半分はその薪ストーブが部屋を暖めていた。家の外には一年分の薪を収納する薪置き場があった。その薪を割るのは父の役目だった。父は日曜になると、広い庭の中央で薪を割った。そんな父を二階の自分の部屋から見ることが好きだった。そのときの父は酒を飲んでもおらず、母を殴ることもない、どこにでもいる、一人のよき父親だった。

母は美しく、優しい人だった。父親と同じように口数は少ない人だったが、母に自分は愛されているという実感があった。

父のいない昼間、母はリビングでピアノを弾いていた。僕が学校から帰ってきたのも気がつかないくらい夢中になって弾いていることもあった。母は藝大でピアノを専攻していたのだ、と教えてくれたのは、伯母だったか。とにかく僕がまるで知らないような曲を目にも留まらぬ速さで弾いていた。僕は母がピアノを弾いているのは嫌いではなかったが、演奏にあまりにも集中している母の姿を見ると、なんだか怖いな、と思うこともあった。

千尋が昼寝から醒めると、母は僕と千尋のために童謡を弾いて歌ってくれた。三人で声を合わせて歌った。僕は音痴だったから本当のことを言えば、その時間が嫌いだったが、歌の好きな千尋は顔中を口にして大きな声で歌っていた。それから、母が作ったケーキやクッキーをおやつに食べた。午後三時。その頃には僕は時計が読めるようになっていたから、午後五時半が近づいてくると、おなかのあたりがしくしくと痛んだ。夕食を作る母も緊張しているのがわかった。調理用のボウルを派手に床に落としたりしていた。ピアノを弾く堂々とした母とは違って、おどおどした母を見ることが苦痛だった。

毎晩の夕食は緊張と共に始まった。今日は暴れるかもしれない、と思うと、母の作ってくれた料理もうまく喉を通らない。それでも、お酒を飲まない父は穏やかなものだった。僕の成績を褒め、母の料理を褒め、千尋のことを可愛い、可愛い、と言って膝に抱いた。父がビールの注がれたコップをあおる。

「おい、日本酒」とさえ、父が言わなければ、今日は無事に終わる。一週間、七日のうち、一日か二日。七分の一か七分の二。母と僕と千尋にとって地獄とも呼べる時間がやってくる。僕は緊張しながらハンバーグを呑み下した。その日の父は機嫌がよかった。「今度、川さ釣りに行ぐべ」とも言った。僕は「やったあ！」と子どもらしい反応を返した。わざとらしく。父を機嫌よくしておけば、父は暴れないのではないか、ともその頃は思っていた。けれど、実際のところ、そんなことは関係がなかった。

「おい、日本酒」

僕は母の顔を見る。こめかみに青い静脈が浮いている。ほんのときたま、父は日本酒を杯に二杯ほど飲んでやめることもあるのだ。僕はそちらの確率にかけた。

「ねえねえ、お父さん、山の川で何が釣れるの？　山女魚《やまめ》？　岩魚《いわな》？」

僕は子どもの役で父に尋ねた。千尋はもうすっかり食事をすることに飽きてしまい、ソファでぬいぐるみを手に一人遊びをしていた。

「おめえ、なして村の言葉つがわね？」

父の目が据わっていた。それがはじまりだった。僕は家の中では、母が使う標準語を使っていた。学校では友だちに合わせて村の言葉を使っていた。父がいるときは村の言葉を使っていた。母にそうするようにきつく言われていたからだ。けれど、口が滑った。父の機嫌をとろうとして大きな失敗をした。

父がゆっくりと立ち上がってキッチンに向かう。何かを探しに。それを床下収納から見つけ出し、

「なしてこんなどこさ隠すように置くべがなあ」と怒鳴りながら、一升瓶を手にダイニ

ングに戻ってくる。父は一升瓶の蓋《ふた》を外し、瓶に直接口をつけた。ごくり、ごくり、とまるで水を飲むように酒を飲んでいく。母が千尋のそばに駆け寄った。僕はまだ食卓に座り、箸を持ったままだった。父が近づき、その手を力いっぱいはたく。二本の箸が部屋の隅に飛んでいき、乾いた音を立てた。

「村の言葉つかわね子だば、村の子どもでね」

そう言って頭をはたかれた。何度も。何度も。頭がふらふらし始めた。

「やめて！　あなた！　やめて」

母が父に駆け寄る。その体を父は片手で押した。鈍い音を立てて、母が床に尻餅をついた。

「えーん、えーん」と千尋が泣き出す。僕は千尋の手を摑んでトイレに逃げ隠れようと思った。トイレの鍵は壊れてはいなかったはず。千尋の体を抱えるように僕はトイレに閉じこもった。皿の割れる音、父の足音。母が体のどこかをぶたれる音。

「おにーたん、こわいよおお」

「大丈夫だから！　大丈夫だから」

僕は千尋に言い聞かせているようでいて、自分に言い聞かせていた。僕は千尋の両耳を塞いだ。突然、トイレのドアが叩かれる。僕はドアノブを両手で握って開かないように力を込めた。けれど、トイレの鍵など、酔った父の前ではまるで効力がなかった。ドアが開かれる。赤黒い顔をした父の後ろに右目を腫らした母がいる。千尋は母に駆け寄った。母は千尋を連れて、階段の下に隠れようとする。父の標的は僕だ。

「おめも俺ごと馬鹿にしてるだべ」

「藝大出の母親は尊敬するけんど、高卒の父親は尊敬に値しないっていう意味だべ」

「婿養子の俺ごと、おめも母親と同じように馬鹿にしてるだべ。目見ればわがるて」

そのときは父が言っていることの半分もわからなかった。父の呪詛《じゅそ》の言葉を理解したのは、僕があの村を離れ、伯母の家で暮らし始めるようになってからだ。

父が僕の手を摑み、上にひねり上げる。激痛が走った。

「やめでけ！　やめでけ！　父ちゃ」

標準語で話せばまた叱られる。そう思って村の言葉で赦《ゆる》しを請う。

「俺がいねどきは母ちゃと俺の悪口ば喋《しゃべ》ってるんだべ」

父がいないときに父の話などしたことはなかった。僕と母と妹がそこにいるだけで幸せだったのだから。

ああ、腕が折れる。

そう思った瞬間だった。家のチャイムが鳴った。

玄関のチャイムは幾度か鳴らされ、「横沢さーん」という声がドアの向こうからした。

父が僕の腕を放し、僕に目で合図をする。二階へ行け、という意味だと理解した。僕は階段の下に隠れていた母と千尋と共に、二階に上がり、三人で僕の部屋に閉じこもった。

ドアノブをかちゃかちゃかちゃと回す音がする。

「横沢さーん。駐在のものだけんど」

僕はドアの隙間から玄関の様子を見ていた。そのとき、「助けて！」と叫べばよかったのかもしれなかった。けれど、口が開かない。父はゆっくりと顔の汗をぶあつい手のひらで拭ってからドアを開けた。

「おう、これは駐在さん、こんな夜にどうしたっけ？」

「いんや、さっき、このあたり、熊が出だ、っていう通報があってなあ。あんだのところ、森の中だはんで、なんがあったらと思って」

「なんもなんも、心配には及ばねっす」父は笑顔で言葉を返している。

そのとき、駐在さんがふいに二階に目をやった。僕と目が合うが、すぐに駐在さんは目を逸《そ》らした。

「まあ、あんだがいるなら、奥さんも子どももだちも安心だべな。それよりあんだもう随分いい案配だね」

駐在さんが父の顔を見ながら言った。

「嫁も子どもも早ぐ寝でしまうもんで、一人で酒でも飲まねば時間も潰せねのさ」

「まあ、飲み過ぎには気をつけて。万一、熊でも出て、あんだの足がふらついでだら家族も心配だべな」

熊の噂など本当は嘘なのではないか、と僕は思った。家同士が離れているとはいえ、狭い村のことだ。噂はすぐに駆け回る。その噂を確かめに父の様子を見に来たのではないか。

「どうです。駐在さんも一杯」

父が笑顔でそう言ったが、それは社交辞令なのだと僕にもわかった。

「いやいや、おらはまだ仕事中だもんで。そもそも酒だば飲めねえし。ほがの家の様子も見に行かねば」

駐在さんはそう言って首を伸ばし、父の背後に目をやった。ドアは開いたままだ。父が暴れた残骸がどうか見えていますように。僕は心のなかで願った。

「へばっ……」と言いながらドアが閉じられる。父が鍵を閉めた。ちっ、という大きな舌打ちが聞こえた。椅子かテーブルを父が蹴飛ばす音がする。その音は随分遅くまで聞こえた。僕と母と妹はいつの間にか、僕の部屋で深く眠りこんでいた。

翌朝、父は昨日のことなどまるでなかったかのように、朝食のテーブルに座っている。母が深夜か早朝に片付けたのか、昨日の父が暴れた形跡はきれいさっぱり消し去られていた。

「さぁ……」

父が立ち上がる。床で遊んでいた千尋を抱き上げて、頬をすり寄せる。千尋の体がこわばっているのがわかる。

「父さん、仕事さ行ってくるど」

そう言いながら、千尋を床に下ろすと、母から茶色い鞄を受け取り、玄関に向かう。

母は、

「いってらっしゃい」と言いながら頭を下げる。なぜ、暴力をふるう父に頭など下げるのか。それが不可解だった。それでも僕もつぶやくように言う。

「いってらっしゃい」そう言いながら「もう帰ってこなくていいよ」と心のなかでつぶやいていた。

父の車が出て行く音が遠くなると、母は昨日、僕がぶたれた頬に大きな絆創膏を貼った。洗面所の鏡で見たとき、そこは紫色に変色していた。

「誰かに何かを言われたら」

僕は母の言葉の最後を待たず、先回りをして言った。

「家の階段で転んだ」

母が僕の頭を撫でる。僕は熊除《よ》けの鈴を腰につけて、森の中の道を小学校に向かった。僕の家は村の外れにあったから、小学校までは徒歩で二十分ほどかかる。僕は森の中の道を一人歩いた。秋の森は葉が落ちて、歩くたびに、やわらかな絨毯の上を進んでいるような気持ちになる。母には厳しく禁止されていたが、僕は小川の湧き水を飲み、茱萸《ぐみ》の実を食べながら、学校に向かった。腰の鈴がチリンチリンと音を立てる。熊など怖くはなかった。その頃の僕は、もし、熊に遭ったのなら、熊に食べられてしまってもいい、と思っていた。

父に張られた頬が痛む。僕は手でそこを摩った。森の中にいると、昨日の夜の出来事など、まるで夢のような気がした。夢だったらどんなに良かっただろう。もしかしたら夢だったのかもしれない。そう思おうとするたびに、頬の痛みが現実の世界に僕を連れ戻す。

家の中が地獄だったせいで、小学校での生活など、まるで夢みたいに楽しいことだらけだった。勉強は母が見てくれるおかげで、テストの成績も良かった。

子どもたちの諍《いさか》いなど、僕にとっては耳のそばで小さな虫が鳴いているようなものだった。時折、誰かが僕にちょっかいを出して、喧嘩になりそうになるときもあったが、僕はそんなとき暴力を丁寧によけた。友だちに突き飛ばされても、黙って耐えていた。絶対にやり返さなかった。やり返せば、父と同じことをしていることになる。絶対に暴力をふるうものか。小学二年生の僕は心のなかで誓った。

「史也君、また、ここ転んだの？」

担任の先生が僕の頬を指差す。

「……階段で転んだ」

「また！」そう言ってわざとらしく目を見開く。

「史也君のおうちは大きくて立派だからねえ。あんまりやんちゃしたら駄目だよ」

都会からこの村に赴任したばかりの若い女の先生だった。この人を騙《だま》すことなど簡単だ、と僕は小さな頭で思った。けれど、一人だけ苦手な人がいた。それがあの駐在さんだった。

森を抜けて大きな通りに出て、その角に駐在所はあった。朝、学校に向かうときには、駐在さんが駐在所の前に出て、学校に向かう子どもたちに「おはよう」と声をかけていた。僕はたくさんの子どもたちに交じるように、俯いたまま、駐在所の前を駆け抜けた。大抵の場合、帰りもそうだった。けれど、コンクールに出すという作文を、一人教室に残って書かされた日のことだった。僕は書き終えた作文を担任の先生に提出し、一人で教室を出た。グラウンドでは、高学年の男の子たちがサッカーボールを追いかけている。僕は集団でするスポーツが嫌いだったから、いったい何がおもしろいんだろ、と思いながら校庭を横切り校門を出ようとした。その瞬間、サッカーボールが僕のそばにあった水たまりに大きな音を立てて着水し、泥水がはねた。僕の顔と白いシャツに茶色い大きな染みができた。高学年の男子たちが僕を指差して笑ったが、僕はそれには反応せず、黙ったまま校門を出た。

駐在所が目に入ったが、中には誰もいなかった。僕はかすかにほっとしながら道の角を曲がった。

「おや、史也君、今日は随分と遅ぐねが。……どした、それえ。泥だらけでねが」

駐在さんが僕の顔を見て笑った。摑まってしまった、と僕は思った。駐在さんは僕の答えを求めることもなく、僕の手を引いて、駐在所に戻って行こうとする。逃げて帰ろうか、とも思ったが、もしそんなことをしたら、この優しそうに見える駐在さんも父のように豹変《ひょうへん》するのではないかと思うと怖かった。

駐在所の中に連れられ、僕は体を抱えられて、駐在所の折り畳み式の椅子に座らされた。奥から奥さんだろうか、髪を後ろでひとつにまとめた優しそうな女の人が僕にコップに入ったオレンジジュースとお煎餅を出してくれた。

「遠慮せんと食べへ」

駐在さんにそう言われたが、僕は手を出さなかった。緊張していた。

「史也君は勉強がよくできるらしいねえ。先生も感心してだよ。おりこうさんな子どもだ」そう言って駐在さんが僕の頭に手を伸ばした。僕はいつもの癖でその手をよけるために、体をよじった。駐在さんが僕の目を見る。子どもの頃から知っている人だけれど、こんなふうに一対一で話したことはないのだ。小学校の行き帰り、子供会の集まりで顔を合わせたり、そして、時々、家に来ることもあったが、話しているのは父か母で、僕一人で駐在さんと話したことはない。奥さんがタオルと畳んだシャツのようなものを持ってきてくれた。それを駐在さんは受け取ると、タオルで泥だらけの僕の顔を拭おうとする。ほかほかと温かいタオルの湯気が心地良かった。

「おい、史也君、ここ、どした？」

そう言って駐在さんのぶあつい手が僕の頬に貼られた絆創膏に触れた。担任の先生に言ったのと同じ言葉を僕は返した。そうすればすぐに帰れるはずだ。大人など騙すことはたやすい。けれど、この駐在さんはどうだろう……僕の心のなかに不安が生まれた。

「……階段で転んだ」

「ああ、昨日。昨日、転んだのが？」

うん、と僕は言葉に出さずに頷き、椅子から下りようとした。話は終わった。僕はそんな気持ちでいた。一刻も早く家に帰りたかった。

「そんなに急がなくてもいいべ。一人で帰って熊が出だら危ねえべ。帰りは、おらが自転車さ乗っけていぐがらよ。いや、このシャツも随分泥だらけだな、これさ着替えな」

そう言いながら、駐在さんは僕のシャツを脱がそうとする。やめて、やめて、と言うように僕はまた体をよじった。シャツをめくる駐在さんの手が止まった。

「……なんだおめ、随分と派手に転んだなあ。ここにも、ここにも痣《あざ》があるべ」

駐在さんが背中側のシャツをめくる。

「いだくねえのが？」

ううん、と僕は首を振った。痛くないわけがない。けれど、痛い、と言うわけにはいかなかった。そこから、僕の家の秘密がこの人にばれてしまう、と思った。体をよじる僕の汚れたシャツを駐在さんは素早く脱がし、奥さんが渡してくれたシャツを着せてくれた。

「さ、これでいいべ。さむぐねが？」

そう言ってシャツの上から駐在さんは僕の体のあちらこちら、痣のある場所を手のひらで摩った。

「僕、帰る」

そう言う僕の腕をとって、駐在さんは古ぼけた自転車の荷台に僕を半ば強引に乗せた。

森の中の道はもうすっかり日が翳り、どこからか熊が出てきてもおかしくないような暗さだった。朝、学校に行くときの、僕を包み込むような明るさは影を潜めていた。

「おめの父ちゃは酒ばたくさん飲むが？」

自転車を漕ぎながら、駐在さんが叫ぶように言った。うん、と答えるわけにはいかなかった。僕は答える代わりに駐在さんの腰に回した腕に力をこめた。

「昨日もたぐさん飲んだが？」

僕は黙っていた。駐在さんが運転しながら僕の顔を見た。自転車のハンドルは揺れ、林に突っ込みそうになる。

「おっと、ここでおめさ怪我させたらおめの母ちゃに叱られでしまうな」

そう言って駐在さんは笑った。

「この村の男はみんな酒ばよぐ飲むはんでなあ。おらみたいな下戸《げこ》だば酒のうまさはよぐわがらねえけど」

下戸、という意味はわからなかったが、カエルの鳴き声のようなその言葉がおかしかった。僕は久しぶりに声を出して笑ったような気がした。

森の向こうに家が見えてきた。

やっぱり、この村では自分の家は浮いている。駐在さんは自転車を停めると、家のチャイムを鳴らす前に、胸のポケットから小さな手帳とちびた鉛筆を出した。何かを書き込み、そのページを破り、僕に渡す。いくつかの数字が並んでいる。電話番号のようだった。

「いいが。なにが怖いことがあっだら、すぐにここに電話するんだや。わがったが。父ちゃにも母ちゃにも秘密だや」

そう言って駐在さんはその紙片を小さく畳み、僕のズボンのポケットに入れた。

「男と男の約束だど。わがったな」

僕はわけもわからず頷いた。そのとき玄関のドアが開いた。母が顔を出す。

「まあ、駐在さん」

少し驚きながらも明るい表情で駐在さんを迎えた。

「なすてが、この子が泥だらけで帰って行ぐのが見えだもんだがら。この時間、この道を一人で帰すのも危ねえでしょう」

「まあ、お手間かけてすみません」

母は微笑み、頭を下げる。朝はそうではなかったのに、右の頰に髪の毛を長く垂らしている。父に殴られた痣を隠しているのだと、僕にはわかった。

「少し、話をしてもええべが」

「あ、ええ、はい……」

母の困惑ぶりが手にとるようにわかる気がした。

「史也は二階で千尋と遊んでいらっしゃい。ああ、その前に洗面所でよく手と顔を洗ってね」

母に言われるまま、僕は洗面所で手を洗い顔を洗って口をゆすいだ。

時計を見る。午後四時半。父が帰ってくるまであと一時間。千尋の部屋に行くと、千尋は大きな口を開けて、ぬいぐるみを手にしてベッドの上で眠っていた。僕はそっとドアを閉め、自分の部屋に向かった。

すぐにズボンのポケットの中に手を突っ込んだ。さっき、駐在さんが渡してくれた紙片をつまんで出し、手の中で広げた。

「なにが怖いことがあっだら」と駐在さんは言った。けれど、もし、今夜怖いことがあっても、この番号に電話をするのは無理だ、と僕は思った。電話はリビングにある。父の暴力から逃れて電話をするなんて無理だ。すぐに父に見つかって頬を張られるだろう。父のいつか、母が同じことをしたことがあるのだ。母は多分、祖父の家に電話をしようとした。怒り狂った父は電話線を引き抜き、受話器を壁に叩きつけたのだった。

それでも、僕は紙片に書かれた数字の羅列を暗記した。三回も暗唱すれば覚えてしまった。

部屋を出て階段を下りた。

リビングのドアは開け放たれていた。母の前に駐在さんが座っている。大人二人の声は密やかだった。けれど、そこにいつの間にか、母のすすり泣きが交じった。僕は心が締め付けられるような気持ちになった。

泣かないで。泣かないで母さん。

泣いて俯く母を駐在さんが言葉でなだめている。

そのときに僕は確信した。

この駐在さんは僕の家で起こっていることに気づいているのだと。


月に一度は母の実家で親族の集まりがあった。小学校に近い、古くて大きな家。黒光りする柱や床、土間の台所。何十畳とあるような和室の部屋。僕の家とは何もかも違った。母の父、つまり僕の祖父は村議会議員を何代にもわたって勤め上げたいわばあの村の名士でもあった。

母は二人姉妹で、姉、つまり僕の伯母は弘前の高校で教諭をしており、結婚もしておらず、子どももいなかった。親族の皆から「変わり者」と半ば侮蔑の感情をこめて語られるこの伯母には滅多に会うことはできなかったが、僕はこの変わり者の伯母のことが好きだった。

大広間の上座、屏風《びょうぶ》の前に祖父が座り、その左右に祖母と母（膝の上には千尋）が座った。そして祖父たちの左右に並ぶ親族。僕は母の側、屏風にいちばん近い場所に座っていたが、なぜだか父は僕らから遠く離れた場所に座っていた。

箱膳を前に祖父が今日皆が集まってくれた喜びと感謝を話し始める。退屈で長い話が終わると、やっと祖父が「乾杯」と言って大人は杯を、僕と千尋はジュースの入ったグラスを掲げた。

　僕と千尋以外、子どもはいなかった。僕らの前に座る大人たちも皆、老人ばかりだった。食事も普段、母が作るような洋風の食事ではなく、和風の料理ばかりだったから、僕も千尋も少ししか箸をつけなかった。正座していることにも飽きてくる。千尋は母の膝の上でぐずって体をよじらせる。僕も、長い間正座でいることが苦手だったが、それでもなんとか耐えて、その時間をやり過ごしていた。

　酒が進むと、祖父は僕を褒めた。

「このわらしは頭のいい子だ。将来は東北大学さ行がせる。大学院まで行げ。そして、おらのあどをつがせる」

　そんなことを言っては、僕を呼び、「史也、こごさ座れ」と言う。僕は祖父に言われるまま、彼のあぐらをかいた脚の間に座った。

「こんなにめんごい子を産んだ聡子《さとこ》もたいした娘だじゃ」

　始まった、と僕は思った。僕を褒めたあと、必ず、祖父は僕の母のことを褒め始める。

「聡子は昔から頭がよぐて、ピアノがうまぐて藝大にも受かった頭だ。史也の頭の良さは母親譲りだ。留学までさせてやりたかったども、外国さいがせるのは不安だったすなあ。青い目の婿さん連れてきても困ってしまうべさ。女の幸せは結婚だじゃ。何より早く結婚をするのが女の幸せだべさ。こんなにめんごい孫にもめぐまれて、おらはほんどに幸せものだじゃ」

祖父から見た左の列、僕にとっては遠い親戚たちが拍手をし、祖父が涙ぐむ。それがいつものパターンだった。僕は隣にいる母を見た。母はかすかに微笑んでいるようにも見えるが、心のどこかで何かにおびえているようにも見える。僕ははるか遠くに座っている父を見た。背中を丸め、隣のおじさんにお酌をしている。なぜだか、そのとき、父がとても哀れに見えた。ほんの一瞬だ。この家族のなかで存在をまるで無視されている父が。


退屈で母の膝から下りた千尋が祖母のそばに近づいた。

「あのね、おばあちゃん」

「なんだべ、千尋ちゃん」

「お父さん、お母さんをばしーん、ばしーんってね」

「なんだべ？　千尋ちゃん」少し耳の遠い祖母は千尋の顔に耳を近づける。

「あのね、お兄ちゃんも、お母さんもやられるよ。ばしーん、ばしーん」

千尋が最後まで言い終わらぬうちに、母が千尋の体を抱いて、自分の膝に連れ戻した。

僕は母の顔を見た。かすかに青ざめているような気がした。

祖父の話はまだ続いていた。娘の自慢から孫の自慢に移り、自分が村議会議員として何を成し遂げたのか、それを聞かされるのが、いつものこの会だった。

今日も伯母さんに会えなかったか。僕は大きな落胆を抱えて、再び父のほうを見た。背中を丸めて一人酒を飲んでいる。あの人は今夜、また、暴れる。祖父に無視をされたこと、まるで自分がその場にいないように扱われたこと、その不満を母にぶつける。僕も多分、殴られる。そう思うと、この前、父に蹴られた左脚の踹がまた鈍く痛んでくるような気がした。

その日の夜、予想どおり父は暴れた。昼間の鬱憤《うっぷん》を晴らすように。母は幾度も頬を張られ、両肩を摑まれて、体全体を父に揺さぶられている。千尋は母が運転する車の中で眠ってしまい、そのまま母の手によって子ども部屋に寝かされた。なぜ、僕も寝たふりをしなかったのだろう、と悔やんだ。けれど、僕が眠ってしまえば、母一人が父の暴力の餌食になる。父は母の肩を揺さぶったあと、そばにいた僕の頭をはたいた。

「娘の出来が良いば、孫の出来もいいべやな」

ばしーん、と音がして、額のあたりを強くはたかれた。

僕はリビングにある電話機に目をやった。駐在さんに電話をするのは今なのではないか。僕は横歩きで電話のほうに近づいた。電話番号はすでに頭のなかにあった。父が日本酒をラッパ飲みする隙に受話器をとった。早く、早く、数字を押すのだ。

そのとき指を摑まれた。振りかえると、父が鬼のような形相で僕を見つめている。

「じいちゃんのどこさ電話するってが。そしたらごとさせねじゃ」

父が僕の指に力をこめる。ポキッと乾いた音がした。

「あなた！　やめて！」

僕の右手の中指はあらぬ方向を向いていた。

「史也の指が！」母が声にならない声をあげた。

「ふん。これで、ピアニストの夢だば消えだな」

僕にはピアニストになりたいなんて夢はない。自分の息子のことをそれほどまでに知らないのか、と言いたかったが、口からは痛みに耐えるうめき声しか出てこなかった。それでも、自分の息子の指を自分の力で折ってしまったことに父がひるんだ様子を見せた。彼自身も、そのときは、自分がそこまでやってしまう、とは思っていなかったのだと思う。そのまま、部屋を出て、隣の和室の襖《ふすま》を開き、大の字になった。いびきをかいているが、嘘だろう、と思った。父は狸寝入りをしている。

「救急病院に」

そう言って母は二階の部屋から寝ている千尋を抱えて下り、僕にジャンパーを羽織るように言った。

父のいない昼間に病院に行ったことはあるが、こんな夜更けに救急病院に行ったことはない。村には整形外科などなかった。市内のいくつかの病院を順繰りに僕と母は訪ねていた。ひとつの病院に通えば父の暴力がばれてしまう。母にとっては何よりそれは隠しておかなければいけない家庭の秘密だったのだ。

僕が学校に行っている昼間にも母は病院に行っていたのだと思う。学校から帰ると、朝にはしなかった湿布のにおいがすることや、ブラウスの袖口から白い包帯が見え隠れしていることもあった。

レントゲンを見た医師が言った。

「あー。きれいに折れちゃってますねー。どうしましたこれ？」

「私が子どもの指に気づかずに寝室のドアを閉めてしまって……」

母はしどろもどろだった。自分だって治療が必要なはずなのにこの病院では治療を受けないでいるつもりのようだった。

ギプスをし、包帯を巻いてもらって病院を出た。千尋は後部座席のチャイルドシートに、僕は助手席に座っていた。夜の道を車が走る。ここがどこだか僕にはわからなかった。標識に、「弘前」と書いてあるのがふと目に入った。伯母のいる弘前までこの道が続いているのかと思うと、なぜだかうれしかった。車の運転ができるようになれば、いや、原付の免許がとれるようになれば、僕は自由に伯母の家にも行くことができる。あの家から自由になれる。そこまで考えて、ふと思った。

母と千尋はどうする？　二人を置いてあの家を飛び出すことはできないだろう、と思った。しばらく経つと、僕の住む村の名前が書かれた標識が見えてきた。途端に気持ちが暗くなる。思わず僕は言った。

「お母さん。僕と千尋と三人で遠いところに行こうよ」

母は僕の言葉が聞こえていないのか、ただ、前を向いたまま視線をこちらに向けようともしない。僕は少し大きな声で言った。

「家に帰らないで逃げ出そうよ！」

そのとき、母の目から一筋涙が零れた。車はすでに僕の住む村の森の入り口にまで来ていた。母が車を停める。それがあまりに急だったので、シートベルトをしているとはいえ、僕の体は前につんのめりそうになった。後部座席の、チャイルドシートで寝ている千尋を確認する。何か寝言のようなことを言っているが、それ以外はどこにも変化はなかった。

「弱い……」

「えっ」

「弱いお母さんでごめんね史也」

母がハンドルに突っ伏して泣いた。まるで吐くように泣いた。

「お母さんさえしっかりしていればこんな……」

そう言って包帯の巻かれた僕の右手の中指を手にとる。

「お母さんが悪い。お母さんが弱い。そのせいで史也をこんな目に……」

「違う。お母さんのせいじゃない」

僕は言った。お母さんは悪くない。そのときは本当に心からそう思っていた。母のことをまだ憎んではいなかった。父から暴力を受けている被害者二人。自分と母のことをそう思っていた。母がいきなりクラクションを鳴らした。長く、長く、長く。まるでそれが母の雄叫びのようにも思えた。こんなに大きな音を鳴らしているのに、その音は暗くて深い森の中に吸い込まれて消えてしまう。まわりに家はない。気づいた人もいなかっただろう。父は気づいていただろうか。狸寝入りをしていたあの人は。母は幾度かクラクションを鳴らし、そうしたあとはまるで気が済んだように再び家に向かって車を走らせた。

家にやっぱり帰るのか。落胆の気持ちが黒い靄《もや》のように僕の心のなかに広がっていった。

小学三年生になってクラス替えがあり、僕にも友だちのような存在が一人できた。瀬《せ》田《だ》君というその男の子は、僕の住む村のほとんどの大人が従事している林檎農家の子どもだった。

僕は幾度も瀬田君の家に遊びに行ったことがあるが、瀬田君が僕の家に来た記憶がない。母が家に家族以外の人間を入れることを極度に嫌っていることに、その頃の僕も気づいていた。それでも学校にいる間は、僕はいつも瀬田君と二人、まるで兄弟のようにくっついて過ごしていた。僕にとっては生まれて初めてできた友だちだった。

下校途中に瀬田君の家に寄ったことも数えきれない。瀬田君のお母さんはいつも林檎畑にいて、僕が行くと、

「おう、優等生がきだな」とまるで犬の頭を撫でるように、僕の頭を撫でてくれ、僕と瀬田君のために蜜がたっぷりつまった林檎を剝《む》いてくれる。それは母が作ってくれるアップルパイよりもおいしかった。瀬田君のお父さんは長身で僕の父に似て、口数も少なかっ

たから、僕は最初怖かった。瀬田君に尋ねたことがある。

「瀬田君の父ちゃ、酒っこ飲む？」

「飲むよ。たぐさん。母ちゃさいつも叱られでるよ」

「……母ちゃさ叱られでる？」

「だって、うちは父ちゃより母ちゃのほうが強いもん。母ちゃさいっつも叱られでポカポカ殴られでる」

そう言って瀬田君が拳を作り、僕の腕をぽんぽんと叩いた。こんなの腕に虫が止まったくらいだ。僕は思った。

「父ちゃ、酒っこ飲んだらさ」

「うん？」

「父ちゃ、酒っこ飲んだら」殴る？　という言葉をどうしても音にできなかった。瀬田君が口を開いた。

「父ちゃ、酒飲んだら、歌うや。大声で。それでまた、母ちゃさ叱られでポカポカポカ。そいで笑ってるや」

「笑ってる？」

意味がわからなかった。

「母さん、愛してるじゃーって、父ちゃがふざけるから」

「ふーん……」と言いながら、瀬田君のお父さんとお母さんのその場面を想像しようとしたが、うまく像を結ぶことができなかった。そういう男女の、夫婦の在り方を見たことがない僕には難しいことだった。けれど、僕の家と瀬田君の家は随分と違う、ということにそのとき初めて気づいたのだった。

「父ちゃが今度の日曜日、山女魚釣りに行ぐって、横沢君も連れて行ぐって言っているけど、行ぐ？」

「うん！」

父が気まぐれに「釣りさ連れで行ってやる」と言ったことはあったが、その約束は果たされることはなかった。渓流に子ども一人で入ることはできないし、母からも厳しく禁じられていた。

次の日曜日、瀬田君の家の軽トラックが僕の家の前に着いた。

「まあ、すみません。お休みの日なのに」そう言って母はバスケットに入ったお弁当を瀬田君の父親に渡してくれた。それを包んでいる、赤いギンガムチェックの布ナプキンがどこか恥ずかしかった。父も玄関先に出て来た。

「いやあ、今日はお世話になって」

「なんも、なんも。いつも史也君にはうちの息子が世話になってるもんで。暗ぐなるまでには、帰るようにしますんで」

父はぺこぺこと頭を下げていた。僕と瀬田君を乗せた軽トラックが走り出す。僕は後ろを振りかえった。父も母も笑顔だ。けれど、それがいつ真顔に変わるのか、その瞬間が怖かった。父が今日、酒に酔い、自分がいなければ、その暴力は母だけに、いや、千尋にも向かうのではないか。それでも、その不安よりも友だちと釣りに行ける喜びのほうが勝っていた。車は山奥を進み、車を降りて、僕たち三人は渓流沿いに歩き始めた。釣りの道具もすべて瀬田君のお父さんが用意してくれた。僕は瀬田君のお父さんが貸してくれた子ども用の防水ウエア、ウエーダーに身を包み、ロッドを川に投げ入れるだけでよかった。毛針をつけることすらできなかったのでそれも瀬田君のお父さんがやってくれた。瀬田君は何度も釣りに来ているせいか、自分で毛針をつけようとしている。僕はすごいなあ、と思いながら、それを見ていた。

「痛っ！」瀬田君が声をあげた。

「達也《たつや》！」と半ば叫ぶような声で瀬田君のお父さんが瀬田君に駆け寄った。瀬田君の中指に毛針が突き刺さり、その指先にまるでルビーのような血がぷくりと膨らんでいた。

瀬田君のお父さんは黙ったまま器用に毛針を抜き取り、

「これでもう大丈夫だ」と言うと、瀬田君の指先を口に入れて、ちゅっと吸った。見てはいけないものを見たという気持ちと同時に、むきだしの愛情のようなものを見せつけられたような気がした。父に折られた右手の中指はもうその頃にはすっかりよくなっていたが、完治しているはずのその部分に、鈍い痛みを感じた。

父はお酒さえ飲まなければ、借りてきた猫のようにおとなしい人だった。けれど、僕や妹に対して、積極的な愛情を見せるようなことはあまりなかった。どうやって愛情を示したらいいのか、測りかねているところがあるようだった。

お酒を飲んでいないときに、「釣りさ行ぐが」と言われたことは幾度かあった。最初の頃は、「行ぐ！」と子どもらしい返事をしていたような気もするが、父の暴力が激しくなっていくと同時に、僕はほとんど父とは口もきかないようになっていたのだから。

妹の千尋は母にべったりだったし、お酒を飲んでいないときにも、僕は父に近づこうとはしなかった。いつ豹変するかもしれない大人に、（それが実の父親であっても）子どもがなつくわけがない。僕と妹と母は、あの家族のなかでひとつのチームになっていたが、父はあの家族の異分子だった。自らそうなっていったのに父はそのことで悩み、それがまた酒を飲んでの家族への暴力になっていったのではないか、と思ったのは、僕が随分と大人になってからのことだ。

僕が中学生になっても、お酒を飲んでの父の暴力は続いた。小学四年生になった千尋の目がおかしくなったのはその頃のことだった。父が暴れると、千尋は、

「目が見えない！　見えない！」と叫ぶ。目を見開いているのに、何も彼女の視界には映っていないようだった。そう千尋が叫んでも父の暴力は止《や》むことはなかった。

市内の病院では診察しても原因がわからず、母は千尋を連れて県外の病院に通うことになった。それは大抵、土曜日のことで、母は僕と父のための昼食を用意すると、車に千尋を乗せて病院に向かった。

僕には医学的な知識などなかったが、父の暴力と千尋の目がそのときだけ見えなくな

ることには大きな関連があると思っていた。それをこの人はどれくらいの重さで理解しているのか。千尋と母が病院に行く日は父は酒を飲まなかった。それが彼が抱えていたかもしれない罪悪感によるものだったのかどうかは今になってもわからない。

父と二人の昼食は気詰まりだった。冬の寒い日だった。窓の外にはもう随分と雪が積もっていたと思う。薪ストーブは一日中、父の割った薪を燃やし、室内を暖かく保っていた。母が作ってくれたサンドイッチをもそもそと咀嚼《そしゃく》しながら、僕は早く二階の自分の部屋に行きたくて仕方がなかった。

「こしたら冬の日はさ」

父が口を開いた。

「父さんの家は母さんの家みたいな金持ちの家ではねがっだからさ。朝まになれば窓から雪が吹き込んでさ。掛け布団が白くなってまることもあっだのさ」

そう言って父が笑顔を向ける。僕は目を逸らした。

「あんまり寒ぐて何度も目ば醒ましてさ。あの家さ比べだら、この家だば天国だなあ」

自分の家なのに、父はこの家、とまるで独り言のように言った。

「母さんも史也も千尋もあすたら寒さだば知らねえべ」

「それがどうしたの?」

父が口を結んだ。僕があえて標準語を使ったことで、みるみる父の表情がかたくなる。

僕は口の中にあったサンドイッチをミルクで飲み下してから言った。

「そんな寒さなんて知るもんか。だから父さんは僕たちが憎くて暴力をふるうの？　千尋の目が見えなくなったのは父さんの」

言い終わらないうちにテーブルの向こうから父の手が飛んできた。頬を張られた。たとえ、それが僕の言葉によって父の気分を害したからかもしれないとはいえ、お酒を飲んでいなくても僕の父は暴力をふるうのだ、ということがショックだった。

僕は立ち上がり、父のそばに近寄り、その肩を小突いた。父も立ち上がり、僕に向き合った。僕はもう子どもではない。背だってこの一年で十二センチも伸びた。高校生になれば父の背も抜いてしまうだろう。父が僕の肩を小突く。僕は拳で父の腹を叩いた。何度も。何度も。何度も。やがてそれはとっくみあいの喧嘩になる。

「千尋の目が見えなくなったのは父さんのせいだ」

父が僕の腕をひねり上げる。僕の口から声が漏れる。腕の骨を折られるのだけはもう勘弁してほしかった。

「やめろやめろ」と言いながら、僕は父の体から逃れようとした。そのとき、玄関のチャイムが鳴った。

荒い息を吐きながら、父が乱れたセーターとシャツを直す。僕をそこに横たえたまま、父は玄関に向かった。僕は床の上で大の字になって、痛みに耐えていた。父が憎い、とはっきりと思った。

やってきたのは駐在さんのようだった。あの人はこうして時々、僕の家の様子を見に来る。何かが起こるかもしれない、と感じているのだ。父の猫撫で声が聞こえる。

「今日は妻と娘は病院で」

「ああ、そうだが。それだば、今日は息子さんと親子二人で水入らずだな」

「なんも、なんも、もう反抗期で。親の言うごとも聞がなくて」

僕は痛む腕を押さえて玄関に出、階段を駆け上がった。

「おい、こら史也、駐在さんさ挨拶しねが」

僕は駐在さんの顔を見た。一瞬だったが随分と長い間のようにも思えた。形ばかり頭を下げて、僕は自分の部屋に入りドアを力いっぱい閉めた。駐在さんは帰ったのか、父が大きな足音を立てて二階に上がってくるのがわかる。鍵をかけた部屋のドアを父が拳で叩く音がする。僕はドアノブを握り全身の力を込めた。それでも、父はドアを叩き続ける。もう今日は、父と顔を合わせるつもりはなかった。父はドアを開けることをあきらめたのか、また大きな足音を立てて階段を下りていく。

僕は出窓のそばに座り、庭を見た。ジャンパーを着た父が薪を割り始めている。あまり力を入れなくても薪は割れるはずなのに、父は何かを叩きつけるように薪を木っ端みじんに叩きつぶしていた。いったい何がそんなに気にくわないのか。僕と母と妹の何が気にいらないのか。父の心のなかになんらかの不満があるのはわかる。けれど、不満を暴力というものに変換してしまう父親という人が理解不能だった。

そのとき、僕の心のなかにはもう父に対する殺意、のようなものが芽生えていたのだろう、と思う。窓から庭を見下ろした。まるで熊のように着膨れた父が斧を振り下ろしている。木っ端みじんにされるのはおまえだ。僕は心のなかでつぶやいた。

その頃からだろうか。一匹の龍が僕のなかに住み着いていた。龍は僕のなかでのたうち、出口を求めてもがいていた。中学からの帰り道、森の中を歩いているときに、僕は龍の声を聞いた。殺せ、殺せ、と。図書館で罪を犯した少年の本を読んだのもその頃のことだったと思う。十四歳未満なら罪にはならない。けれど、施設に送られる。仕方のないことだと思った。

あの夜のことは記憶が途切れ途切れで何度聞かれても自分が何をしているのかわからない時間があった。夕方に母と話したことは覚えている。

「あんな父さんとなんか離婚すればいい」と僕は言った。

「そんなことはできない」と母は僕の顔を見ずに言った。

「それだけはできない。あなたたちを片親にするわけにはいかない」

正直なところ、その頃にはもう僕は母にも失望していた。娘の目が見えなくなっているのに、まだ夫の暴力を許している母が。母がそう言うのなら、僕がやるしかない、と思った。

いつものように父は酒を飲んで暴れ狂っていた。母は自分のおなかをかばって床に倒れている。千尋の、

「見えない！　見えない！」という声。僕は靴下のまま家の外に出て斧を手にした。はっ

きりとした殺意があった。父を殺そうと思った。それで、母と妹が安心して暮らせるのなら、自分が犯罪者になってもいいと思った。

斧を後ろ手に隠し、父の背後にまわった。荒い息をしている父の背中が上下する。その後頭部に思い切り、斧を振り下ろした。けれど、刃は父の後頭部に刺さらなかった。なぜなら刃は天井のほうを向いていたのだから。刃の背で僕は父の後頭部を殴り続けていた。母の絶叫。妹の泣き叫ぶ声。僕の吐く荒い息。

父が前のめりに倒れた。斧の柄が汗ですべる。僕は毛髪の間から見えているぱっくりとした傷口に向けて、何度も斧を振り下ろしていた。父の背はもう上下していない。殺した、と思った。僕は斧を床に置き、電話機に向かい受話器を手にした。暗記している番号を押して、

「僕がやりました」と言ったことだけは覚えている。そこからの記憶が曖昧だ。すぐに駐在さんが家に来たことは覚えている。

「僕がやりました」傷だらけのレコードのようにくり返す僕に向かって、駐在さんは言った。

「違う。これは事故だ。父ちゃは階段から落ぢだんだ」

そう言って床に落ちていた斧を拾って、真っ赤な血の跡を手ぬぐいで拭った。駐在さんが僕の腕を摑んで揺さぶる。

「史也。おめがやったんでね。父ちゃが自分で階段から落ぢだんだ。いいな。おめは夢

ば見でるんだべ。おめがやったんでね。父ちゃが自分で階段から落ぢだ」

そうですね、と言うように、母に同意を求める。

「……そうです」母が蚊の鳴くような声で言った。遠くから救急車のサイレンの音が聞こえてくる。すぐさま父は数名の救急隊員によって運ばれて行った。

サイレンの音が遠くなる。僕はその場に倒れた。そうして三日三晩、目を醒まさなかった。昏々《こんこん》と眠り続けていた。僕が眠っている間、父も生死の境をさまよい続けていた。僕の目が醒めたときとほぼ同じ頃、父も目を醒ました。目醒めた父は左半身の自由を失っていた。

外の世界では、酒に酔って、階段から落ちて左半身の自由を失った男。ところが実際は、息子から斧をふるわれて、左半身の自由を失った男。それが僕の父親になった。そうして、僕の家族はまた、大きな秘密を抱えることになった。

その出来事以降、僕は一切口をきかなくなった。部屋を出ることもなくなった。引きこもりの状態に近かった。部屋のドアの前には三度、三度、母親の作った食事が置かれたが、僕が手をつけることはほとんどなかった。引きこもりの状態は一ヵ月程度続いた。父はまだ入院していたが、いつかはこの家に戻ってくる。そのとき、自分が同じことをしでかしはしないかと不安だった。僕は犯罪者なのだから。一度犯してしまった過ちを二度起こさないとは限らない。

「芙佐子《ふさこ》だけど！」

伯母の大声でドアが叩かれたのは、あの出来事があって一ヵ月半ほど日にちが経った頃だろうか。もうすぐ二学期が終わる、という時期だったと思う。母にも妹にも会いたくはなかったが、伯母には会いたかった。僕は寝転がっていたベッドから立ち上がり、ドアに近づき、そっと開けた。

伯母が笑って立っていた。

「うっわ！　くっさ！　あんた、風呂にも入ってないでしょう！」

そう言いながら、伯母が部屋の中に入ってくる。久しぶりに見る伯母だったが、この前いつ会ったのかも思い出せなかった。けれど、記憶のなかの伯母と、目の前にいる伯母は寸分たりとも変わってはいなかった。男のように髪の毛を短く切り、多分、自分で作ったのだろう、体のラインのわからない布の服をだぼっと着ていた。耳には、大きな石のイヤリングが揺れている。

「ほらほら、荷物まとめて」

そう言いながら、伯母は大きなトランクを部屋のなかに入れた。頭が働かない。もしかして僕は警察に行くのかな、と思った。訝《いぶか》る僕の顔を見て彼女は言った。

「あんたはあたしの家に住むの。弘前に」

「えっ……」

「三学期から向こうの中学に通うんだよ。あたしの家から」

そう言いながら伯母はクローゼットを開け、手当たり次第に僕の衣類をトランクに詰めていく。

「母さんと、妹は……？」

「そんなにたくさんの人間は住めないよ、あたしの家は狭いアパートだもん。とりあえず、あんたが先だ。あいつはまだ入院でしばらく帰ってこない。その間、聡子と千尋はこの家から病院に通うって。そのあとのことは二人に任せればいい」

「……」

「今、転校したらいいよねえ。冬休みの宿題やらなくていいもの。だけど、あたしは勉強させるからね」

そう言いながら、書棚に並んでいた教科書もぼんぼんトランクに詰める。有無を言わせないその様子に、どっと力が抜けた。気がつくと、僕は声をあげて泣いていた。涙が零れるたびに、僕のなかに住み着いていた龍がどこかに消えていくような気がした。

「泣け！　泣け！　わめけ！　わめけ！　気が済むまで」

伯母はまるで囃すように、そんなことを言う。それがいかにも伯母らしい、と思った。荷造りを終えて、下に下りると、母と千尋が心配そうな顔で立っていた。母と向き合う。僕の背はすでに母を越していた。

「本当に行くの？」

僕は黙って頷いた。

「お兄ちゃん、行っちゃうの……」

千尋の心配そうな声が耐えられなかった。けれど、僕はこの家にいるべきではない。いつか父が帰ってくるこの家に。

伯母の車に乗った。振り向くと母と手を繋いだ千尋が手を振っていた。

3

弘前にある伯母の家に着いたときには、もう夜に近かった。僕は伯母の運転する車の中で眠り続け、

「着いたよ」

という伯母の声で目を醒ました。

弘前という町には幾度か来たことがあるが、伯母の家を訪ねたことはない。町の中心部にいるらしいことはわかるのだが、弘前城は僕がいるところから見えなかった。

駐車場に車を停めると、伯母はトランクを取り出し、僕に持たせた。街灯だけが光る道を早足の伯母が前に、僕がその後ろをついていく。

「ここだよ」

正方形のコンクリートの古い建物が見えた。一階に二つの表札がある。その左のほうのドアを伯母は開けた。

「狭いところだから気をつけて」

玄関からはすぐに急な階段が続いていた。二階の部屋に上がると、油絵の具と石油ストーブと煙草のにおいが鼻についた。壁一面の本棚にはもう一冊の本も入る隙がないくらい本が詰め込まれていた。ソファの上には衣類が山のようになっており、床にも画集や雑誌や本が散乱しているので、座るところがない。ふと部屋の向こうに目をやった。襖の向こうは寝室らしかった。その部屋はまだましだった。けれど、布団は押し入れにしまわれることなく、だらしなく畳まれて、壁に寄せられている。

「まあ、とにかく座って。といっても座るところもないか」

伯母はそう言ってソファの上の衣類の山を手で摑み、隣の寝室に放り投げた。落ち着かない気持ちで僕はその無理矢理空けられた場所に座る。乱雑なこの部屋の奥にはキッチンが続いており、伯母はそこに行って薬缶《やかん》をガス台の上に置き、火をつけた。その火に伯母は顔を近づけ、煙草に火をつける。

「下にもうひと部屋あるの。あんたはそこを使って。ベッドもあるから」

伯母はティーバッグが浸かったままの茶碗を手渡してくれた。

「明日もまだ学校があるんだよ。あたしは朝の七時半に家を出る。あんたはこの部屋にずっといていい。何をしていてもいいけど、まだ家から出てはほしくないかな」

伯母はそう言うと石油ストーブの前に座りこみ、煙草の煙を天井に向けて吐いた。僕は黙って頷く。

「疲れたでしょう」

そう言われて、また泣きそうになった。伯母が煙草を持った手で僕の頭を撫でる。伯母の指の動きで額があらわになった。伯母の視線が止まる。伯母は灰皿で煙草をもみ消し、僕のセーターの腕をめくった。消えない痣がいくつもあった。

ちっ、と伯母が舌打ちをする。そうして、僕の右手の中指に目をやる。骨折は完治していて、ふだんの生活には何も支障がないが、指がかすかに曲がっている。

「実の子どもにこんなことできることじゃない。あいつは悪魔だよ。病院に行く？」

「いやだ！　行きたくない！」

咄嗟《とっさ》に僕は声を出していた。

「違う！　そういう意味じゃない」

伯母が新しい煙草に火をつけた。

「今までずっと父親に虐待を受けていたことが、もっと早く証明されていたら……」

「虐待……」

その二文字が伯母の部屋の中に浮かんだまま、どうやっても僕のなかに収まっていかない。

「あんたは長年、父親から虐待を受けていた。聡子も千尋もそう……」

自分が受けていた父からの暴力と虐待、という文字がどうやっても自分と結びつけられない。

「いちばん悪いのは聡子だよ。こんなに長い間、あんたも千尋も……」

「母さんは悪くない……と思う」

僕は小さな声で言った。本当のことを言えば、伯母の言うとおり母も悪いと思っていた。憎んでもいた。けれど、伯母からそう言ってほしくはなかった。

「いちばん悪いのは僕……」

伯母が切れ長の目で僕を見る。

「僕は父さんを殺そうとした。僕は……」言葉が詰まった。

「僕は加害者だから、警察に行かないといけないと思う」

そう言って立ち上がろうとした僕の腕を伯母が引っ張る。

「違う！　あんたは加害者じゃない。あんたは正当防衛で父親から聡子と千尋を守ろうとしたの。あんたの父親があんたの家の中で犯したことが犯罪。ＤＶ、ドメスティック・バイオレンス、つまり家庭内暴力。児童虐待。罰せられるのはあんたの父親のほうなの。あんたは加害者でもなければ犯罪者でもない。酔ったあの人は、自分で階段から落ちたんだよ。あんたのせいじゃない」

頭がぐるぐるとした。

「あんたは犯罪者ではない」

そう言って伯母は茶碗の紅茶をぐびりと飲んだ。

「それだけは覚えておいて」

そう言うと僕について来い、と言うように顎《あご》をあげて、伯母は階段を下りて行った。

玄関脇に三畳ほどの部屋がある。壁には油絵の具で何かが描かれたキャンバスが幾枚も立て掛けられており、黄ばんだトルソーがあらぬ方向を向いていた。

簡単に片付けたのだろうな、と思われる乱雑さの中に折り畳みのベッドがあった。

「とにかく今日は寝なさい。今日からここがあんたの部屋になる。あの家とは大違いだし、あたしは聡子みたいに家事がうまくはないから、同居するからにはあんたにも色々とやってもらう。それは明日説明する。とにかく今夜はもう寝なさい」

そう言って部屋の電気を消そうとする。

「消さないで!」

僕は叫んでいた。父に暴力をふるったときからそうだった。暗闇のなかで僕は眠ることができなくなっていた。

「仕方がないなあ……」

そう言いながら、伯母は部屋の照明は消し、代わりにフロアランプの灯りをつけてくれた。

「おやすみ」

ぱたりとドアが閉まる音がした。

僕はベッドに横になった。時計を見る。午後十時。秒針がただ動いていくのを見つめる。眠りは一向に訪れてはくれなかったが、それでも目を瞑った。母は、千尋は今頃どうしているだろう。そう思うと、目尻に涙が浮かんだ。そして、考えたくはないのに父のことを考えた。

虐待。家庭内暴力。父の暴力に名前がつけられた。僕だって、そういう言葉を聞いたことがある。けれど、それが実際に自分の家で起こったことだとはどうしても考えたくはなかった。

かすかな眠りの間に僕は何度も夢を見た。父が追いかけてくる。斧を持って。はっ、と目を醒ます。次の夢では、僕は父の額に斧を振り下ろしていた。夢から醒めると脂汗を掻いていて、体がぬるぬるした。自分の体から嫌なにおいがする。もう何日も風呂もシャワーも浴びていない。明日はまず伯母さんに浴室を使わせてもらおう、と思いながら、僕はいつの間にか深く眠っていた。

翌朝はバタバタバタバタと階段を下りてくる足音で目を醒ました。一瞬、自分がどこにいるのかわからなかった。ドアが開かれる。

「冷蔵庫のもの、なんでも出して食べていいから」

伯母はそれだけ言うと、野兎のように家を飛び出して行った。

ベッドから立ち上がり、部屋を出る。二階に上がると、灰皿から煙が立ちのぼっている。僕はそれをそっと持ち、シンクで水を注いだ。冷蔵庫を開ける。紙パックに入った牛乳をそのまま口をつけて飲み、パッケージが開いたままのハムを指でつまんで食べた。そんなことを生まれて初めてした。それほどおなかが減っていた。あの日以来、ほとんど食事らしい食事をとっていなかったのだから。

浴室はキッチンの奥にあった。シャワーの栓をひねる。落ちてくるお湯で体を清めた。ふと、自分の指先に目をやる。かすかに曲がった中指の先、爪の中に赤いものがある。これは父親のものではないのか。そう思ったら、嫌悪感が床から這い上がってきた。そばにあった石鹸に指を立て、左の手のひらで擦った。まるで犯罪者が犯罪の痕を消していくように。鏡に自分の全裸が映っている。僕は初めて自分の体を見た気分だった。家の浴室ではあえて見ないようにしていた。腕、脚、腹部、そして、背中を向けた。首筋、お尻、太腿。至るところに痣がある。父親が僕の体に残した痕跡だった。決して消えるわけはないのに、僕はその痣のひとつひとつに石鹸を擦りつけ、力の限り擦った。

弘前の高校で美術教師をしている伯母は、祖母の言葉を借りれば、「勘違いした行き遅れの女」だった。幼い頃から祖父とはそりが合わず、反発し続けた伯母は、高校時代から弘前で一人アパートを借りて暮らし、東京の大学に行った。伯母に向けられるはずだった祖父の愛情が、母に向けられた。母はおとなしく、右を向いていなさい、と言われればいつまでも右を向いているような、従順な子どもだった。

「ピアニストになりたい」という母の夢さえ、半分は祖父の夢を叶えていたようなものだった。藝大を卒業後、母には有無を言わせず、結婚相手を用意した。役場に勤めている男のなかでいちばんまじめで従順な人間。そして、婿養子に入ることを拒まない男。母も流されるまま結婚をし、二人の子どもをもうけた。それが僕と千尋だ。僕は母のことが好きだったけれど、どこか窮屈さを感じてもいた。この人が考えている本当のことはいったいどこにあるのだろう、と思うこともあった。

　だから、時折、母に連れられて弘前の町に伯母に会いに行くことをとても楽しみにしていた。伯母は滅多に祖父の家に顔を出さなかったし、弘前に訪ねて行っても、伯母の家に行ったことはない。どこかの喫茶店やレストラン、もしくは公園で会うのが普通だった。

「ちょっと外で遊んでおいで」と伯母によく言われた。思い返せば、母は自分の家で起こっていることを、この伯母には相談していたのだろうと思う。喫茶店の窓越しに目をやると、母がハンカチを目に当て、伯母が怒ったような顔をして煙草を吸っていた光景を思い出す。

　虐待。家庭内暴力。僕に言ったことを伯母は母にも言ったと思う。けれど、母は何もしなかった。いつも父の思うままにさせて、暴力を受け続け、自分の子どもたちを虐待の餌食にしていた。母さえ、勇気を持って一歩を踏み出していたら、僕はあんな出来事を起こさなかったのではないか。今になって改めて、父よりも母への憎しみが深まっているのを感じることもあった。

　伯母の家で生活を始めてからも最初のうちは眠ってばかりいた。クリスマスも正月も伯母と二人で過ごした。あの家にいたときのような特別なことは、何もなかった。チキンもツリーも、お雑煮もない。けれど、ここには暴力はない。それが僕にとって大きな救いだった。

僕の心が平穏さを増していくと同時に母と千尋のことが気になり始めた。父はもうすでに退院した、と伯母から聞かされていた。左半身が麻痺している、ということも。

「DVのあとは介護かよ。聡子も聡子だよ。反吐《へど》がでる」

あんたはまだ知らなくていいけれど、ああいう関係、共依存っていうんだよ。きょういそん、という言葉の響きだけが僕の耳に残った。僕の家族のカタチにはさまざまな言葉があてはめられるのだと思った。

正月も三日を過ぎた頃だろうか。僕が伯母の家に来てから一度も鳴ったことのない電話が鳴った。伯母がとり、僕に受話器を差し出す。

「お兄ちゃん!」

千尋の大きすぎる声に僕は受話器を耳から遠ざけたほどだ。

「うん、元気だよ! お兄ちゃんは?」

「千尋、元気?」

「うん。大丈夫……」

「よかったあ!」

「千尋、目は……」

「まだ見えにくいときがあるけど、だんだん良くなっているって」

「そっか……よかった」

「お母さんも元気だよ」

「……」

父さんは？　そう聞こうとして言葉が唇の内側にとどまった。

「あっ、お母さんたち帰ってきちゃった。じゃあねまた電話する」

電話は唐突に切られた。いちばん気にかかっていたのは何より千尋の目のことだったのだ。それが確かめられただけで胸がいっぱいになった。

三学期が始まると、僕は地元の中学に通うようになった。クラスメートたちは中途半端な時期に転校してきた僕を快く迎えてくれた。心を閉ざしていたのは僕のほうだった。

時折、しんと静まった授業中、皆が熱心に授業に耳を傾けているときに、

「僕は父親を殺そうとした人間なんです！」と唐突に叫び出したくなることがあった。

本当なら僕は警察につかまり、施設にいるはずなのだ。そうさせなかったのはあの駐在さんだ。そんなことが許されるのか。僕にはそう思えなかった。大きな秘密を抱えて生きていく。それが僕を無口にし、積極的に人にかかわっていく、という能動的な行動を奪い去ってしまった。

伯母の家で僕は家事をすることを覚え、本を読むことを覚え、一人で映画を観ることを覚えた。すべて、伯母を見て覚えたことだった。煙草だけは覚えなかった。

高校受験をする直前の日曜日、祖父が突然、伯母の家にやってきたことがある。僕が伯母の家で過ごしていることを母がどう説明していたのか知らない。祖父が乗ってきたハイヤーが伯母のアパートの前に停まり、中から杖をついた祖父が出てきた。伯母も突

然やってきた祖父を追い返すわけにも行かず、祖父を中に入れた。随分と年をとった、と曲がった祖父の腰を見てそう思った。

「あんたはしばらく二階に行ってな」

伯母はそう言い、階段を上れない祖父のために、僕の部屋に祖父を招き入れた。伯母と祖父との間でどんな話があったのか知らない。時折、祖父や伯母の怒声のようなものも聞こえた。長い時間が過ぎた。ゆうに二時間は超えていたと思う。下の部屋から伯母に呼ばれた。

「史也……」

祖父が伸びた眉毛に隠れそうな目でじっと僕を見た。

「今まですまねがった……」

そう言って祖父は頭を下げた。

「横沢の人間としておめは立派に生ぎろ」

そう言いながら、僕の手をとった。ぎゅっと祖父が僕の手を握る。発熱しているのかと思うような熱い手だった。

伯母がどこまで祖父に僕の家の本当のことを話したのか、僕は知らない。けれど、祖父の目を見、祖父に手を握られたときから、この人はすべてを知っているのだろう、という気がした。

伯母との暮らしは僕が大学に進学するまで五年続いた。

高校三年の僕にとっていちばん興味があることは建築だった。誰かが建てた家や建物に興味がある。伯母の家の本棚や図書館で、建築に関する写真集を何時間でも見ていられた。なぜ自分が建築に興味があるのか、わからなかった。大きな構造物にはあまり興味が湧かなかった。僕が好きなのは、誰かが住んでいる家だった。大抵の住宅写真にはそこに住んでいる人は写っていない。僕はそこに住んでいる人を想像するのが好きだった。両親がいて、子どもが二人。僕は写真に、頭のなかで幼い頃の自分の家族を置いてみることもあった。母はキッチンにいる。妹の千尋はリビングで遊んでいるだろう。僕は自分の部屋で勉強している。

そして父は……。父のことを思うと、想像が先に進まなかった。父の顔を思い出そうとしても、その顔は真っ黒に塗りつぶされている。けれど、父が酒を飲まず、暴れない人であったら。僕はそこで初めて思った。あの人に、穏やかな子ども時代を奪われたのだ、と。

受験勉強の最中にも、周期的にその怒りはやってきて、僕の体を支配し、怒りを物や誰かにぶつけたくなる欲望にかられた。伯母のウイスキーをがぶ飲みして、伯母に当たり散らしたこともあった。これでは父のやっていることと同じだ、と頭でわかっているのに、僕は伯母の本棚の本を放り投げ、キッチンの皿やグラスを割った。

「あんたのやったことは間違っていない。仕方がなかったことなの」と伯母は何度でも僕に言った。

あるとき、伯母が大事に飾っていた写真立てを壊してしまったことがある。まだ若い伯母が男性と並んで写っている写真だ。

ガラスの部分にひびが入ってしまった写真立てを手にして、僕は伯母に頭を下げた。

「ごめんなさい……」

「まあ、写真は無事だから」

伯母はそれだけ言った。

「あんたはあの出来事を抱えて一生生きていかないといけない。まだ若いあんたにはさぞかし辛いことだろうね……だけど人間、誰しもそんなことのひとつやふたつあるんだよ。あんたほどの出来事でないにしろ」

「あの……」

「ん？」

「その人は誰なの？」僕は以前から気になっていたことを尋ねた。

「あたしの恋人。だけど、もうこの世にはいない」

それ以上のことを聞けなかった。

「写真立て、弁償します……」

「あんたが選ぶのなんてどうせ安物だからいらないよ」

そう言って伯母は写真立てを手のひらで撫でた。

「あんたがね、あの人の命を奪わなくてよかったと、あたしは心から思っているよ。ううん、あいつを許せ、と言うんじゃないからね。あんたが決定的なことをしなくてよかったということ……あんたがしたことの何十倍、いや、何百倍も悪いことをあいつはやり続けたんだ。当然の報いだ。それをやったのがたまたまあんただった、ということ……」

伯母が僕の腕をとる。

「こんな狭い町じゃなくてさ、東京に行きなさい。日本なんかにいなくてもいい、世界中のどこにでもあんたが安心して暮らせる場所はあるんだからさ」

うん、と僕は頷いた。そうして僕は東京の建築学科がある大学に進学することを決めたのだった。

東京に受験に行く数日前、弘前の伯母の家には母と妹がやってきた。母や妹の顔にも腕にも痣などはなく、包帯が巻かれている様子もない。母は二階の居間で伯母と話し込んでいた。妹が僕の部屋に勝手に入っていく。僕は慌てて後を追った。

「私も伯母ちゃんの家から高校に通いたかったなあ……って言ってもお兄ちゃんみたいに頭良くないから所詮無理だったけどさ」

そう言いながら、僕のベッドに寝転び大の字になる。

「目は大丈夫なのか？」

「うん、もうほとんど、なんともないよ」

「そっか、よかった。あの人……」

「お父さん？」

僕は頷く。

「体の自由がきかないんだもん。もう暴れたりもできないよ。普段は車椅子でお母さんがいなくちゃ何もできないんだから。おじいちゃんは病院に入れろ、って言うけど、お母さんがきかなくてさあ。よくわかんないよね。夫婦って。あんなに自分のことぶったり蹴ったりしてた人の面倒なんてよく見られるよ。わけわかんねー。なんか看護師さんみたいにお父さんにべったりしてさ……」

共依存、というかいつか伯母が言った言葉が頭に浮かんだが、僕は黙っていた。自分の内側にコールタールのような黒くてべったりしたものが張り付いた気持ちになった。千尋が言うようにあそこまでの暴力を受けて、面倒を見るとはどういうことなのか……。父という人間もわからないが、母、という人のことも余計にわからなくなった。

「大学は……」僕は口を開いた。

「千尋も大学は東京に来いよ」

「もっちろん！」

そう言ってベッドの上をごろごろと転がった。

妹の目が治り、家の中が平穏になったのなら、ただそれだけでいい。

帰り際になって母がバッグの中から何かを出して僕に手渡した。小さな白い紙袋を逆さにすると、紫色のお守りが出てきた。

「受験、頑張って」

なぜだかその言葉に無性に腹が立った。普通の親子であったら、母の気遣いに心が温かくもなっただろう。僕の怒りの芯には「なぜ、母さんはいつも普通の家庭や家族を取り繕おうとするのだろう」という思いがあった。

母がもっと早く声をあげていれば、僕はあんなことをしなかった。あの出来事が大事にならなかったのは、多分、駐在さんや祖父の力があったからで、世間的には父が「自分で階段を落ちた」ということになっている。そのことを母はどう受け止めているのか。あの出来事など、もうなかったような顔をして、受験生の息子にお守りを渡している。この人の心のなかはどうなっているのか。

それでも僕は黙ってそれを受け取った。

「お兄ちゃん、頑張ってね」

妹が車の窓から顔を出して言う。

「うん」走り去っていく車を見送りながら、僕は手のひらの中のお守りを握りつぶしていた。

夜中に勉強をしていると、伯母がドアをノックし、「コーヒーでも飲まない？」と声をかけてきた。ドアが開かれる。伯母の目がドアのそばに置いてあったゴミ箱に向いた。そこにはさっき母にもらったお守りが放り捨てられていた。

伯母の作る料理は到底食べられたものではなかったが、コーヒーだけは淹れるのがう

まかった。伯母のあとについて二階の居間にあがると、

「眠れなくなるといけないからね」と言いながら、僕のマグカップの半分まで牛乳を注ぎ、そこにコーヒーを足してくれる。

「子どもの頃からさ……聡子は本当に素直でやさしい子でさ……あたしがこんなだから、あんなふうになっちゃったのかなあ、と思うこともあるよ」

そう言いながら伯母は煙草の煙を吐いた。

「ピアノだって、本当は好きじゃなかったんだよ。だけど、あんたのおじいちゃんとおばあちゃんが聡子をピアニストにする、っていきなり言い出してさ……」

父がまだ帰っていない時間に一心不乱にピアノを弾いている母の横顔を恐ろしく感じたことを思い出した。

「あたしがまたこんなはねっかえりじゃない？　あたしは両親に反抗し続けた。聡子はそれもあって親に従うしかなかった」

伯母がマグカップに口をつけてコーヒーを一口飲んだ。

「大学時代に、だけど、あの子、好きな人がいたんだよ。同級生でさ。結婚するつもりでいたんじゃないかな、二人は」

伯母が棚の上にあるラジオをつけた。何の曲かわからないがクラシック音楽が流れてくる。

「聡子が初めて、両親に反旗を翻した出来事だったんだよ。だけど、もちろん、おじい

ちゃんとおばあちゃんに大反対された。相手の家や生まれがどうとか因縁めいたことふっかけてさ」

僕は皿の上に出してあったビスケットを一枚手に取り、齧《かじ》った。

「結局、二人は別れさせられた。聡子は泣いて泣いて……あんなに感情を爆発させたあの子を初めて見たよ。この子にも喜怒哀楽があるんだ、って初めて知った。それまではロボットなんじゃないかと思っていたくらいだから」

伯母が煙草の吸い殻を灰皿に押しつけ、すぐに新しい煙草に火をつけた。

「それもあって、おじいちゃんたちは聡子が大学卒業してすぐ見合いで結婚させたんだよね。それがあんたの父さん。おとなしくてまじめでうちの家に入ることを拒否しない人。その条件さえ合えば、どんな人でもよかったんだよ。聡子の気持ちは無視して」

伯母は立ち上がり、居間の窓を少し開けた。かすかに入ってくる冷たい空気が心地良かった。

「だけどね、結婚したあとに、大学時代の恋人があの家に来たことがあったんだよ。聡子を訪ねて。それは聡子とあたしと、あんたの父さんしか知らない」

「あの家に来たの？」

「そう、おじいちゃんが建てたあのペンションみたいなあんたの家に。聡子しかいない時間に。あの家に二人でいるところをあんたの父さんが帰ってきて見つけた」

それで。

「多分、あんたの父さんがあんたの母さんに手を上げたのは、あのときが初めてだったんじゃないかな。聡子は目のまわりを青く腫らしてね、その男とこの家に逃げてきた。あたしはまだそんなに二人が好きあっているのなら、東京にでもなんでも逃げてしまえばいい、と言った。だけど、聡子は頑として首を縦に振らなかった」

「その、母さんの恋人だった人は……」

「そのあとも幾度かあの村を訪ねたみたい。だけど、聡子が家に入れなかった。だって、それがあんたの父さんにばれたらまた……」

「ぶたれる」

「ぶたれる、なんて生やさしいもんじゃないけどね。だけど、あんたの父さんはあんたたちが生まれても、あの男がまたあの家に来るんじゃないかと気が気ではなかったはずだよ……いつも、いつも。毎日、毎日」

「だからって」

「もちろん、あんたの父さんがしてきたことなんか、あんたは許さなくてもいい。だけど、世の中の出来事には必ず起因する何かがあるっていうこと。あんたにとって、母さんはちょっとわけがわからないところがあるかもしれないけれど、聡子にはあんたの父さんにどこか負い目があったのかもしれないね」

「わけがわからない」

僕はむきになって言った。そんな話を聞いて、両親を理解しろ、と言うのか。

「今、わからなくていいんだよ。ただ、あんたにとっては父さん、母さんだけれども、あんたが生まれる前はただの男と女だった。この世になんにも抱えていない男と女なんていないんだよ」

そう言って伯母は棚にある写真立てに目をやった。写真立てはいつの間にか新しくなり、そのそばには小さなガラス瓶に数本の花が飾られていた。

「その人……」

「ん？」

「なんで亡くなったの？」

伯母が新しい煙草に火をつける。

「そうやってなんでもずけずけ聞けるのは、あんたが若い証拠だよね……」そう言って笑った。

「飛行機事故。十五年前の八月に死んだ」

「……結婚、するつもりだったの？」

「結婚するつもりもなにも、このときあたしのおなかには子どもがいたんだよ」

「その子ども……」

「そのときに駄目になっちゃった。もし生きていたら、あんたとそう年は違わないね。男の子だったらしいから……」

ひゅっと冷たい風が僕の頬を撫でた。伯母が立ち上がり、窓を閉める。

「たった五年、あんたと暮らしただけだけど、楽しかったよ。あの子が生きていたら、こんなだったかなあって、毎日思いながら暮らしていた。料理も何もあんたに押しつけて、こんな母親なんていないだろうけれど……」

そう言って伯母が笑った。目尻に深い皺《しわ》が寄る。初めてこの家に来たときに比べたら、随分とその皺が深くなっていることに気づいた。

「受験、きっと大丈夫だよ」

「まったく自信がないな……」

「何言ってるんだか。浪人なんてあたしが許さないよ。あんたにこの家にもう一年いられたら、男の人も連れ込めやしない」

頬杖をついて伯母が言う。

「東京で恋をしなさい」

あくびをしながら伯母が言った。

「あんたは東京で生まれ変われる」

そうして僕は無事に試験をパスし、東京にやってきたのだった。

初めて渋谷《しぶや》のスクランブル交差点に行ったときのことを覚えている。弘前なら祭りのときにしかいないようなたくさんの人たちが縦横無尽に横断歩道を渡ろうとしている。キラキラと輝くネオンも弘前の町にはなかったものだった。横断歩道の真ん中にぼんやりと立ち尽くす僕の体に、一人の男の体がぶつかった。

「ぼやぼや歩いてんなよボケが！」

そう言われて肝を冷やした。それでも僕はうれしかった。これだけたくさんの人たちがいるのに、僕のことを、僕がしたことを知っている人たちは誰もいない。そのことに果てしのない自由を感じていた。

「自由だー！」とその場で叫びだしたい気持ちだった。交差点の信号が赤に変わる。僕は慌てて向こう側に渡った。どこかに用があるわけではなかった。けれど、毎日が祝祭のようなこの町で、僕は伯母が言うように生まれ変われると思っていた。

大学でも自分のことを誰も知らないという自由を謳歌していた。けれど、中学、高校時代と同じように、親しい友人は作れなかった。僕のことを好きだ、と言ってくれた女の子もいたが、僕は誰かに好き、と言ってもらえる人間ではないから、とその告白を無下にした。

僕はごく普通の家庭に生まれたごく普通の人間です、という顔をして、毎日を過ごしていた。あの出来事も夢なのかもしれない、と思うこともあった。

けれど、東京での生活が半年にもなると僕はいつも同じ夢を見るようになった。あの村では珍しかったロッジ風の木造建築、あの家で起きたこと。僕が父にやったこと。罰せられぬまま、ごく普通の建築学科の大学生として過ごしている僕に、その夢はアラームを鳴らすようにあらわれた。

忘れるな、と夢は僕に告げているようにも思えた。

その夢を見るようになってから、僕はひどく無口な学生になった。弘前の中学や高校に通っているときと同じだ。僕はまるで空気の入った人形のように、無為な日々を過ごしていた。

第二章　上弦の月／真夜中のサバイバーたち

1

「邪魔なんだよ！」

看護師がもう一度そう怒鳴り、ハイヒールで僕の脛《すね》を蹴る素振りをする。

「す、すみません」

僕は慌てて足を引っ込め頭を下げた。こちらを見下ろした視線の強さで確信した。確かにあれは整形外科の看護師だ。けれど、病院にいたときとはまるで違う。腰まで伸ばした黒髪、目のまわりを囲むような濃いアイメイク、黒いミニスカートに黒いライダースジャケット、赤いハイヒール。病院にいるときとはあまりに違いすぎて、頭が混乱した。

三日後、再び整形外科に向かった。

もう手首の痛みはないが、念のために診《み》せに来るように、と言われていた。院長のそばに立っている看護師は、やっぱりあの夜に会った女だ、と確信した。

「うん。もうなんともないね。ただ、あまりひねるような動きをしないほうがいい。今日はもう湿布も包帯も必要ないから」

そう言う院長のそばでシンプルな制服を着て、髪を後ろでひとつに縛り、かすかな笑みを浮かべている。僕は会計を済ませて病院を出た。

彼女に特別な興味があるわけではないし、彼女のプライベートがどうであってもかまわない。けれど、この病院の院長の娘である彼女が夜な夜な、あんな服装で遊んでいるのかと思うと、なぜだか釈然としない気持ちも浮かんだ。

「おう、手のほうはもう大丈夫なのかよ」

翌日、パソコンの前で写真のレタッチ作業をしていると、吉田さんがやってきてそう言った。

「おまえ、この前、駅の裏通りにいなかったか?」

ぎくりとした。キャバクラの帰りだと言えるはずもない。

「おまえに似たやつがさあ、道に座り込んでて、その背中がおまえにそっくりだったのよ。タクシーの中から見えてさ」

「いや、僕、夜とか滅多に出かけないっすよ。酒もあんま飲めないのに」嘘だ。

「まあ、別におまえが夜にどうしてようが俺には関係ないけどね」

吉田さんはそう言うと、レタッチの細かい指示を出してから、

「明日の準備、もう終わってるよな」と言いながら、僕の返事を聞かないまま、オフィスの奥に行ってしまった。明日は午後から都心に新しくできたホテルの内装写真の撮影の予定がある。準備はとうに終わっていた。なぜなら、今日の夜は妹の千尋と食事をする予定があったからだ。

　仕事場の近くにあるカジュアルなイタリアンレストランで妹を待った。千尋は僕の後を追うようにして東京の大学に進み、今はアパレルの会社で経理の仕事をしている。二カ月か、三カ月に一度、こうして、食事を共にしては、主に千尋の近況を確かめる時間を作るようにしていた。千尋が時間どおりに来ることは滅多にない。僕は先にビールを飲み、オリーブをつまみながら、彼女がやってくるのを待った。

「ごめん、ごめん、お兄ちゃん」

　千尋がやってきたのは待ち合わせ時間を三十分も過ぎた頃だった。

「退社直前に仕事持ってくるクソ上司がいてさあ」

　千尋の口の悪さはどこか伯母に似ている。

「そっちはどうなの？」

　千尋はメニューを広げ、やってきた店員に適当にメニューを指差してオーダーしなが

ら僕に尋ねる。

「なんも変わりはないよ」

「そういう顔してるわ」

「おまえのほうこそ、どうなんだよ?」

千尋はやってきた白ワインのグラスに口をつけてから言った。

「結婚しようかと思って」

「はあ⁉ ……おまえ、そんな話ぜんぜん……」

「いや、二ヵ月前からつきあい始めたんだけど……」

そう言いながら千尋が彼氏の話を始めた。同じ大学の同級生であること。同窓会で再会し、すぐにつきあいを始めたこと。外資系の会社でSEをしていること。今はほぼ半同棲の状態になっていること……。話は予想以上に進んでいる。

「母さんにその話したのか?」

「いやいや、その前にさ、お兄ちゃんに会ってほしくて」

「……そういうの、気が重いなあ」

「絶対にそう言うと思った。だけど、お兄ちゃん忙しいじゃん。いつが暇?」

そう言って千尋が携帯のカレンダーを見せてくる。自分も携帯のカレンダーを出して予定をチェックした。再来週の木曜日の夜ならなんとか時間がとれそうだった。

「スーツとか着たほうがいいのだろうか?」

「いやいや、そういう堅苦しいのはやめようよ。そういう人じゃないし……」

ぺらぺらと彼氏とののろけ話を口にする千尋を見ながら僕は思い出していた。佳美のことだ。

僕が共に暮らし、結婚をしようと思った相手。もし、妹の彼氏の家族が佳美の家族のように興信所を使って僕の家のことを詳細に調べたなら、千尋の結婚話は白紙になってしまうのではないか……。

「お兄ちゃん！　また、ぼーっとして！　料理来たよ。食べよ」

そう言って僕の皿にサラダを取り分けようとする。

「その彼氏さんて……」

「ん？」

「こういう言い方はどうかと思うけど、いいとこの息子さん？」

「いいとこ？」

「つまり、家柄とか気にする人？」

「愛媛のみかん農家の五人兄弟の末っ子だよ」

その言葉で正直なところ、自分のどこかがほっとしてもいた。

「何、安心した顔してんの。いやらしいなあ。いいとこのぼっちゃんじゃない。みかん農家の御曹司。みかんには一生困らないよ」

千尋に言い当てられて、何も言い返せなかった。

「もしかしてお兄ちゃん……」

「ん？」

「うちの家のこととか気にしてる？　つまりさ……私たちの家で起こったこと、とかさ」

千尋に佳美を紹介したことはあるが、なぜ結婚が駄目になったのか話したことはない。

「いや……」と口にしながら何を言えばいいのかわからなかった。

「お父さんは自分で階段から落ちたんでしょう。それで半身不随になったんでしょう」

千尋はその「現場」を見てはいない。けれど、「僕がやりました」という言葉は聞いている、はずだ。僕が父をなんらかの方法で傷つけようとしたことは知っているのだ。「あの出来事」について、僕が千尋に何かを言ったことはないし、千尋から聞かれたこともないし、問いつめられたこともない。

できるだけ千尋の記憶を掘り起こしたくはなかったし、そうすることで、また、彼女の目が見えなくなってしまうのではないか、という不安もあった。

「お父さんなんか結婚にはなんの関係もないよ」

千尋はきっぱりとそう言って、白ワインを口にした。

「まあ、お母さんにだって関係はないよ。私が誰と結婚しようが、あの人には関係ない」

千尋はいつからか、母をあの人と呼ぶようになっていた。

僕と両親がうまく関係を築けなかったように、彼女もまた、どこかの段階で母親とも良好な関係を築くことができなくなった。僕は十三の歳からあの家に帰っていない。妹

はそれでも、東京に出てきてからは二、三年に一回、正月には帰っていたが、東京に戻って会うと、

「あの二人、なんだか気持ち悪い」と口をとがらせて言うのが常だった。それよりも、僕と同じように妹も伯母に懐いていた。

「お兄ちゃんと伯母ちゃんには会ってほしいんだよね」

「そうは言っても結婚式はするんだろう？」

「結婚式なんて無駄なものしないよ。うちの親族なんて呼んだら大変なことになるじゃない。わけのわかんない親戚がゾンビみたいにあらわれてさあ……子どもの頃、じいちゃんの家に行くの、死ぬほど嫌だったもんね。お兄ちゃんばっかり可愛がられて……」

そう言ってどこか遠くを見るような目をする。

「千尋は大学なんて行かなくてもいい。早く地元で結婚して子どもを産め、っていったいいつの時代の話だよ。受験するときにじいちゃんと大げんかしてもお母さんなんかなんの加勢もしてくれなかったんだから」

確かに千尋が東京の大学を受験すると言ったとき一悶着《ひともんちゃく》あったことは彼女から聞いていた。その一件を解決してくれたのも、伯母だったと聞いている。僕にとっても千尋にとっても家族と呼べる人は、伯母しかいないのだ。

「おまえ、目のほうは大丈夫なの？」

「また出たよ。お兄ちゃん、何年前の話！　もうなんでも見えるわ。見えすぎて困るわ」

そう言って千尋は僕のほうに顔を向けて、目を見開いた。

「とにかく再来週の木曜日は空けておいてよ。お兄ちゃんもきっと気にいるよ、いい人だから」

そう言って千尋はトイレに立った。ふーとため息をついて、店内を見回す。千尋が結婚をする、と聞いてどこか安堵《あんど》している自分がいた。あんな家で育ってしまったら、結婚して家族を作ることに対して夢を持つことなどできないのではないかと思っていたからだ。自分は結婚などできなくてもいい。けれど、やはり千尋には家庭を持ってほしいという気持ちがどこかに存在していたのだ、と僕は再確認したのだった。

アラビアータのペンネを口に入れようとしたとき、近くの席に座っている一人の女と目が合った。

見間違えるわけもない。昨日の夕方、彼女に会ったのだから。あの看護師だった。目の前にスーツ姿の男がいる。今日はこの前見たような黒いライダースジャケットでも、目のまわりを黒く塗りつぶしたようなメイクでもなく、菫《すみれ》色のシフォンブラウスを身に纏《まと》い、ナチュラルなメイクをしている。そっちのほうがよっぽど似合うじゃないか、と思いながら、僕は軽く会釈をした。彼女も会釈を返す。デートか、と思いながら、自分のどこかがかすかに落胆していることに自分自身が驚いてもいた。

千尋が席に戻ってくる。

「誰？　知り合い？」

僕の視線の行方を探りながら、千尋が尋ねる。

「整形外科の看護師さん」

「ふーん……」と言いながら、千尋もペンネを口にする。

「整形外科って……お兄ちゃん!!」

千尋の大きな声に女がこちらを向き、僕に笑顔を向ける。いったいなんなんだと思いながらも僕は話を続けた。

「ああ、カメラのレンズ、落としそうになってさ、それで階段の上から下までずさーって」

「何やってんの!? 体、平気なの？」

「それで手首をひねったんだよ。で病院に……レントゲン撮ったらさ、ヒビの痕《あと》があるね……って」

「何それ、まったく笑えないよ」

ぷんぷんと怒りながら千尋が白ワインのお代わりを店員に大声でオーダーする。

「……サバイバーって言うんだって」

千尋がかすかに声を潜めて言う。

「サバイバー？」

「そう。うちみたいな家庭で育ってうまく生き残った子どものこと。大学で習ったわ」

「サバイブ、したのか？　僕ら」

「生き残ったんだからしたんじゃない？　でもさ。私」

「うん」

「結婚したらああいう家には絶対にしない。つまりさ」

「うん」

「結婚したいっていうか、リベンジしてやる、って気持ちが私のなかにはあるわけ」

「リベンジ？」

「そう。復讐《ふくしゅう》。あの家より幸せな家庭を作ってやるし、お母さんより幸せな女になってみせる。結婚してあの家にリベンジしてやるし、自分の子ども時代を上書きしたいんだよ。暴力なんてものを家に持ち込まない。だから、そういう相手を選んだ……」

「……彼氏、大丈夫なのか？」

思わず聞いた。

「蚊も殺せない仏様のような人だよ」

そう言って笑う。目を細めて笑う顔は子どもの頃からまったく変わりがない。けれど、万一、千尋の彼氏が千尋に暴力をふるうようなことがあれば、自分は十三のときと同じようなことを再びしてしまうのではないか。悪い想像が頭に広がったのも確かだった。

千尋が僕に顔を近づけて言う。

「お兄ちゃんさ、一度、弘前に帰ったほうがいいと思うんだよね」

「なんで？……」

「伯母ちゃんさ、あんま体のほう、いい感じじゃないみたい」

「どこか悪いのか？」

「いや、伯母ちゃんのことだからさ、どこが悪いとか痛いとか、電話でもあんま言わないんだよ。だけど、なんか……声に力がないというか……」

伯母に会ったのはもう二年前になる。東京で見たい美術展があるとやってきて、千尋と三人で行動を共にした。そのときに変わった様子はまったくなかったはずだ。

東北での撮影もないわけではないが、自分がその担当になることはなかったし、担当にならなかったことにほっとしてもいた。それでも、青森や弘前、という言葉を事務所で聞くと、古傷を強くつままれたように、自分のどこかが鈍く反応する。弘前はまだしも、あの山村の実家に、いつか帰る日は来るだろうか。しかし、それ以前に伯母の体のことが心配だった。

「じゃあ、彼氏と会って、そのあと、弘前に行くか、みんなで」

「うん！　それがいい、それがいい」

子どもの声で千尋が笑う。

そのとき、あの看護師の女が僕のほうに近づいてきた。急に立ち上がった彼女を、向かいの席にいた男が追いかけてくる。女が僕の手を取って無理矢理に立たせる。

いったいなんなんだ、と思いながらも僕は立った。膝の上にあった白いナプキンが床に落ちる。

「私、好きな人がいるんですよ。この人です」

「なっ⁉」

最初に声をあげたのは千尋だった。看護師が腕をからめてくる。指と指の間に、彼女の指が入り込む。恋人繋ぎというやつだ。その手を相手の男に見せつけるように高く掲げる。

「私たち、こんなに愛しあっているんです」

「ええっ⁉」

次に声をあげたのが相手の男だった。僕は何が起こったのかわからず、彼女に手を繋がれたまま、フロアに立ちつくしていた。店内にいた客全員の視線が、僕と女と男と、いつの間にか立ち上がっていた千尋、四人の姿に注がれている。

「だから、ごめんなさい。結婚できないんです」

そう言って女は僕と手を繋いだまま、フロアを駆け出した。自分の席にあったコートとバッグを手に取ると、店を飛び出し、走り出した。何がなんだかわけがわからない。彼女のヒールの音だけがうら寂れた商店街に響く。息が切れる。どこまで行く気なのか。

気がつくと、町外れにある公園にいた。

「どういう、あれ、なに、これ？」僕は息を切らしながら言った。

「あたし、なんにも間違ったこと言ってない」

僕のほうは、はー、はー、と息が切れているのに、女の呼吸は一切乱れていない。繋いでいた手を無理矢理離し、公園のベンチに腰を下ろすと、冬だというのに、背中を汗がつたっていくのを感じた。女がそばにあった自販機で買った缶コーヒーを手渡してくれた。ありがとう、という気力もなかった。

「あの、どういうことです？」

女が僕の隣に座り、体を寄せてくる。猫みたいな女だと思った。

「いや、さっき言ったとおりのこと。あたしはあなたのことが好きで、親の決めた相手と結婚するつもりはないというわけ」

「……いや、だって僕はただの患者ですよ」

「一目惚れ。最初にあなたを見たときからこの男だ、と思った」

「いやいやいやいやいや」

少しヤバい女なのではないか。妙なことに巻き込まれている。今すぐにここから逃げ出したい、という気持ちが勝った。

「いや、そういうの僕、よくわかんないんで」

そう言って僕は立ち上がり、公園を抜けて、自宅のアパートに向かって走った。時折後ろを振りかえったが、女がついてくる気配はない。僕はほっとしながら、玄関ドアの鍵をロックした。まるで猫を公園に捨ててきた気分だった。携帯の振動がやまない。

〈お兄ちゃん、どういうこと⁉〉

〈あの女の人、誰？〉

〈恋人なら、最初からそう言ってよ!〉

ぷんぷんと怒ったクマのイラストのスタンプ。返信しなくては、と思うのだが、自分でも何が起こったのかわからないのだから、返信しようがない。僕はまだ震え続けている携帯をソファに投げ、ベッドに突っ伏した。着替えもせず、シャワーも浴びず、僕は眠りに引きずり込まれた。あの女がいつまでもいつまでも追いかけてくる奇妙な夢を見た。

2

「もう少し、構図上から」

「はい」

僕は吉田さんに言われたとおりにカメラの位置を変更する。都内では新しいホテルの建設ラッシュが続き、その外観や部屋の写真の仕事が増えていた。今日撮影しているのも、窓の外にオリンピックスタジアムが見えるスタイリッシュなホテルだった。

撮影は吉田さん、助手は僕だけで撮影はあっという間に終わった。

「こんな部屋にカップルで泊まってみたいもんだねえ。横沢君」

「いや、相手がいないですから」

「嘘つけ」

そのとき、吉田さんの携帯が鳴った。吉田さんの言葉が標準語から九州の言葉になる。身内からの電話だろうと思った。僕は機材をバスルームの床で片付け、会話を聞かないようにした。会話が終わったあとを見計らって、バスルームから出ると、吉田さんがうーんと伸びをしている。

「困ったもんだなあ……」

「何かありました？」

「いや、親父が、去年、心臓病で入院したんだけどさ、今朝、また倒れたって」

「すぐに帰ったほうがよくないですか？」

「いや、俺の親父は四人きょうだいの末っ子だから手はあるのよ。俺が帰ってもやることはないし……」

「でも、心配じゃないですか？」

「おまえ、父親倒れたら仕事ほっぽり出してすぐに帰る？」

その言葉に返事ができなかった。伯母が倒れたらすぐに帰るだろうと思う。けれど、母が倒れたら、自分はどうするだろうか……。

「おまえの父さんて何している人だっけ？」

「いや、小さな村のしがない役場の人間ですよ。今は体を壊して母が面倒見てますけど……」

体を壊して。嘘だ。僕が父を壊した。

「そっちのほうが心配じゃねえか」

「いや、母がついてるんで……」

「生きてるうちに何度でも会えよ」

「はあ……」

「死んだら会えないぞ」

「いや、だったら吉田さん、やっぱり帰ったほうがよくないですか？」

僕が最後まで言い終わらないうちに、吉田さんが携帯のスケジュールアプリを僕に見せた。どこまでも撮影でスケジュールが埋まっている。

「おまえ、この仕事、全部、代わりにできる？」

「……無理です」

「俺だって、おまえが全部代わってくれるのなら、代わってほしいよ。だけど無理だろう、これじゃ」

吉田さんの仕事は日々増え続けていた。住宅なら、トイレや浴室など、部分的な撮影なら、自分にもできるが、外観などのメイン写真は僕と吉田さんの力量の差は歴然だ。

「もっとカメラマンとして精度を上げたいです」

「おまえのその生真面目さ、俺、時々怖いわ」

吉田さんがソファに座り言葉を続ける。

「写真にも変な緊張感があるんだよな。なんかもっと人間の道、外れてみろよ。おまえ、写真のことしか興味ないだろ。そういう頑なさが写真に出るのよ。女でも酒でも夢中になって、どろどろになってみろよ。最近の若いやつは小さく小さくまとまろうとするから……」

　吉田さんの若いカメラマンへの愚痴は続いた。そう言われて、何も言い返せなかった。人としての道ならば、十三の歳にとっくに踏み外している。もう踏み外したくはないから、僕はそのラインの上ギリギリで踏ん張っている。けれど、そのラインが引かれた世界の外側にひっぱりだそうとする人間があらわれた。

　そう、あの女だった。

　事務所からアパートに帰ると、あの女がドアの前に立っている。ひい、と思わず僕は声をあげた。

「なんでここがわかったの？」

「そんなのカルテ見ればわかるじゃん」

　個人情報の扱いとかどうなってんだ、と思いながら僕は玄関のドアを開けた。女を入れるつもりはなかったが、ごついブーツで閉めようとしたドアを止められた。女の服装はこの前の菫色のシフォンブラウスとかではなく、「邪魔なんだよ！」と怒鳴ったときの、真っ黒な服装だった。こっちが彼女の素《す》、なのだろう。

「ちょっと！」

「行くところがないんだもん。一晩でも二晩でもいいからお願い！」

女が叫んだ。隣の部屋のドアが開く音がした。近所迷惑になる。とりあえず、僕は女を部屋に入れた。女は小さな黒いキャリーバッグを玄関に置き、三和土《たたき》でブーツの紐をほどき始めた。

僕は洗面所に行って手と顔を洗い、入念にうがいをした。この時期、風邪でも引いて撮影に穴を開けたら大変なことになる。タオルで顔を拭いながら部屋に戻ると、女が勝手にキッチンに立って薬缶《やかん》をガス台にかけている。屈《かが》み込んで、ガスで煙草に火をつける。

「この部屋、禁煙？」

「いや、そういうわけじゃないけれど……あのさあ」

いつの間にかソファに座っていた女が僕を見上げる。どういう方法を使えば、そんなに目のまわりを黒くできるんだ、というくらい、アイラインやアイシャドーやらで目のまわりが縁取られている。目力が余計に強調される。もの申す気でいたのに、気が削がれる。それでも言った。

「正直、迷惑です」

「……」女は表情を変えずに黙っている。

「お父さん、ほら、院長先生とか心配するでしょうが」

「あんなの、血が繋がってないもん、あたし、養子のもらわれっ子だから」

「……」

「看護師なんてやりたくもないことさせてそばに置いて。こっちだって恩は感じてるから、渋々看護師にはなったけど。今度は結婚だって。あたし、まだ二十六だよ⁉　しかもあたしより十三も年上のぶっさいくな内科医」

あの夜、あの店で僕ら二人をあっけにとられて見ていた男の姿が浮かんだ。女が言うような不細工な男ではなかったような気がするが、この女の好みではないのだろう。少し、彼に同情したくもなった。

「いや、だからって、家飛び出して、ここに来るのは違うでしょう」

「だって、あたし、初めて会ったときからすっげえタイプと思って。カメラマンなんてかっこいいし！」

「……何か、すっごい誤解があるんじゃないかな」

脱力しながら僕は言った。女が黒い目で僕を見つめている。

「僕は世の中で思われているような派手なカメラマンじゃないし、正確に言えば、カメラマンでもない。まだ、アシスタント。年収とか聞いたらぶっ倒れるよ？」

「お金なんてどうでもいいよ。そんなのなんとでもなる。……とにかくあたしはあなたの顔とか見かけがすっごいタイプだし、それに……」

ガス台に置いたままだった薬缶が沸騰している音がする。僕はキッチンに行き、ガスを止めた。

「あなたとあたしは似ている」

背中から声がした。

「あなたもあたしと同じにおいがする。あなたはこっち側の人間だもの」

こっち側、という言葉は、僕の心の内側だけでつぶやかれている言葉だった。その言葉を女が口にしている。彼女も僕や妹と同じようにサバイバーなのだろうか。

「生まれた家で何かあった人間ってあたし、すぐにわかるんだよね。施設育ちだからさ」

施設、というのは児童養護施設のことだろうか、と思った。だったらなおさら、いつか水希が言ったように、僕と彼女は近づくべき人間ではないのではないのか。いくら同じこっち側の人間だとしても。

「あなた、何か隠しているよね」

「なにも……」思わず僕は答えた。

「左手のヒビ。あれ、誰にやられたの?」

答えるつもりもなかった。答える義務もない。ただ、足を向けた整形外科の看護師だ。その彼女がぐいぐいと自分の内側に入りこんでくる。

「それを聞くなら泊めるつもりはない」

「じゃあもう聞かない」

そう言ってぷいと顔を背《そむ》け、女はソファに横になり目を瞑る。

「二晩、いや、一晩だけだから」

女から返事はない。僕はふーっとため息をつき、クローゼットの中から毛布と掛け布団を取り出し、女にかけた。その黒いメイクは落とさなくていいのだろうか、と思いながらも、「あなたはこっち側の人間だもの」という女の言葉の響きがいつまでも自分のなかで木霊《こだま》していた。

彼女は予想どおり、二晩では帰らなかった。

朝早く、僕が撮影で出ていくときにはソファに丸くなって眠っているが、夜、帰ってくる頃には、彼女なりの夕飯を作って僕の帰りを待っていてくれた。佳美とつきあっていたときには、編集者である彼女の帰りのほうが遅かったくらいだったから、アパートが近づいてきて、窓に灯りが灯っているのを見ると、なんとも不思議な気持ちになった。

彼女は自分のことを梓《あずさ》と呼んでくれ、と言った。正直なことを言えば、梓の料理は決して上手なほうではなかった。市販のルーを使ったカレーやシチュー、多分、小学生でも作れる料理が食卓に並んだ。佳美の作るものは、どこか洗練されていたし、おしゃれでもあった。けれど、食べるときにどこか緊張している自分もいた。梓の料理は雑ではあったが、撮影で疲れている自分を温かいものが待っている、ということがこんなにも自分に平穏さをもたらすものだと思ったことはなかった。

「看護師二人もいらないもん、あんな廃《すた》れた病院」

そう言って梓は家にも帰らず、病院にも戻らず、この部屋にまるで潜伏しているように身を潜めていた。いつか、院長が怒鳴りこんでくるのではないか、そう思わないことはなかったが、僕と梓が繋がっていることなど、彼にわかるはずもない。佳美の両親のように興信所を使えば、話は別だが……。

梓はわざわざ隣町まで買物に出かけているようだった。梓と二人で部屋の外に出かけることはなかった。僕がいない昼間、梓が部屋で何をしているのか僕は知らない。知る気にもならなかった。

頃合いを見て、家に帰せばいいだろう、と僕はなんとなく思っていた。彼女に対しては、なんの感情もない。好きでも嫌いでもなかったし、性欲を感じることもなかった。彼女に起きた出来事を僕が共に抱える必要もないはずだ。

けれど、どういうわけだか、家に梓がいるかと思うと、外で酒を飲む気にはならなかった。水希のところにも、随分長い間、足を向けていなかった。

〈ふみくん、最近全然お店に来てくれないじゃん！〉

〈さびしい！〉

〈今度、いつ来てくれるの？〉

水希からLINEは来ていたが、

〈今、仕事で忙しくて〉と嘘をついた。どこか水希に対して罪悪感が湧いた。

〈さびしい……〉

〈さびしいよう〉

というだけのメッセージが続いてもいつものことだろう、と思っていた。梓が来て四日目の深夜、確認せずに放置していたメッセージを見ると、〈ふみくん、今までありがとう〉とあった。初めてまずい、と思った。また、OD《オーバードーズ》か、と思いながら、ダウンジャケットを着込む僕を、すでに眠っていた梓が見上げる。

「何？　こんな時間に」

「いや、ちょっと友だちが……」

そう言いながら、僕は携帯を梓に見せていた。

「あたしも行く」

「いや、いいから」

「だって、あたし、看護師じゃん⁉」

そうだったと思いながら、僕の目の前でモコモコのパジャマを脱ぎデニムに着替える梓をぼんやりと見つめるしかなかった。

アパートの外に出てタクシーをつかまえる。ここからワンメーターも走れば水希のマンションに着くはずだ。早く、早く、僕はシートに座りながら、腰を浮かせていた。

エレベーターを使わずに、階段を一段飛ばしで上がっていく。水希の部屋のチャイムを鳴らした。ドアが開く気配はない。ドアノブを回す。ドアに鍵はかけられておらず、ドアは簡単に開いた。靴のまま、部屋に入った。

いつか、水希がODをしたときにも感じた、風邪を引いたとき特有の薬臭さが部屋の中に充満している。僕は水希を探した。

「こっち」梓の声がした。

水希は寝室の奥にあるクローゼットの扉の前に俯《うつむ》いて座っている。そのそばに空の薬のシートと缶チューハイの空き缶が散乱している。

「水希！」

僕が体を揺すろうとすると、

「ちょっと待って！」と梓が声をあげた。水希の首に白い細い紐のようなものが巻き付き、その先がクローゼットのドアノブに繋がっていた。梓が首筋で脈をとる。そして、首を振る。

「救急車！」

「違う。警察！」梓が叫ぶ。

「もう脈がないし、死後硬直が始まってる」

「嘘だろ！」

僕は目を閉じ、もう動くことのない水希を見ながら、大声で叫んでいた。

「救急車は遺体を乗せられないんだよ」

「遺体って」

僕は思わず水希の体を揺さぶろうとした。

「だめ！　鑑識捜査が入るから！」

「だって、死んでないだろう！　水希は死んでないだろう」

梓が水希の左手首をそっと摑《つか》んで僕に差し出す。その手を摑んだ。そこにあるはずの人肌の温かさがなかった。

「ほら、ここ、脈見て」

梓が首筋のある一点を僕に触らせようとする。そこには、本来あるはずのかすかな脈動を感じることができなかった。水希の命は確かに途絶えていた。

それからのことを僕はあまりよく覚えてはいない。しばらく経って警察がやってきて鑑識捜査が行われたこと。流れるように水希の部屋で、見知らぬ誰かによって、何かが行われた。

自分や梓も聴取を受けた。

水希との関係だけでなく、薬物使用の有無、かかりつけの病院についても問い質《ただ》されたが、僕は水希が勤務していたキャバクラのただの客だ。もちろん友人でもあり、彼女が向精神薬を服用していたのは知っていたが、彼女が何に悩み、何のために自死を選んだのかはわからない。

ただただ、〈さびしい〉というメッセージを無視し続けた自分に腹が立った。いつもの水希の甘え、店に来てほしいという意味だとばかり思っていた。

事件性の有無を確認する検死のため、水希の遺体はグレーの袋に収められ、警察に運ばれていった。明日、警察に来てほしい、と言われ、僕と梓は水希の部屋から外に出された。

水希の部屋で見たクローゼットのドアノブに天蚕糸《てぐす》のようなものが巻き付けられ、それが途中でぷちん、と切られているのが目に浮かんだ。それが突然に途切れた水希の生のようにも思えた。梓が僕に尋ねた。

「恋人、だった？」

いいや、と僕は首を振った。

「ただのキャバクラ嬢とその客だよ。でも、僕にとっては……僕にとっては、大事な人間だった」

全身の力が抜けたようになって、僕は街灯の下に座り込んだ。ひどく冷え込む夜だった。こんな寒い夜にたった一人で何かを抱えて、たった一人で逝ってしまった水希のことを思うと、胸がつまった。

「あいつがＯＤをして僕が病院に運んだこともある。……正直、死ぬ死ぬ詐欺だと思ってたんだよ。まさか、本当に……本当に死んでしまうなんて思ってもみなかった……いつか写真を撮ってくれ、って言っていたのに、それも断って。もしかしたら、そのときから……」

梓が僕の隣に腰を下ろす。僕の頭を梓が抱えた。僕はされるがままになっていた。梓の髪はココナッツのような蜂蜜のような甘い香りがした。

「あいつもこっち側の人間だったんだ……」

どうしようもなく泣きたい気持ちになったが、涙は出なかった。もう何年泣いていないだろうと思いながら、僕は自分の頭を撫でる梓の手の温もりだけを感じていた。

数日後、駅前の小さな斎場で行われた水希の葬式はとても寂しいものだった。遺影は店にいるときの衣装の水希の笑顔の写真で、それを見たら胸がきしんだ。

僕と梓、店の人間、数人だけが立ち会った。焼香に来る人間もない。水希がどこで生まれ、どんなふうに育ち、何を考えて生きていたのか、今になっては知る由もない。

簡素なパイプ椅子に座っていると、顔なじみの、水希の勤めていた店の店長が声をかけてきた。

「横沢さん……」

そう言って頭を下げる。僕は立ち上がり、彼に近づいた。

「あいつ、最近、横沢さんが来ないってひどく落ち込んでて……あ、いや、それがあいつが死んだ原因じゃないすけど……」

「……」

「なんか好きになった男がいたんすよ。店の客で。結婚する、結婚する、って大騒ぎで。……だけど、そんなの真に受けるほうがおかしいじゃないすか。キャバ嬢と結婚する人間なんて普通いないっしょ」

店長の物言いにかすかに腹立ちながら、僕は黙って話を聞いていた。

「あいつ、無下にされるほど本気になって。最後はかなりひどいこと言われたっぽいんすよね。そのあとから、店も休みがちで……。俺も横沢さんにＬＩＮＥしようかと思ってたくらいなんすよ。あいつ、ほら、横沢さんと結構いろんな話してたじゃないすか……」

〈さびしい〉

〈さびしい〉

という水希のメッセージが目の前に浮かぶ。どうしてそのときにメッセージを返さなかったのか。浮かぶのは後悔ばかりだった。

「ご両親とか、親族とかには連絡したの？」

この会場に水希の両親らしき人もいない。わかっていて、あえて、聞いた。

「それが……横沢さんも知ってると思うけど、あいつ施設育ちじゃないすか。産みの親とかとは連絡もとってないみたいで。だけど……」

そう言って店長が一枚の紙片をスラックスのポケットから出した。折り畳まれた紙片を開き、僕に渡す。戸籍謄本だった。紙片に目をやる。平口《ひらぐち》早苗《さなえ》。それが水希の本名なのだろうか。本籍地には群馬のとある住所。両親の名前があるが、父親の名前には除籍と印字されている。

「随分前なんすけど、自分になんかあったら横沢さんに、これ渡してくれ、って水希に言われたことがあって。ここがあたしの生まれた場所だって。あいつ、その頃から、もしかしたら死ぬこと……」

その前兆はあったのだ。それを自分は見逃した。

「あの、横沢さん。俺がこんなこと言うの、余計なお世話だと死ぬほどわかってるんすけど、水希の遺骨、ここに届けてやってもらえないすかね」

そう言われて、僕は水希の遺体が収められている棺《ひつぎ》を見た。顔の部分だけ開かれているが、子どものような顔で眠っている水希の顔をもう見たくはなかった。

「横沢さんも仕事あるだろうけど俺も動けないし。だけど、俺、このまま無縁仏みたいに水希の遺骨知らないやつと一緒にするのも嫌なんすよ。もし、あいつに故郷みたいなものがあるのなら、その家族に悲しんでほしいし、墓があるのなら、そこに遺骨を納めてほしい。それを横沢さんに頼むことできないっすか？」

僕には責任がある。〈さびしい〉と幾度もメッセージを送ってきた水希を無視した罰。僕が一言、メッセージを送り、店に顔を見せに行っていたら、水希は生を絶つこともなかったんじゃないか。しばらく迷って僕は言った。

「……うん。わかった」

「ありがとうございます！」

店長の声が静かな葬儀場に場違いに響いた。

水希の遺骨を僕は自分の部屋に運んだ。どこに置いたらいいのか迷い、この部屋でいちばん日当たりのいい出窓に置いた。そうして遺骨の入った箱を頭を撫でるように撫でた。確かに一人の人間として水希は存在していたはずなのに、こんな箱に閉じ込められているのが不思議だった。

大学のときに、祖父と祖母が相次いで亡くなったが、僕は葬儀には出席していない。父や母と会いたくなかったからだ。葬式に出るのも、こうして遺骨を前にするのも、僕にとっては初めてのことだった。

「施設育ちで自死する子は少なくないよ……」

ソファに座った梓がぽつりと言った。

「親って、自分と世界の結び目みたいなもんじゃん。何かあったら最終的には逃げ込める場所。守ってもらえる場所。それが最初からないんだもん。何かあったら、すぐにみんなそんなこと考えるんだよ」

僕はスーツのままベッドに仰向けになった。ひどく疲れていた。梓の言葉を聞きながら、もしかしたら梓も自死を考えたことがあるのか、とふと思ったが、怖くて問い質すことはできなかった。

ふいに梓が立ち上がり、僕の寝ているベッドに横になる。僕が伸ばしていた腕の上にそっと頭を乗せる。その重みと温かさが、梓がまだ生きている人間だと主張していた。

「義理のお父さんにレイプされそうになった」

「ん?」

「水希がいつかそう言ってたんだ。お母さんの料理もひどいものだって。家はゴミ屋敷で、洗濯もしなかったって……」

「ありがちなパターンだなあ……不幸な家のパターンってどうして似ているんだろ。幸福ほどバリエーションがないのがまた不幸だよね……」

「でも、それも本当か嘘かはわからない」

「あなたの……」

梓が起き上がって僕の顔を見る。

「史也の」梓が僕のことを名前で呼んだのはそれが初めてのことだった。

「史也の家の不幸のパターンはどうだったの……」

梓の黒い猫のような目で見つめられて、僕は何も言い返せなくなった。

父が酒を飲んで暴れ、家族に暴力をふるっていたこと。その父を十三歳のときに殺そうと思って、彼の頭に斧をふるったこと。その話を水希以外にしたことはない。水希の話が嘘でも本当でもそれはどっちでもよかった。けれど、水希は僕の話を受け止めてくれた。受け止めてくれた最初の人間だった。目の端から不意打ちのように涙が零《こぼ》れた。

「いつかは話してね」そう言って梓は僕の涙を指で拭った。僕はそれが恥ずかしく、腕で目を覆った。

「あたしの話をいつか聞いてね。そうしたら話せるよね」

もちろん、という意味で僕は頷《うなず》き言った。

「だけど、約束してほしい」

「どういう事情を梓が抱えているか僕は今、まったく知らないけれど、この世から急にいなくならないでほしい」

「ん?」

それは懇願に近かった。彼女を、梓、と名前で呼んだのも初めてだった。梓の手を取り、僕は言った。梓の手首も、水希のように折れてしまうほど細い。あの夜、触れた水希の首筋の冷たさを思い出した。また、涙がにじむ。

「あなたにとって水希さんは大事な人だったんだね……」

「妹みたいな存在だった。だけど、僕は何もできなかった。メッセージが来ても無視して。無視し続けて。いつものことだと思っていた」

「あたしは自死なんかしないよ」

梓が僕の腕をとって言う。泣いている顔を見られるのが恥ずかしくて、僕はそっぽを向いた。

「この部屋からだって急にいなくなったりしないよ」

なぜだかそう言われて安心している自分がいた。

「泣け! 泣け!」

そう言って笑いながら梓は囃《はや》したてた。いつか伯母に言われた言葉と同じだ。父を傷つけ、伯母の家に引き取られたときに伯母はよくそう言っていた。同じ台詞《せりふ》を梓が口にしているのが不思議でもあった。

無理矢理に押しかけるようにして、この部屋に居座っている梓に対して、家族のような気持ちが芽生え始めているのを僕は感じていた。恋ではない。愛でもない。けれど、彼女に親しみのようなものを感じているのは確かだった。

「その水希さんの家に行こうよ」

梓は立ち上がり、出窓に置いた水希の遺骨の入った箱を撫でる。本当のことを言えば、葬儀場で店長に水希の故郷に行ってほしい、と言われたとき、一人で行く勇気はなかった。もし、水希の言うように、水希の親がとんでもない人間ならば、僕は何をするかわからないという心配もあった。けれど、梓と二人なら、行けるかもしれない。

「今度の土曜なら撮影がないから行けるかもしれない」

「外に出られる！　ドライブ！」

「いや、そういうんじゃないでしょ」

そのとき、ふと気づいたことがあった。梓の言葉のアクセントだ。今までだって気づいていたはずなのに、今になってやっと思い当たった。東京生まれ、東京育ちのお嬢さんだと思っていたから、単なる彼女の癖なのだと思い込んでいた。

「梓ってさ」

「ん？」

「もしかして青森の出身じゃないか？」

僕がそう言った途端、梓は両耳に手を当てて、

「あーあーあー聞こえない」

とわめき出した。両耳から手を離して梓が大声で言う。

「あたしがそんな田舎の出身だと思う？　あたしは東京生まれ、東京育ちの大病院の」

「でも、言葉のアクセントが」

「青森なんて、日本にはないんだよ。この世にはない場所」

意識すればするほど、梓のアクセントは青森のものだと確信した。青森で生まれ施設で育った女。病院の養子にもらわれ、看護師として働いている女。義理の親から無理矢理、結婚を勧められ、その親の元から逃げ出し、僕の部屋に逃げ込んできた女。知っていることはただそれだけなのに、僕のなかに梓という女のデータが蓄積されていく。そのことが不思議でもあった。僕は思わず言った。

「僕は青森で生まれて育った」

「……」

「ものすごい田舎だよ。林檎畑に囲まれて、岩木山が」

「もうやめて！　聞きたくない」

梓が叫んだ。

「そんなこと聞きたくない」

「ごめん……」

「嫌いな場所なの、思い出したくない場所なの……だけど、史也はまったく言葉になまりがないじゃん。東京育ちみたいな顔しやがって」

「家の中では標準語喋《しゃべ》ってたんだよ。母親がそうだったから」

「いけすかねー家だなあ」

「父親だけは土地のことば」

　梓が瞳をくるりと回してから僕を見つめる。

「史也、父親と何かあったんだろ」

　言い当てられて僕は黙った。なぜわかるのか。そう聞きたかったが、僕は黙っていた。

「パターンがあるって言ったじゃん。不幸な家のパターンだよ。父親だけが疎外されて。……あたしがどんだけ施設でそんな子ども見てきたと思ってんの。勘が働くんだよ。こいつは母親となんかあった、こいつは父親。だいたい話せばわかる」

「……」

「あたしは青森のことなんか聞かれたくない。史也は父親のことを聞かれたくない。喧《けん》嘩《か》両成敗」

「意味が違うだろ」

「とにかく今はそのことを話すのはやめよう。だけど、いつか」

「いつか？」

「史也には話せるような気がするんだよ。水希さんみたいに」

　そう言って梓は出窓にある水希の遺骨の箱に目をやった。その前には梓がコップにいけたオレンジ色の数本のガーベラがあった。

「死んだら誰の話も聞けないし、自分の話もできないからな」

僕は自分に言い聞かせるように言った。


土曜日、僕は水希の遺骨を抱えた梓を助手席に乗せ、水希の戸籍謄本に記載されていた群馬の館林《たてばやし》に向かった。車の中でいつもは口数の多い梓も黙りこくっている。時折、風呂敷に包まれた骨壺の入った箱を撫で、

「はかないもんだね。こんなにちっさくなっちゃって」

とつぶやいた。

撮影で来ることも多い群馬だが、一時間半ほど車を走らせただけであっけなくその場所に着いた。どこまでも続く田園地帯、その所々に広い庭付きの一軒家が建っているのが見える。母親は再婚した、と水希は言っていたのだから、本籍地に母親かそれ以外の近親者が住んでいるかどうかはわからない。家を訪ねても僕らを招き入れてくれるかどうかの確信もない。

ここではないか、と思われる一軒の家に着いた。どこにでもあるような本当にごく普通の家だった。表札を見ると平口とある。水希の本名は平口早苗だった。

車を降り、かすかな動悸を感じながら、梓と目を合わせる。覚悟を決めて、玄関のチャイムを鳴らした。しばらく間があってドアが開いた。ごく普通のおばさんが顔を出す。

「すみません、僕ら、早苗さんの友人で……」

「あの……どういったご用件で」

彼女は明らかに僕らを警戒していた。それはそうだ。見知らぬ男女がいきなり訪ねてきたのだから。おばさんの視線が梓の抱えていた骨壺の包みに留まる。彼女は何も言わない。遠くのほうから鳥の鳴き声がかすかに聞こえてくる。

「ごめんなさい、こんなところで。どうぞお上がりになってください」

そう言って彼女は僕らを家に招き入れたのだった。

居間は石油ストーブのおかげでほどよく暖められていた。壁際には立派なピアノ。僕は母のことを思い出して、胸にちくりとした痛みを感じた。

勧められるままソファに座り、しばらく経つとおばさんが紅茶のカップを二つ載せたトレイを持って居間に入ってきた。ローテーブルに紅茶のカップを置く彼女に僕は尋ねた。

「あの……水希、いえ、早苗さんのお母様でいらっしゃいますか？」

「はい、そうです」

消え入るような声でそう答え、梓が抱えていた遺骨の箱を手にすると、表情を変えずに、そっと箱に視線を落とす。どんな感情も読み取れない彼女のその姿を見てどうにも釈然としない思いが湧き上がってくる。

「あの、早苗はなんで……亡くなったのでしょうか？」

「……」僕はその言葉を口にできなかった。代わりに梓が答えた。

「……自死です」

そう梓が言っても彼女は顔色ひとつ変えない。僕は尋ねた。

「あの……早苗さんはどうして東京に？」

「施設を出てからのことは私にはよくわからなくて……」

「その間、早苗さんと連絡は？」

「……」

迷ったが僕は口を開いた。

「あの……僕が早苗さんから聞いていたのはお母様が再婚されて……」

水希の母親が目を逸《そ》らす。重苦しい沈黙が居間を満たした。彼女が口を開く。

「早苗との折り合いが悪くて……」再び彼女は口を閉ざす。

「二番目の義理のお父さんにレイプされそうになった……」いつかそんなことを語っていた水希の声が耳をかすめる。

「あの……お二人は早苗の友人なんですよね？　あの子、東京で何をやっていたんですか？」

詰問とも言えるようなその問いかけに思わず言葉に詰まる。まさかキャバクラ嬢だったとは言えない。

「飲食店でバイトされていて、僕がその店の常連だったものですから」

「そうですか……」

　水希の母親は無表情にそう言っただけだった。一人ぼっちではなかったが、水希は一人で逝った。けれど、どうしたってそんなことは話せやしなかった。

「……穏やかなお顔でした」

　梓がいつもより幾分低めの声で言った。

「そうですか……」

　水希の骨壺の箱は、まるで荷物のように彼女の足元に置かれていた。もう帰ったほうがいいのではないか、僕がそう思いかけたとき、ふいに彼女が言った。

「……あの子の部屋、見ていきますか？」

　彼女の言葉にどこか理解できないものを感じつつ、案内されるまま、僕と梓は階段を上った。

「私は下にいますので」

　迷いながらも僕の後に梓が続く。階段を上がったすぐ横の部屋のドアに〈SANAE〉と書かれた木のプレートが下がっている。僕と梓は顔を見合わせた。本当に入っていいのだろうか、と思ったのだ。けれど、迷う僕の前に立ち、梓がドアを開けた。

　部屋はかすかに黴《かび》臭くはあったが、今でも誰かが使っているような生々しさがあった。ピンクのベッドカバーの上に熊のぬいぐるみが転がっている。椅子の背には、中学で着ていたものだろうか、臙脂《えんじ》色のジャージの上着がかかっている。当たり前のことだが、水希にも学生時代があったということが不思議に思えた。

三茶のあの店で「メンがヘラってる水希です」と自虐的に口にする未来が待っている女の子の部屋には見えない。ここにいたときの彼女にはもっと違う未来があったのではないか。それ以上に気になるのは、水希の母親の様子だった。自分の娘の骨壺の箱を見ても、泣くこともなく、とり乱したりもしない。

「……ごく普通の中学生の部屋じゃないか……」

そう言う僕に、梓が壁に貼られていた一枚のポスターを指差した。名前はわからないが、顔に見覚えのあるアイドルだか俳優のポスターが貼られ、その端がめくれている。梓がそのポスターをめくり、ある場所を指差している。

僕は近づいて、それを見た。壁に大きな穴が三つ開いていた。拳で開けたような穴だった。水希が開けたものなのか、それとも……。

「水希さんが開けたんじゃないかなあ……。多分」

梓はそう言って拳を握り、その穴に入れた。まるで梓が開けたかのように彼女の拳はその穴にすっぽりと収まった。

ポスターが貼られた反対側の壁はクローゼットだった。あの日の水希の姿が頭に浮かぶ。僕はすぐに目を逸らした。いつかは娘が帰って来ると信じて、水希の母親はこの部屋をそのままにしておいたのだろうか。彼女がクローゼットのドアノブで首を吊ったことなど一生知らないまま。

「もう行こう……」

これ以上、この部屋にいられる自信がなかった。梓が黙って頷く。

何かこの家にも秘密がある。それは、そういう家で育った自分に備わった動物的な勘のようなものなのかもしれなかった。

階段を下りて、居間に戻ると、水希の母親の足元に骨壺の箱が置かれたまま、彼女の目はテレビのほうを向いている。

「お邪魔しました」と声をかけたものの、その声はもう彼女の耳には届いていないようだった。

僕と梓は黙ってその家を出た。庭先に停めた車に乗り込む前に、僕は水希の家をもう一度見た。水希の母親がまともな人であってほしいと思った。水希の遺骨を墓に入れ、毎日、彼女の仏壇に水をあげてほしい。

「家に帰れてよかったな水希……」

本当によかったのだろうか、と迷いながらも僕は心のなかでつぶやいた。

行きは休憩もせずに水希の家に向かったが、帰りは役目を果たした、という疲れが体を浸した。煙草が吸いたいと梓も言うので、途中のパーキングエリアに立ち寄った。

誰も座っていないテーブルを見つけて椅子に腰を下ろした。喫煙所に寄ってきた梓の体から煙草の臭いがかすかにする。彼女の手にはコーヒーの入ったカップがふたつある。ひとつを僕に差し出す。僕はそれを受け取った。

「二番目の義理のお父さんにレイプされそうになって……お母さんのごはんは冷食かコンビニ飯で部屋はゴミ屋敷って、あれ、全部嘘だったのかな？」

耐えきれず僕は言った。梓が僕の目を見る。

「それは本当のことだったんじゃない？　あのおばさん一見普通に見えるけれど、実の娘を施設に預けるような母親だよ……」

そう言って拳を前に差し出す。水希の鬱屈《うっくつ》があの穴を開けたのか。

「梓はなんでもわかるんだな」

「だから言ったじゃん。不幸のパターンなんて何通りも見てきたって。史也の家だって傍《はた》から見ればごく普通の家だったでしょう？」

言葉に詰まった。家の外側だけを見れば、あんな家であんな凄惨なことが起こっていたとは誰も思わないだろう。

そのとき、ふいに携帯が鳴った。妹の千尋からだった。

「お兄ちゃん……伯母ちゃん入院するって……」

「えっ」

僕の手から空のカップが滑り落ちた。

「伯母ちゃん、はっきりとしたことは全然話さないんだよ。たまたま私が電話したら、明日から入院するからって……多分、お母さんとかにも話してないような気がする。病気のこともぜんぜん教えてくれないし。だけど、声に力がないんだよね。いつもの伯母ちゃんらしくなくて……私、すぐにでも弘前に行きたいけれど、ちょっと今、やっかいな仕事抱えてて……お兄ちゃん、弘前行く予定とかないの？」

　千尋の言葉に、このまま車で弘前に行ってもいいのではないだろうかという考えが一瞬頭に浮かんで来た。

　けれど、明日の日曜日も撮影がある。準備のことを考えれば今日の夕方までに東京に戻っている必要がある。

「明日も仕事があるからなあ……」

「だよね。だけど、伯母ちゃん、一人で入院なんて心細いんじゃないかと思って……」

　休みを利用して一日で帰ってくれば行けないことはない。青森に帰ることには嫌悪感があるが、実家に帰るわけではないのだ。

「ちょっと考えてみるわ」

「お兄ちゃんの顔見たら伯母ちゃん、元気が出ると思うんだよね」

　通話を終えると、向かいに座った梓がコーヒーを飲み干し、口を開く。

「何かあったの？」

「そう、僕が中学、高校時代に世話になっていた弘前の……その伯母さんがちょっと具合が悪いみたいで」

「中学、高校時代は弘前にいたんだ？　実家じゃなくて？」

「……」

その話はまだ梓にはしたくはなかった。梓も僕の気配を察したのか、それ以上は何も言おうとしないが、ぽつりと一言だけ言った。

「世話になった人なら、会ったほうがいいんじゃない、会えるうちに。じゃないと……」

水希の骨壺の箱が目に浮かんだ。梓も同じことを考えているのだろう、という気がした。二人、目を合わせる。重苦しさを払うように伸びをしながら梓が言った。

「もうドライブも終わりかあ。案外短かったね。このまま日本一周とかしちゃわない？」

「馬鹿言うなよ……仕事あるよ」

「ふーん、カメラマンさんは忙しくて何より」

「アシスタントだよ！」

そのときふと思った。水希の故郷を訪ねるこの小旅行が自分一人でなくて良かったと。梓が共にいてくれて良かったと。

3

事務所のミーティングは毎週月曜の午前中に行われる。

馬鹿でかいホワイトボードには日付と、吉田さんとほかのスタッフのスケジュールが書き込まれ、特に吉田さんの欄にはまるで余白がない。目の前に座る吉田さんが腕を組んで、口角をぐっと下げている。

「いや、正直な話、親父の具合があんまり良くないのよ。だけど、このスケジュールどうするか？　延期できるものはそうしてもらって、できないものは、長くても二週間先くらいまで代われるやつには代わってほしい」

吉田さんの事務所は僕を入れて総勢五人、僕以外に三人のカメラマンがいる。そうは言っても他のカメラマンにもそれぞれ仕事がある。吉田さんの二週間先までのスケジュールに目をやった。長崎、札幌《さっぽろ》、高崎《たかさき》、川越《かわごえ》……最後に弘前の文字があった。伯母のいる町。

「史也、おまえ、弘前行けるか？」

「えっ、僕一人でですか？」

「久留里さんが造った保育園、ワンカット撮るだけの仕事なんだよ。使われる写真も小さいしさ、おまえ、いい加減、もう一人で仕事してもいい頃だろうよ」

吉田さんがそう言うと、ほかのスタッフも領いた。ホワイトボードを見ると、予備日が二日ある。

「ただし、この撮影は晴天に限る、って久留里さんにきつく言われているから」

僕は黙って頷く。二日あれば、晴天を待って撮影を終えても伯母に会うことはできるだろう。

「僕でいいんですかね？」

「横沢先生にお願いしたいですね」

吉田さんがにやりと笑いながら言う。

「予備日二日あるけど、撮影終わったらすぐに帰って来いよ。おまえ、逃げるなよ。前に、地方の撮影に一人で行かせたら、そのまま逃げたやついるからな」

「逃げませんよ」

「じゃあ、横沢先生で」

吉田さんが弘前、という文字の下に赤いでかい文字で横沢と書いた途端、たった一人で久留里さんの建物を撮影するというプレッシャーがふつふつと湧き起こってきた。

家に帰ると、いつものように梓が簡単な夕食を作って僕の帰りを待っていた。いったいいつまでここにいるつもりなのかと思いながらも、それを確認できない自分がいる。

「来週、弘前に行くことになった」

「えっ、じゃあ、ちょうどいいじゃん。伯母さんのところに寄れるし」

「……来るか？」

僕は弘前行きが決まったときから、心のなかで考えていたことを言葉にした。弘前の撮影にはアシスタントもいない。梓一人連れて行っても誰かにばれることはない。何より、このアパートに梓を一人にしておくことになんとなく不安を感じていた。水希のこともあったばかりで、もし梓の父親にここにいることがばれたとしたら……。梓は家に連れ戻され、あの院長が決めた相手と有無を言わさず結婚させられるだろう。

愛情を感じているわけではない。梓に対する気持ちは妹に対する気持ちに近い。詳しくは知らないが、子ども時代につらい目に遭ったのなら、梓が望む相手と結婚させてやりたい。そんな気持ちが芽生えつつあった。

それに正直なところ、一人で弘前に行くことを不安に感じてもいた。水希の実家にだって一人だったら行けなかっただろう。梓が一緒なら気の進まない青森にだって行けるのではないか……。

「……行くわけない。史也のほうこそ実家に帰れる？」

しばらく考えていた梓は口をとがらせて言った。

「帰るわけないだろう。伯母さんの病院に寄るだけだよ」

「とにかく青森なんかに帰りたくないの。北には絶対に行かない」

自分一人さっさと食べ終わった食器を重ねながら梓が言う。

「それよりさ、妹さんの結婚相手と会うんでしょう？　あたしも行ったらダメかな？」

そう言われて、すっかり忘れていたその予定を思い出した。

「なんでよ？　なんで梓が千尋の」

「あたしが見ればさ、妹さんの、その千尋ちゃんの結婚相手のこともっとよくわかると思わない？　そいつがだめな男なのか、そうじゃないのか、あたしが見極めてあげよっか？」

「……」

「それに息抜きしたいんだもん。この家に来てからスーパーしか行ってないし」

「この前、水希の家まで行ったじゃないか」

「あれはお弔いみたいなもんじゃない。外食がしたいんだよね。外でお酒も飲みたいし」

人の家に勝手に上がりこんで何を言ってるんだ、と思ったが、確かに千尋の結婚相手を見極めるためには、複数の人間がいたほうがいいような気がした。

「……来てもいいけど、アパートの外に出るんだから、念のために変装しなよ」

「わかった！」

そう言うと重ねた食器を手にし、シンクのほうに向かい、派手な水音を立て始める。

変わった女だなあ、と思いながら、僕は梓の作った少し塩辛い味噌汁を飲み干した。

眼鏡とマスクを外した梓を見て千尋が声をあげる。

「ねえ、お兄ちゃんたち、マジでつきあってんの？」

青山にある、半地下の個室居酒屋の一室。梓は変装のつもりなのか、部屋に入るまで黒縁の眼鏡をかけ、白いマスクをしていた。

「いや、そういうんじゃないんですけど、今、お兄さんの家にごやっかいになっていて……」

「は、同棲？」千尋が声をあげる。

「いや、そういうんじゃないから」と僕と梓が同時に声をあげた。

「まあ、いいや。……とにかく、彼は優しくて、気の弱いいい人だから、お兄ちゃん、変なこと絶対に言わないでよ」

「もちろん」僕は頷いた。

梓がトイレに立った。個室に僕と千尋の二人きりになる。

「私の目が見えなくなったことがある、とか、そういうことも彼には話してないし」

「もちろん言わない」

「ねえ、お兄ちゃん、あの人……」

「梓、っていうんだよ」

「ねえ、それってつきあってるって言うんじゃないの？　この席にまで連れてきてさ」

「いや、だからそういうんじゃないし……あの人悪い人じゃないから」

そこまで言うと、梓が席に戻ってきた。僕と千尋が口を噤《つぐ》む。妹の結婚相手に会う、ということは、想定外の緊張を強いられることなのだと改めて思い知らされた。いつもはお喋りの千尋ですら緊張しているのか口が重い。一人、はしゃいでいるのは梓で、「お酒なに飲もっかなあ」とメニューに視線を落としている。

そのとき、部屋の戸が開く音がした。一人の若い男性が会釈をし、

「おっ、お兄さん、初めまして。僕は佐田武治《さだたけはる》と申します」と緊張した声で告げた。

中肉中背、眼鏡をかけているが、これといって大きな特徴がある男ではない。渋谷の雑踏を歩いている、ごく普通のサラリーマン。すれ違ったとしても一瞬で顔を忘れてし

まうような。それが彼に対する第一印象だった。

「千尋の兄です。建築専門のカメラマンをしています」

「アシスタントでしょう?」

梓がおどけた声をあげる。

「まあまあ、そうかたくならずに、みんなで楽しくごはん食べようよ。あたしは中原《なかはら》梓。千尋さんのお兄さんの友人です。看護師をしています」

ねっ、と言うように梓が僕の顔を見、僕は黙って頷く。

緊張で何も言えなくなっている僕と千尋に代わって彼に話しかけているのは梓だった。彼が外資系の会社でSEをしていること、実家がみかん農家だということなどは千尋に聞いて知っていたが、僕が聞きたいと思っていることを梓は僕に代わってすべて聞いてくれた。

口は重いが決して悪い男ではなさそうだった。時々、千尋が僕に目配せする。その目は、大丈夫でしょう? と言っているように見えた。

その後も、主に梓が質問をし、彼が答えた。食事もあとはデザートを残すだけ、というときになって、彼が座っていた座布団を外し、僕に頭を下げる。

「千尋さんのご両親に会う前にまずはお兄さんに会って結婚のお許しをいただきたく……」

千尋が彼と一緒に頭を下げる。実直そうないい男だと思った。もちろん、と口にする前になぜだか梓が口を開いた。

「あなた、千尋ちゃんに絶対に手をあげたりしないね！」

彼がはっと顔を上げる。

「は、はい」

「絶対だね！」

「もちろんです」

「約束するね？」

「はい」

「万一、そんなことがあったらこの人何をするかわからないから」

僕と千尋が思わず目を合わせた。

「絶対に、絶対に、そんなことを千尋さんにはしません。一生をかけて大事にいたします。千尋さんを幸せにします」

彼の声は震えていた。そんな彼の姿に同情しながら、僕がいちばんに聞きたかったことを梓が彼に聞いてくれた、と思った。

「大事な妹なんです。絶対に幸せにしてください」

僕がそう言うと、彼は目の端に涙を溜めて消え入るような声で、

「絶対に幸せにします」

とだけ言った。

「まだ飲み足りない」という梓と千尋は意気投合してしまい、なぜだか三人で近場のバーに行くことになった。妹の婚約者である佐田さんは明日の早朝から地方出張があると言って早々と帰っていった。

梓がトイレに立った隙に千尋が僕に顔を近づけて言う。

「お兄ちゃん、あの人とつきあえばいいのに」

「だから、そういうんじゃないんだってば。何度も言うけれど」

「お似合いだと思うけどなあ……」

梓がトイレから戻ってきた。代わりに千尋がトイレに立つ。

「気は弱そうだけど悪い男じゃないじゃん」

「あのさ……」

僕は言い淀んだ。こんなことを言ったら梓はつけあがってますます家に帰らないのではないか、とふと思ったからだ。それでも言った。人に、誰かにこんなことを言うのは初めてだった。

「今日、ありがとう。多分、僕一人だったらどうにも……」

「だろうね……」

「こんなこと初めてだからさ」

「あなたは絶対的に言葉が足りないタイプだね」

その言葉にふいに佳美のことを思い出した。

「もっと言葉にして伝えて」

もう幾度、そんなことを他人から言われ続けてきたのだろう。言葉がどれくらい足りないのか自分でもわからないのだ。

「あなたが黙っているとなんだか怖いし……」

「怖い？……」

「そうだよ。今日の千尋ちゃんの彼氏だって、あなたが黙っているとき、おしっこちびりそうな顔してたよ」

「そうだろうか……」

「変な威圧感があるんだよ」

「威圧感？」

「いきなり殴られそうな……」

そう言われて僕は黙った。暴力の片鱗が僕の体のどこかにまだ熾火《おきび》のように燻《くすぶ》っているのだろうか。

思わずテーブルに置いた自分の両手を見た。父に傷つけられた右手、そして、父を傷つけた両手。あのときに僕の手を濡らした父の薄汚い血の色がまだ残っているかのようにも思えた。

「また、そんな深刻そうな顔して。今日はいい日じゃん。お酒飲もうよ」

そう言って梓はウエイターに手を挙げ、アルコール度数の強そうなカクテルをオーダーする。

千尋がトイレから戻ってきた。

「そうやって二人で並んでいると、恋人にしか見えないんだけど……」

「だから違うってば」

「もう、つきあっちゃえばいいのに」

千尋が言うと、梓がふざけて僕の手をとり、指をからませてくる。僕は慌ててその手を払った。

「梓さん、お兄ちゃんのこと、よろしくお願いしますね」千尋が頭を下げた。

「あんたたち、いい兄妹だね」

そう言って梓がカクテルをあおる。本当はこのことも言葉にしたほうがいいのかもしれなかったが、僕は心のなかでつぶやいた。そうだよ。僕らはいい兄妹だよ。だってあの地獄を二人、生き抜いてきたんだから、と。

弘前行きの日が迫って来た。その日が近づいてくると、僕はかすかに緊張し始めた。弘前は実家に繋がる場所だ。弘前から車を走らせれば、あの村も近い。衝動的にあの家に帰り、父の姿を目にしたら、何をするか自信がなかった。

梓がいれば。

そう思って幾度も「弘前に行かないか？」と尋ねたが、決して首を縦に振らない。仕方がない、と思いながら、僕は荷物をパッキングして、前日の夜は早々にベッドに入った。

ドンドンドンというドアを叩く音で目が醒《さ》めたのは、梓ではなく僕のほうだった。反射的に時計を見る。まだ午前六時前だった。男の声がする。若い男の声ではない。僕は耳をすませた。

「おい！　梓！　そこにいるんだろ！　すぐに出てこい！」

梓もその声で布団から体を起こして、ドアのほうを見つめている。

ドアを叩く音は止まない。こんな早朝に騒がれては近所にも迷惑になる。僕は梓に布団に隠れているように言い、ドアのロックを外した。

「あの、どちらかのお宅と間違われているんじゃ」

言い終わらないうちに、男が、僕が診てもらった整形外科の院長が、部屋の中に突入してきた。靴を放り出すように脱いで部屋に上がりこんでくる。膨らんだ布団をめくり、「梓！　おまえ！」と大声で叫ぶ。

院長が手を振り上げる。頬を張るつもりなのか、と即座に思った僕はその手を必死で摑んだ。院長が鬼の形相で僕の顔を睨《にら》む。その視線に全身の血液が沸騰するような思いがした。

「やっぱりおまえか！　うちの大事な娘をたぶらかしたのは！　……ちょっと待て、おまえ、見た顔だぞ。うちの病院に来たことがあるだろう！」

鼓膜が破れるかと思うような大声だった。僕は唇に指を当て、

「すみません。近所迷惑になるといけないので、もう少し小さな声で」

「うるさい！　おまえと梓はどういう関係なんだ！」

ますます院長の声は大きくなる。

「どういう関係でもありません」

そういう僕の声に院長が床に視線を落とす。ベッドからできるだけ離れた場所に敷かれた梓の布団。ソファで寝ていた梓のために僕が用意したものだった。院長が想像しているような男女関係は僕らにはないし、どちらかと言えば迷惑を被《こうむ》っているのは僕のほうなのだが……。

「じゃあ、なんでこいつの部屋にいるんだっ！　さあ、来い」

と梓の細い腕を取って引っ張ろうとする。梓が咄嗟《とっさ》に院長の手を振り払い、僕の腰にしがみつく。

「帰らない！　お父さんの決めた人とは結婚しない！」

「馬鹿なことを言うな！　おまえを育てた恩を忘れたのか！」

そう言って無理に梓を立たせようとする。今度は僕が院長の手を振り払い、梓を自分の背中に隠した。院長が言い放った「育てた恩」という言葉を無性に不快に感じる。

僕とその後ろに隠れた梓を見て、院長の目に暗い炎が宿った気がした。僕がもう幾度も目にしたことのある、大人の男が本気で怒ったときの、あの感じ。腕や脚が粟立《あわだ》

っ。

「結納までしたのに、どうするつもりなんだ！」

「絶対にあの人とは結婚しない！」

「そんなことできるもんか！　世間体があるだろうが！」

「自由……」

梓の声が泣き声に変わる。振り返ると、梓の目から今にも涙が零れそうになっている。

「お父さん、あたしをもう自由にしてほしい……」

どさり、と音がして院長が床に膝をついた。

「おまえを実の娘のように可愛がってきて……幸せになってほしくてそれで……」

「自由になりたい！　自由に恋愛も結婚もしたい！　お父さん、お願い！」

梓が床に頭をつけるようにして頭を下げている。

「それが、この男なのか……」

「この人とはなんの関係もない。あたしが頼み込んでこの部屋に置いてもらっているだけ……」

院長が泣きそうな顔で僕を見る。彼にかすかな同情を感じもしたが、なぜだか梓をこの男に渡してはならない、という気が強くした。

「あの、本当に僕と梓さんはなんの関係もありません。行くところがない、というので、置いているだけで」

僕は再び院長の腕を摑む。

「だったら今すぐ帰るんだ！」

院長が再び梓の手を握ろうとする。その力の強さは傍で見ていてもわかった。僕は再び院長の腕を摑む。

「無理強いはよくないんじゃないですかね？」

「親が娘を家に連れ戻すことの、どこが無理強いなんだ！」

「いや、梓さんももう一人の立派な大人です。僕が彼女を納得させます。近所にも迷惑になりますから、今日はこのままお引き取りいただいて、明日、必ず、梓さんをご自宅にお帰しします」

むっとした顔で院長が僕を見つめる。負けるものか、と僕は思った。院長が僕の手をまるで汚いもののように振り払う。

「絶対に明日帰ってくるんだな！」

梓は泣きながら頷く。

「お約束します。ですから今日のところは……」本意ではなかったが、僕も頭を下げた。

肩を落とした院長がうなだれた様子で部屋を出て行こうとする。僕はその背中になぜだか父の面影を見た。ドアがぱたりと閉まる音がする。

「あたし、明日、帰されちゃうの？」

「まさか」

「……どうしてここがわかったんだろう。カルテはちゃんとしまってきたのに……だけど、あの様子なら、お父さん、絶対明日も来るよ」

「だから、明日、僕らはもうここにはいない」

「僕ら？」

「梓は僕と一緒に弘前に行くんだよ」

梓は俯いたまま黙っている。

「行きたくないな……」

「僕だって行きたくはないよ。だけど二人とも実家に帰るわけじゃない。僕だって青森なんかに行きたくはないよ。だけど、梓となら……」

梓が僕の顔を見る。

「帰れるような気がするんだよ」

それでも梓の表情はどこか納得していない。

「明日、家に帰るのと、弘前に行くのと、どっちを選ぶ？」

梓がのろのろと立ち上がる。その問いに答えはなかったが、この部屋に来たときに持ってきたキャリーバッグに物憂げに着替えを詰め始めた。

「親父から逃げるためで、弘前に行きたいわけじゃないからな！」

「わかった。わかってるって」

そう言いながらも、僕も飛行機の時間を気にしながら、慌てて準備を始めたのだった。

幸運なことに同じ飛行機の便に空席があった。梓は僕よりも後ろのほうに座っていた。

振り返ると化粧に余念がない。黒いアイペンシルで目のまわりを黒く縁取っている。わざわざあんなメイクをしなくても、と思いながら、僕はシートに座り直した。

第三章　十五夜の月／道行二人、北へ

1

弘前を訪れるのは、高校卒業以来になる。あれから、ずいぶん時間が経った。この飛行機が青森に向かっている、ということが僕の心に重くのしかかってくる。できることなら、青森空港に着いてすぐ、羽田に引き返してしまいたかった。けれど、梓に言ったように実家に帰るわけではない。撮影を終え、伯母の病院に向かうだけだ、そう何度も自分に言い聞かせた。

なんだって日本国中、飛行機はこんなに早く着いてしまうものなのか、と思いながら、僕は憂鬱《ゆううつ》な足取りで空港を出た。そのままレンタカーショップに向かう。履いている黒い編み上げブーツのせいではなく、キャリーバッグを引っ張りながら、梓も重そうな足取りで僕についてくる。

レンタカーショップで手続きをしている間、梓は外で煙草をふかしていた。僕のアシスタントとして梓を連れて行くのであれば、彼女に伝えておかなければいけないことがいくつかあるな、と思いながら、僕は車のキーを受け取った。

僕が車に乗り込むと、梓ものろのろとした動作で助手席に座った。

車は走り出す。小一時間もあれば弘前にある撮影現場についてしまうだろう。

「あのね、撮影現場では、梓は僕のアシスタントということになってるから」

「はあ？　どういうこと？」

「何も難しいことはないよ。僕の言ったことをやってくれればいい。今日行くのは保育園なんだよ。だから、そのメイクはちょっと……」

「とれってか⁉」

「そんなメイクのアシスタントいないからさ」

なんでよ、と言いながらも、梓は膝の上に置いたバッグの中からクレンジングシートを取りだし、手鏡を見ながら顔を拭いた。初めて病院で会ったときの梓の顔になる。

「あのさあ、前から聞きたかったんだけど……」

「ん？」

「そんなふうにメイクするのなんで？」

「武装してないと負けちゃうもん」

何に？　と聞きたかったが黙っていた。梓にとっては弘前に行くために欠かせない変装のようなものなのかもしれない、と僕は思った。

「あと、保育園には子どもたちもいるからね。やさしくやさしく」

「史也、あたしの職業、なんだと思ってんの？　白衣の天使だよ！」

「そうだった」と言いながら僕は笑った。ずいぶんと長い間、笑っていなかったような気がした。

「あとは僕の言うことを守ってくれればいいから」

「はい。先生」

「お願いだから現場で僕のこと先生って絶対に呼ばないでね」

そう言うと梓が噴き出し、笑い始めた。二人とも緊張していたのだ。笑いが、その緊張を和らげようとしている。

ナビで保育園の場所を確認した。カトリック弘前教会のすぐそばのようだった。久留里さんの仕事も手広いなあ、と思いながら車を走らせる。市内に入り、三十分ほど車を走らせると、保育園に到着した。

空港から連絡を入れていたので、園の前に園長先生らしき人が立って待ってくれている。苦労しながら、園の小さな駐車場に車を停めた。

「遠いところをわざわざすみませんねえ」

小柄なおばあさんのようにも見える園長先生が僕と梓に頭を下げる。すみません、というのはこちらのほうなのだが、と思いながら、僕と梓も頭を下げた。

名刺を出して改めて挨拶をする。梓のことは、事前の相談どおり「仕事のアシスタントをする橘《たちばな》です」と紹介した。梓が再び頭を下げる。園長先生の視線が梓の顔に留まる。

「あなた、どごかで会ったごとないべがねえ。橘さん、ご出身は？」

「東京生まれの東京育ちです」

梓が東京の言葉ではっきりと答えた。

「そうだが……昔、世話をした子によぐ似でるもんでさ。んでも、東京の方なら、他人のそら似だよね。ごめんなさいね。会ったばかりの方に変なごとを言って……」

梓が僕を見上げ、首を振る。園長先生の言うように他人のそら似なのだろう。園長先生の青森の言葉が耳に障る、というわけではない。むしろ無性に懐かしい。園長先生の言葉に引きずられないように、僕も意識して東京の言葉を話した。

実際に撮影をするのは明日だが、今日のうちに全体像や壁の汚れなどがないかを見ておきたかった。小さな保育園だが、無垢の木をふんだんに使い、小さな三角屋根を載せたその建物はいかにも久留里さんの手によるものらしかった。

大きな傷も汚れもない。建物手前の汚れた根雪が多少目立つが、それはレタッチの処理でなんとかなるだろう。明日が晴天でありさえすれば、撮影はうまくいきそうだった。

園長室でお茶を出された。

「東京からここまでずいぶんと遠がったでしょう」

「いえ、飛行機に乗ってしまえばすぐですから」

「横沢さんもご出身は東京だが？」

「ええ、そうです」

「青森さ来られだのも初めでで？」

「はい」

梓が園長先生に見えないように肘で僕の肘に触れた。

「今は寒いして雪ばっかりでねえ。もう少し先の、春になれば弘前城の桜が綺麗だの。夏はねぷた、それにさ」

と園長先生の話は終わらない。知ってます、知ってます、と心のなかで答えながら、

「そうですか」と僕は社会人の顔で頷《うなず》いた。

「久留里先生の造った保育室も素晴らしいがらまず見で欲しい」と園長先生が僕らを誘う。

「ゼロ歳児がら五歳児まで、それぞれ特徴のあるお部屋でさぁ……」

そう言いながら、それぞれの部屋を見せてくれた。一階に部屋がある二歳児から五歳児の子どもたちはちょうどおやつを終えた時間なのか、自分の使った皿を片付け、夕方までにもうひと遊び、といった感じだった。

保育園の撮影に行くとよくあることだが、やたらにカメラマンになついてくる子ども

がいる。

「ねえねえ、おじさんとおばさん、新しい先生だの？」

そう言われて、梓と二人笑った。

「違いますよ。保育園の写真ば撮る東京から来た方ですよ。明日、みんなの写真も撮ってもらうべしね」

園児の写真を撮る予定などなかったはずだが、外観の撮影さえ終えてしまえば、サービスカットとして撮っておいてもいいか、と思った。

最後に案内されたのは、二階にあるゼロ歳児の部屋だった。ベビーベッドに寝ている子もいるが、ほとんどの子はカーペットの上ではいはいをしたり、ちょこんと座り、木製の積み木を口にしたりしていた。一人の赤んぼうが僕ら目がけてはいはいで進んでくる。

赤んぼうは梓の足に摑《つか》まると、「ママ、ママ」とくり返す。

立ち上がりそうになるが、まだうまく立つことはできないのか、すぐに尻餅をついた。赤んぼうが泣き出す。保育士さんがやってくる前に梓が軽々と赤んぼうを抱きあげた。

「泣かない。もう泣かないよ」

そう言って赤んぼうを横抱きにし、ゆっくりと体を揺する。看護師なのだから、当然、子どもの扱いにも慣れているのだろう、と思った。

園長先生が口を開いた。

「そんだ、梓ちゃん、梓ちゃんっていう子にそっくりなんだじぁ」

園長先生が梓の顔を見ながら言葉を続けた。

「私さ、ここの保育園に来るずいぶん前に児童養護施設で働いていだんですよ。そこさいだ小学生の女の子と、橘さんがどこか似でいでさ……その子も小せ子どもをあやすのが得意だったがら……つい」

梓が抱いていた赤んぼうを一人の若い保育士が受け取る。赤んぼうは梓が抱いてあやしたからか、もうすっかり泣き止《や》んで穏やかな顔をしていた。

「でも、そしたらわげあるはずないものね。橘さんは東京生まれのお嬢さんだもの……変なことを喋《しゃべ》って本当にごめんなさいね……」

園長先生が頭を下げる。

「いえいえ、そんな、私、誰かに似ているってよく言われるんです。多分、どこにでもよくいる顔なんでしょうね……」

そう言って梓が園長先生に笑いかける。僕も顔では笑ったが、心のなかでは笑ってはいなかった。多分、園長先生の記憶にある梓は、僕の隣で素知らぬ顔で立っている梓本人であるのだろう、というどこか確信めいた思いがあった。

二人で車に乗り込み、園を後にする。予約を取っていた市内のホテルに向かった。明日晴天ならば撮影、曇天か雨、雪ならば撮影は中止。そうなったら伯母を見舞うつもりでいた。

弘前の町には想い出が多すぎる。高校時代に通った本屋、映画館、そして、いつも目にしていた弘前城。見覚えのある場所がいくつも車窓を通り過ぎていく。つい口が重くなる。梓も何も話さなかった。はなから、

「園長先生が言っていた女の子って、梓のことだろう?」と聞くつもりもなかった。車の暖房はつけていたが、梓はコートを着た体を寒そうに自分の手で摩《さす》っている。梓が着ているのは東京の冬に着るようなコートだ。それもかなり薄手の。

「そのコートじゃ寒いだろ? ユニクロみたいな店があるから、そこで防寒用のダウンでも買おう。撮影も屋外だし、それじゃ風邪ひくよ」

確か、伯母の住んでいるアパートの近くにそんな店があったはずだ、と僕はナビに伯母の住所を入れた。伯母のアパートの近くに今も変わらずその店はあった。

「だっさ。絶対に東京じゃ着たくない」とぶつくさ言いながらも、梓はその店でいちばん暖かそうなダウンコートを選び、僕が買った。

「アシスタント代だから」と言うと、

「ありがとう、先生」

と梓がおどける。

サイズは小柄な梓に合うものがなく、かなりオーバーサイズだったが、コートがないより、ずっといい。自分の体よりずっと大きなコートを着て、いつもの目のまわりを黒く囲むようなメイクをしていない梓は、まるで中学生のように見えた。

夕食はどこか外で食べるか、と考えてはいたが、ふと思い立った。ここまで来たのだから、伯母のアパートに寄ってもいいのではないかと。伯母の家の鍵はまだ僕のキーケースの中にある。

入院中に僕が部屋に入っても文句を言うような人じゃない。一日、二日のことだ。ホテルはやめにして、弘前にいる間は伯母の部屋に泊めてもらうのがいいのではないか。伯母を見舞ったときに一言伝えておけばそれで済む。何より、なぜだか僕はその部屋に行ってみたかった。僕は隣の助手席でうつらうつらしている梓に言った。

「伯母さんの家に泊まろう。誰もいないんだ。部屋もあるし」

「暖かくて眠れるならどこでもいい」

半分眠ったような声で梓は答えた。車を走らせる。懐かしいコンクリートの四角い建物が見えてきた。コインパーキングに車を停め、機材を抱えて、アパートまで歩いていく。梓は自分のキャリーバッグをゴロゴロと転がして僕の後をついてきた。

遠くから見てもその建物が随分長い年月を経てきたことがよくわかる。一階に二つの表札。その左のほうのドアに僕は鍵を差し込んだ。

「狭いところだから気をつけて」

この部屋に初めて来たとき、伯母に言われたことを梓に伝えた。二階に上がると石油ストーブと油絵の具と、煙草が混じったにおいがした。それが封印したままの僕の記憶をこじ開けようとする。

僕は荷物を置き、石油ストーブに火をつける。梓はもの珍しそうに部屋の中を見回している。伯母の片付けのできなさは相変わらずのようで、ソファには畳まれていない衣類、床には画集などの本や雑誌がまるで泥棒に入られたように散乱している。

「ここは煙草も吸えるから。ホテルよりいいだろ」

僕がそう言うより前に梓は石油ストーブの火に煙草を近づけて、深く煙を吸い出していた。

「そこで温まってなよ」

僕はそう言って、一人、下の部屋に下りた。かつて自分の部屋だった場所がどうなっているのか、見てみたかった。玄関脇の三畳の部屋。そのドアを開けた。僕が寝ていたベッドも黄ばんだトルソーも、壁に立てかけた描きかけのキャンバスもあの日のままだった。

僕が使っていた勉強机など、もう捨ててしまってかまわないのに、伯母はまるで僕の帰りを待っていたかのように、部屋をそのままにしておいてくれた。けれど、それを目にして、目の前に広がってきたのは、初めてここに来た十三歳の日の記憶だ。

階段を下りてくる小さな足音がした。梓が開かれたドアの向こうに立っている。

「入ってもいい?」

「もちろん」

梓は子猫のように部屋に入ってきて中を見回した。

「ここで暮らしていたんだ……」

「そう、十三のときからね、伯母さんと二人で……」

「十三のときに……」

梓は言い淀んだが、それでも言葉を続けた。

「十三のときに何かが起こったんだね。つまり十三までは史也は幸せな家庭で」

「そんなんじゃないよ！」

思わず大きな声が出た。

「それまでは地獄だったよ……」

「ごめん……」小さな声で梓が言った。

「いや、いいんだ。こっちこそ、ごめん」

梓が僕の使っていたベッドに腰を下ろした。

「あたしはね……」

「今日会った園長先生のこと覚えているよ」

そう言って僕を見上げる。

「忘れるわけない。十歳のときまで一緒に過ごした人だもの。あの園長先生だって気がついていると思う。嘘がつけない人なんだ、昔から。史也だってわかったでしょう？」

黙ったまま僕は頷いた。

「乳児院の前に捨てられていた捨て子だったんだ。今日みたいに寒い日だよ。へその緒がついたままだった。可哀想に思ってそこに置いたんじゃないよね。こんな寒い日にあたしは裸のまま、おくるみに巻かれて捨てられていた。梓という名前を書いた紙切れが入っていたというけれど、生かすためじゃなく、殺すためだったんだと思うよ」

僕も梓の横に腰を下ろした。

梓がデニムのポケットからお守りのようなものを出した。袋の口を開けて小さな紙片を取り出し、広げて僕に渡した。女性の名前と住所が書かれている。

「これが母親の名前。それに住所」

「どうして、これが……」

「今のお父さんにもらわれてからずーっとお金貯めて。貯めて貯めて。去年、探偵に調べてもらったんだよ」

僕はその名前と住所を見た。この調査結果が真実だとするなら、僕が住んでいた村にとても近い。山ひとつ越えた場所と言ってもいいだろう。

「ここに行きたい？」

梓は長いこと黙った。

「あたしがしたいことはね……」

そう言って梓はベッドに横になった。

「こいつがのうのうと今も暮らしているのが許せないんだよ。自分がしでかしたことの罪の重さを知ってほしい」

そう言って立ち上がり、机の上のペン立てにささっていたキャンバスナイフを手にとった。僕の胸がどきりとした。

「自分を捨てた産みの親を、殺すよりもひどく痛めつける方法ってなんだと思う？」

考えてみたけれどわからなかった。殺意を持って父を傷つけた僕には。

「あたしもよくわかんないんだけどさあ、おまえなんかいなくてもあたしは生き延びた、幸せに生きてる、って目の前で言ってやることなんじゃないの？　だからさ、水希さんには悪いけれど、ああいう方法で亡くなった彼女には無性に腹が立ったし、水希さんの母親見て、泣いてやることもできねーのかよって本当は言いたかった」

「……そっか」

梓の話を聞いていて、いつか千尋が話していたサバイバーの話を思い出した。うまく生き残った子どものことだ、と千尋はそう言っていた。梓は間違いなくサバイバーなのだ。そして、僕も。

「それを言いに行くか？」

「……えっ」

「梓の産みの親に言いに行くか？」

上を向いた梓の瞳に涙の膜が張った。

「わからないんだよ。本当はどうしたいのか……会ったら何するかわからないもの。刺し殺すかもしんない」

僕は梓が手にしていたキャンバスナイフをそっと取り上げた。

馬鹿みたいな親のために刑務所入るのだけはやめなよ。という言葉が僕の内側にとどまっていた。罪を償っていないのは自分だ。本当は、自分は法の下《もと》に罰せられる人間だったのだから。僕は思わず、梓の頭を抱いていた。梓から涙のにおいがする。

「泣け！　泣け！」と僕が泣いているとき、伯母も梓も同じことを言った。今度は僕が言う番だ。

「気の済むまで泣きなよ」

そう言うと梓の声がより一層大きくなった。

2

翌日の撮影は雪で延期になった。窓の外を見ると雪が横殴りに降っている。それならば、伯母の見舞いを済ませておこうと、梓と二人、病院に向かった。

「来ても来なくてもどっちでもいいよ」と梓には伝えたが、

「この部屋に住んでいる伯母さんなら話をしてみたい」と言う。

「なんか話が合うような気がするんだよね……」

確かに伯母と梓の雰囲気はどことなく似ているものがある、と僕も思った。

見舞いの花など喜ぶ人ではない。花など持って行ったら、そんな無駄遣いをするなと僕を叱り飛ばすだろう。そう思って手ぶらで病室に入った。

四人部屋の入り口に近い場所に伯母は寝かされていた。僕の顔を見、そして、梓の顔を見、目を丸くしている。

「どうして……ここに？」

点滴を左腕に刺された伯母の声は確かに妹が言っていたように力がない。それでも右腕を伸ばし、僕の頭を抱え、髪の毛をくしゃくしゃにした。いつもの伯母のその仕草にも力がないような気がして、物悲しい気持ちになった。伯母が椅子を僕と梓に勧める。

「いきなり来て、恋人連れか」

そう言って笑う。

「違う。この人はカメラのアシスタントの橘さん」

話がややこしくならないように僕は昨日、園長先生に話したことと同じことを口にした。

「昔と変わらないね、あんたが嘘をつくときはあたしから視線を逸《そ》らして瞬きが多くなる」

「梓です」と梓が立ち上がり、頭を下げた。

「なんてかわいいお嬢さんなんだろう。あんたみたいな馬鹿にもったいない」と伯母が目を細める。

梓は笑い、ベッド横の花瓶を手に、

「花の水を替えてきますね」と病室を後にした。

「あのさ、昨日、伯母さんの家に泊まったよ」

「そんなこといちいち言うことはない。あの部屋はあんたの家なんだから。昔よりは片付いていただろう？」

そう言ってまた笑う。その顔がどこか黒ずんでいるような気がして、胸に重いものが宿る。妹や僕が思っているよりも、伯母の具合はよくないのではないか……。

「煙草も吸えない、酒も飲めない、ここは刑務所以下だよ。……また千尋が大げさなことをあんたに言ったんだろう。あんただって弘前には帰ってきたくもないだろうに
……」

「たまたま仕事があったんだよ。こっちに」

「あんた、ちゃんと食べられてるの？」

「カツカツだけどなんとか……」

彼女の話すペースに、いつもの伯母だと安堵《あんど》しながらも、その顔色の悪さと声のトーンに伯母は何か僕に隠していることがあるのではないかと思ってしまう。

「だけど、あんたが元気そうでよかった。もうこっちには一生帰ってこないものだと思っていたから……」

「……なかなか来にくい場所ではあるよ」僕は俯《うつむ》いて言った。

「無理して来ることない。こんな所。ところで、あんた、あの梓さんと結婚するの？」

「な、わけない！」

思わず声が大きくなって、僕は慌ててまわりを見回した。

「お似合いに見えるけどねえ」

「そういうんじゃないんだよ、だから……」

「今だって、あたしとあんたが二人で話せるようにあえて席を外したんだろう。そんなことできる若い子、なかなかいやしない」

「もし、万一、そうだとするなら」

「ん？……」

「僕には話さなくちゃいけないことがあるだろう？」

伯母が目を泳がせる。伯母が嘘をつくときのいつもの癖だ。

「いったいなんのことだろう？」

「だから」

「最近、物忘れが激しくてさ……老人になるって嫌なことだよね」

そう言って大げさにため息をつく。

「もう関係ない。もう関係ないんだよ史也」

そう言うと、伯母が僕の手を取った。その指の細さが悲しかった。そのとき、ふいにカーテンが開く音がした。梓が戻ってきたのだろうと思い、僕はごく自然に振り返った。僕がもうずいぶんと長い間見ていなかった母が立っていた。伯母と同じように母も年齢を重ねていた。

「史也……」

その声はかすかに震えていた。

「史也……」

その声が涙でにじんでいった。

僕は母の言葉を無視してその場を去ろうとした。母が僕の腕を掴む。その手を振り払うようにして、僕は体をよじる。梓が戻ってきて、カーテンを開き、伯母と母の顔を見る。

「待って。史也」と母が言う。

「また来るから」

母の言葉を無視し、そう伯母に告げて僕は病室を後にした。伯母が僕に目配せをする。

梓と二人、病院の廊下を早歩きで進んだ。床とスノーブーツが擦れる奇妙な音がする。その後を小さな足音が追いかける。

「史也！」

病院の中でその声の大きさはないだろうと思いながら、僕は振り返った。梓は何かを察したのか、

「先に駐車場に行ってる」と、その場を足早に去った。僕と母は向き合う。母を見下ろす視線になる。母の目がすでに赤いことにうんざりとしながら、僕はただ母の顔を見た。

不思議なことになんの感情も浮かびはしなかった。母との再会は何年ぶりになるのだろう。祖父と祖母の葬式にも僕は顔を出さなかった。高校時代には伯母の家に母と妹が来たときだけ、母と顔を合わせた。それでも言葉を交わしたわけではない。母がくれた受験合格祈願のお守りはもらったその日にゴミ箱に捨てた。

「実家には帰ってこないの？」

母が小さな声で僕にそう告げた。

「帰るわけがない」

母の問いにそう答えた。父がいるのだ。

あの出来事が起きた家にどうして僕が帰ると思うのか。

「体は大丈夫なの？」

どうしてそんな普通の母親のふりをするのか。無性に腹が立った。僕はその声には答えず、その場を去った。どんな気持ちで母は僕に実家に帰ってきてほしい、と思っているのか。自分の親であるのにその真意が謎すぎた。病院の外に出て、駐車場に向かった。車の前に立っていた梓が、「おつかれー」となんの表情も浮かべないまま僕の顔を見て言った。

夕食は梓と二人、外でとり、夕方過ぎに伯母のアパートに戻った。僕が言ったわけではないのに、梓はソファの上に散らかった伯母の衣類を集め、畳み、一箇所にまとめている。

「そんなことすると、勝手なことするな、って叱られるよ」

「いや、足の踏み場もないから」

　確かに梓の言うとおりではあった。僕は石油ストーブの前に座り、燃える火を見ていた。具合の悪そうな伯母の顔がよぎり、母の顔が浮かぶ。

　こんなときに煙草が吸えたらいいのにな、と思いながら、そばにあった梓の煙草の箱から一本を抜き取り、ライターで火をつけて吸ってはみたが、あまりのまずさに咳き込み、僕は慌ててそばにあった灰皿に吸いかけの煙草を押しつけた。

「高校生かよ」と衣類を畳みながら梓が笑っている。

「お母さん優しそうな人じゃん」

「まさか！　あの人は悪人だよ」

「そうかもしんないけど、伯母さんもお母さんもいるって……それだけでうらやましいんですけどー。いるだけでさ」

「……」

　梓の義理の父の顔を見たことはあるが、梓が義理の母のことを口にした記憶はない。僕は思いきって尋ねた。

「梓の……」

「ん？」

「義理のお母さんてどんな人なの？」

「三年前に死んだよ。癌《がん》で。悪人ではなかったよ、多分……」

梓が乾いた声で笑う。

「いじめられたりとか、冷たくされたりとか、そんなこともぜんぜんなかった。血が繋《つな》がっていないのに、ずいぶんよくしてくれたと思うよ。だけどさ、やっぱり……」

梓が手をとめる。僕は梓の顔を見ながら言葉を待った。

「やっぱりどこか薄い紙一枚、挟んだみたいな関係なんだ。お父さんにもお母さんにも、あたしもどこかしら遠慮しているし、向こうも遠慮しているし。いい子にしていないと、また、この親にも捨てられる、っていう思いがあの家にもらわれていったときから、どっかにあってさ。……あたし、本当は服飾の仕事がしたかったんだよね。ファッション業界で働きたかった。だけど、それすら言えなくて。お父さんに勧められるまま、看護師になって、お父さんに勧められるまま見合いして……だけどさ、もう限界だった。全部父親の敷いたレールの上、歩いていくことが……」

「それで、夜、飲み歩いて？」

「なんだか黒いどろどろの塊がさ、自分のなかで充満していつ爆発するかわからない感じだった。それで夜中に家飛び出して。自分でも何やってるんだろ、と思ってた。お父さんにはありがたいと思っているよ。だけど……自分のここのあたりに」

そう言って梓は自分のニットの胸のあたりを強く握った。梓が立ち上がり、僕のそばに座る。

二人並んでストーブに手をかざした。

「父親に結婚相手まで用意されて、ありがたいって、自分に思い込ませようとしたけれど、無理だった。……初めて自分の人生、自分の力で歩いてみなくちゃ、って心から思った。だけどさ、そう思った途端、自分の足場がぐらぐらするんだよ。施設にいたとき、よく感じていた気持ちが蘇《よみがえ》ってきちゃった。自分がどこから来て、どうやってこの世に生まれたのか、あたしの本当の親は誰なのか……それを知らないことには前には進めないような気がして……」

梓が僕の肩に頭を乗せる。シャンプーなのかコロンなのか、やわらかな花の香りが鼻腔をくすぐる。その香りが自分のどこかを慰撫している、と僕は感じた。

「そんなことばっかり考えて嫉妬していた子どもの自分に戻ってしまった……昨日だって本当は」

そこまで言って黙ってしまった梓の顔をのぞき込んだ。目をぎゅっとつぶって、痛みに耐えるような表情をしている。

「どこか痛いのか？」

「違う違う。そんなんじゃない」

そう言って僕を見上げ、笑顔を見せる。僕と梓の顔がこれほど近づいたことは今までなかったのではないか。胸のどこかがちくり、とした。耐えられない痛みではない。その痛みはいつか感じたことのある痛みだった。佳美の顔が浮かぶ。佳美を好きになったとき、こんな、むずがゆい痛みを感じた記憶がある。口づけてしまおうか、とふいに思い、そして思いとどまる。梓が再び口を開いたからだ。

「大人としてそんなこと感じたらだめだと思うけど……」

「うん」

「あたし、昨日、あの保育園に行ったとき、子どもにたくさん会ったじゃん。この子らには迎えに来てくれる親なり親戚なりがいるんだと思ったら無性にいらいらした。あそこで寝泊まりをするわけじゃない、夜には帰れる温かい家があるんだ、って思ったらさ、馬鹿みたいだけど、大人なのに、あの子らに無性に嫉妬した、恥ずかしいけれど」

僕は梓に向き合った。

「なんでも話そう」

「え？」

「僕ら、なんでも話そう。どっちも親でつまずいた者同士なんだ。僕は今まで梓みたいな人に会ったことがないよ。僕だって母も伯母もいるけれど、実際のところ普通の家じゃない。僕だって梓みたいに、自分の家が、自分の生まれがごく普通の人たちと同じだったら、って今まで何度も思ったよ」

梓が猫のような目で僕を見つめる。

「なんかの縁があって出会ったんだ、僕ら。不思議な縁だよ。どういうきっかけでも、僕、梓に会えてよかったと思うよ」

「いつか言ったよね、あたし。あたしの話をしたら史也の話も聞かせてほしい、って」

そうだった。水希が亡くなったとき、確かに梓はそう言った。

「いつか……」

「ん？」

「いつか話してね」

そう言って梓は僕の頬に口づけをした。外国の人同士が友好の証《あかし》にするような軽い口づけだった。

梓が立ち上がり、バッグの中からお守りのような袋を取り出し、中から折り畳んだ紙片を僕に渡した。昨日、梓が見せてくれた梓の母親の名前と住所が印刷されている。

「ここはあたしが生まれた場所」

「ここに行きたくなった？」

その問いには梓は答えず言った。

「探偵からの報告書にはまだ続きがあるんだ」

そう言ってもうひとつ折り畳んだ紙を僕に差し出した。乳児院の名前と住所、児童養護施設の名前と住所、最後にある梓、という名前の次に（小料理屋）とある。その下にある住所は弘前市内だ。このアパートからもほど近い。

「ここに梓の母親がいるってこと？」

何も言わずに梓は頷く。

「今から行こうと思えば行けるじゃないか？　どうする？」

「……怖い」

そう言って梓は自分の体を自分の腕で抱き、寒そうに体を震わせた。

「そこに行くのはまだ怖い……捨てた子どもの名前をわざわざつけた店なんて……どういうつもりなんだか……」

僕は梓の体を抱いた。こんなに小さな女だったか、と思うほど、梓の体は僕の腕のなかにすっぽりと収まってしまう。

「だけどね……もし、史也の撮影が終わって時間があったら、自分が捨てられていた乳児院と自分が生まれた家だけはちょっと見てみたい……」

明日の天気は携帯の天気予報によれば晴れだ。お昼までに無事、撮影が終われば、予備日は二日と言われていたから、理由をつければ一日半は自由に動くことができる。気になるのは、梓の生まれた場所だった。自分の実家にほど近いのだ。それでも梓がどうしても行きたいと言うのなら……。

「わかった」

「本当にいいの？」

「もちろん」

「ありがとう。図々しいことを言うと、もうひとつお願いがある」

「お金以外のことならなんでも聞くよ」

「史也でもそんな冗談言えるんだな」

僕の腕のなかで梓が笑った。彼女の体の震えが僕に伝わる。

「そこに行ったらあたしの写真を撮ってくれないかな」

「写真?」

「そう、自分が生まれた場所と捨てられた場所。その写真があれば、あたし、この先、どんなつらいことがあっても生きていけるような気がして」

僕は黙った。人物写真は得意ではない。水希以外から、こんな写真のオーダーを受けたことはない。僕が撮ってきたのは人が住んでいるとはいえ、住居や建物といった無機物だ。だからこそ写真が撮れたし、写真を撮る、ということに惹かれた。

「行かなくてもわかる。そこがどんなにひどいところか。それを史也に見てほしいんだよ。一人じゃ見られない。史也が言うように、うちら、なんかの縁があるのだとしたら、史也にあたしの生まれたところを見てほしい。そして、それを史也に記録してほしい」

「……わかった」

そう言いながら、僕は心のなかに湧き上がった疑惑を梓に確かめた。

「梓、自死とか考えてないよな」

水希のことが頭に浮かんだのだ。自死をする前、確か水希は僕に写真を撮ってほしいと言った。それは叶わなかったが。

「……考えたことがないと言えば嘘になる。子どもの頃、施設にいたときは毎日、そんなことを考えていたよ。だけど、今はそんなこと思いもしないよ」

「本当だな？」

黙ったままこくりと梓が頷く。

「母親に馬鹿野郎と言うまでは死ねないよ」

そう言って梓はまた笑った。僕はその体を抱きしめた。梓の体はまだここにあって温かい。あのとき、水希の部屋で水希の体に触れたときには、人肌の温かさがなかったことをまた思い出した。

真夜中、二階のソファで眠ろうとする僕に向かって梓が言った。

「そこじゃ体も休まらないでしょう。一緒に下のベッドで眠ろう」

そう言って梓が僕の手をとる。僕が過ごしていた部屋に梓と二人で入っていく。梓は、「だけど、しないよ」と笑って言いながら、布団に潜り込んでいく。僕はベッドに入った。梓が寝ていた布団は彼女の体温でほどよく温められていた。

「先生とアシスタントができてたらやばいじゃん」

そう言いながら僕に背を向ける。僕も梓に背を向けて目を閉じた。梓の背に触れた部分が熱いほどだ。梓に対して、ちりちりとした性欲が僕のなかになかったというわけではない。

けれど、それは今ではない、という気がした。まずは仕事を終え、梓の生まれた場所に行き、彼女の写真を撮ってから。それが終わればば……と思ったところで意識が途絶えた。一人で眠っているときには感じたことのない安らかな眠りを僕はむさぼった。

3

翌日は天気予報どおり、昨日一日降り続いていた雪はやみ、太陽が顔を出した。梓と二人、車で保育園に向かった。

園長に挨拶をし外でセッティングを始める。

「僕の言ったことをやってくれればいいから。でも、寒かったら中に入っていなよ」

そう言っても彼女は僕のそばを離れない。僕がすることを興味深げに見ている。彼女はノーメイクでおととい買ったダウンのロングコートの中に体を埋《うず》め、それが雪ん子のようでおかしかった。

「カメラに興味ある?」

「ぜーんぜん」

そう言いながら、柱の陰に隠れて退屈そうに煙草を吸おうとする。

「煙草!」

僕が怒鳴ると、「ちぇっ」と言いながら、煙草を箱に戻した。

「撮影の準備中に煙草吸うアシスタントいないだろ」と言うと、梓は僕に中指を立てた。

そうは言っても僕が撮影に集中しているときには、その緊張が彼女にも伝わるのか、気配を消してただ、じっと待っている。なるべく僕の視界に入らない場所に立って。本当に猫みたいな女だ、と思いながら、僕は幾度もシャッターを切った。

外観の撮影はすぐに終わり、サービスカットとして保育室と園児たちの様子も撮影した。三歳児クラスを撮影しているときだった。一人の男の子が梓の手をとって離れない。男の子は片方の手で梓の手を握り、もう片方の手の親指を口の中に入れている。

「なんかなつかれちゃった」と困ったように言いながら、梓はその子を抱き上げ、ぐるぐると教室の中を走り回る。ほかの子どもたちも彼女の後を追った。

ファインダー越しに僕は梓の写真を撮った。保育園の子どもたちを撮っているというのに目は自然に梓に引きつけられる。そのたびに、これは仕事なのだ、と自分に言い聞かせた。

梓に抱かれていた男の子は、撮影が終わっても梓の手を握ったまま離さない。気づいた保育士さんが、

「健君《けんくん》、お姉さんたちはお仕事が終わったから、もう帰るのよ」と伝えると、健君と呼ばれた男の子が大声をあげて泣き始めた。梓がもう一度、男の子を抱き上げ、その小さな体をぎゅっと抱きしめる。耳元で何かを言ったが僕の耳には届かなかった。

「なんて言ったの？」と聞くと、

「それはあたしと健君との秘密だから」と笑った。

撮影機材を片付け終わると、園長室に呼ばれた。園長先生に向き合う形で僕と梓は並

んで座った。

「外の撮影は寒がったでしょう。晴れでも気温は昨日とあんまり変わらながったみたいね。これでも飲んで温まって」

そう言いながらコーヒーの入ったカップを僕と梓の前に置いた。僕らがカップに口をつけると納得したように頷いた。園長先生が梓の顔を見ながら口を開く。

「さっき、えーと」

「橘です」

「そう橘さん。年を重ねるど忘れっぽくてごめんなさいね。あなたにくっついで離れながった男の子ね。最近、お母さんば亡くしたばかりなの。それから園でもずいぶん荒れでいてさぁ……。手がつけられないごともあって。園にいる間も泣いでさぁ。あの子のあんなに笑った顔、久しぶりに見だわ」

「……」梓と二人思わず顔を見合わせる。

「橘さんはどこかあの子のお母さんさ面影が似でるのね……背格好とが、髪型とが。……それにしても橘さんはほんとに子どもさ好がれるね」

「自分も子どもみたいなものですから。同類と思われているんです、きっと」

そう言って梓は笑った。

「……子どもでもいろんな事情があるさね。立派に成長されでこんなふうに仕事をされでるあなた方から見れば、ここにいる子どもはみんな幸せそうに見えるがもしれないけんど、神様は公平ではないじゃ。私にも手が及ばないこともたくさんある。せめて園にいる間は楽しい時間を過ごしてもらいたいけんど……」

「先生……」

梓が小さな、けれど、はっきりとした言葉で言った。

「先生、私、先生に施設でお世話になった篠田《しのだ》梓です」

「えっ……」

しばらくの間、誰も口を開かなかった。ドアの向こう、廊下の先から、オルガンの音と子どもたちが歌う声が聞こえてくる。

「……梓、ちゃん？」

園長先生は頭のどこかに蓄積された記憶をたぐっているようだった。視線が空を彷徨《さまよ》ったあと、梓の顔をじっと見つめる。

「まさか……」

「先生がおとといおっしゃっていた梓という子ども、それは多分私です」

「梓ちゃん？」

「乳児院から先生のいらした施設に行きました。先生によく叱られていました。だめな子どもで……すねて、いじけて、ほかの子どもに手を出して……何も知らない、何もできない子どもでした。それでも、あの施設で私は先生に人間にしていただいたんです」

園長先生が身を乗り出し、テーブル越しに梓に両手を差し出す。梓も手を差し出した。

園長先生は梓の手をとても大事なもののように摩り、そして強く握った。

「梓ちゃん……ええ、ええ、覚えてますよ。受け持った子どものごとは忘れるごとはないもの。こんなに立派になって……あなた、あなた」

園長先生が梓の体の輪郭を撫でるように頭に触れ、肩に触れ、腕に触れた。

「今は東京でカメラのお仕事ばしてるんだね？」

「いえ……本当は違うんです。私、看護師になりました。十歳のときにもらわれた家が病院で……ここに来たのは……」

なぜ、梓がここに来たのか、すべてを話すわけにはいかない。言葉に詰まった梓が僕を見上げる。僕は口を開いた。

「彼女の仕事がちょうど休みだったので、僕の仕事につきあってもらって……」

「そうだったの」

そう言いながら、園長先生が僕の手を握る。肉厚のマシュマロのような温かな手だった。

「こんなにいい方と巡り合って、看護師にもなって、梓ちゃん、本当によがった……」

そう言って園長先生は老眼鏡を外し、ハンカチで涙を拭った。

僕は園長先生の言葉を否定しなかった。梓が東京で幸せな人生を送っているのだと、彼女には思っていてほしかった。

「先生、私、お聞きしたいことがあるんです……」

梓の声は幾分緊張を帯びている。園長先生が小鳥のように首を傾《かし》げる。

「私があそこにいる間のことで、先生が何か覚えていらっしゃることはないでしょうか？　どんなことでもいいんです。例えば、私の親はどんな人だったとか……私を探しに施設に来たりしたことはあったのでしょうか？」

園長先生が老眼鏡をかけ直し、ソファに座り直した。梓は自分の貯金で探偵を雇い、両親のことを調べている。それでも、どんな情報でも、親のことを知っているかもしれない人に自分の親のことを聞きたいのだろう。それが広大な砂浜の砂粒のなかから、ほんの小さな金の欠片を探すような作業であっても。

園長先生は黙ったまま、梓の顔から視線を外さない。しばらく経って園長先生は立ち上がり、部屋の壁一面に備えられた書棚のガラス扉を開き、何かを探し始めた。

梓が僕の顔を見上げる。今までに見たことのないような緊張した顔をしている。僕は梓の手に触れた。大丈夫、という意味で、僕はその手を握った。しばらくすると、園長先生がひとつのファイルを手にソファに戻ってきた。ファイルの背には「し」の文字があった。梓があの病院にもらわれる前の名前、篠田の「し」だろうか。

ファイルのページをめくりながら、園長先生が自分に言い聞かせるように言う。

「これはさ、私が児童養護施設で働いでいだときの自分用のメモだの。本当はしてはいげないことだよ。けれどさ、自分が面倒を見で、自分の手がら離れでいった子のことはメモに残すようにしていだ。……時々、あなたのように私の元を訪ねてきてくれる子がいる。自分がしたごとのある病気とか知る必要があるごともあるでしょう。……んだから」

園長先生の指があるページで止まり、顔を上げる。そして、視線を落とし、読み上げた。

「ゼロ歳児のときに乳児院に。児童養護施設に引き取られた五歳のときに虫垂炎になっている。小学五年生のときに修学旅行のスキーで骨折。健康。持病はなし。性格は明朗快活」

それだけ読むと、園長先生はファイルを閉じ、それを膝の上に置いて両手で抱えた。

「私の、私の両親のことは何も？」

「ここにはそれ以外のことは何も書がれでないわね。梓ちゃんは健康で明るい女の子だったとしか」

梓の顔に落胆の色がにじむ。園長先生は何かを隠しているのではないか。

「私の印象にある梓ちゃんもそういう女の子だった。おとといも言ったけんど、子ども好きでね。自分のごとはさておぎ、ほがの子どもの面倒を見るような優しい子だった。だから、看護師さんになった、て聞いで納得したの」

「私の両親が、いえ、父でも母でも、施設に会いにきた、とか、そういう記録はないのでしょうか？」

「そごまでの記録はないね。とにかぐたくさんの子どもを見できたでしょう。さっき話したようにメモも本当に数行だの。梓ちゃんのように何も問題のない子だら、記述もほんの少しでね……」

そう言ってもう冷めてしまっているであろうカップに口をつけた。こくり、と園長先生がコーヒーを飲む音がやけに響く。

「梓ちゃん。ほんとに余計なごとを言うようだけんど」

そう言って園長先生は膝の上のファイルをソファの上に置いた。

「今のことだけを考えだほうがいいんではないべが？　今、梓ちゃんがこんなふうに立派に成長して、こんだに素敵な彼氏さんもいる。もうそれだけで十分なんでないべが」

「でも、先生、私、自分の幼かったときのこと、どんなことでも知りたいんです。子どもの頃、施設に親が会いにきたという記憶が私にはありません。その頃、親はいったいどうしていたのか？　私に会いたいと思わなかったのか？　今、何をしているのか？　私、それを知らないと自分の半分しか生きていないような気がして……」

「……梓ちゃんの気持ぢはわがる。したけどね、それを知って不安定になる子も多いの。あなたはそんなごとはしないだろうけんど、昔」

そこまで言って園長先生は口を噤《つぐ》んだ。再び続く長い沈黙。

「梓ちゃん、未来のほうだけ向いでればいいの。過去はもう過ぎだごと。子どもの頃、寂しい思いもしたがもしれない。そんでも、梓ちゃんは一人の立派な大人になった。それだけ、あなたは努力もしたの。幸せになることだげを考えなさい」

そこまで言うと、一人の保育士さんらしき女性が園長室に入ってきた。何かアクシデントがあったのか、保育室に来てほしい、と慌ただしく告げて僕らに頭を下げて出て行った。

僕と園長先生は立ち上がる。梓ものろのろと立ち上がった。

「梓ちゃん、幸せになりなさい」

そう言って園長先生が梓の体を抱きしめる。

「梓ちゃんのことをどうぞよろしくお願いしますね」

園長先生と僕は握手を交わし、僕らは追い立てられるように園を後にしたのだった。

園を出たあと、国道沿いにある適当なファミレスに入り、僕と梓は昼食をとった。梓は頼んだカレーライスを半分も残し、テーブルに片肘をついて、ずっと黙ったままだ。釈然としないものがあるのだろう。それは僕も同じだった。けれど、園長先生の立場では梓に伝えられないこともたくさんあるに違いない。

「園長先生が何も教えてくれなくたって、あたしにはこれがあるもの」

梓が折り畳んだ紙片——調査報告書の一部——をバッグから取り出す。今から、梓が行きたいという場所に行ってもいいのかもしれない。けれど、撮影は終わった。撮影が終わったのだから、今日にでも東京に戻るべきなのだ。そのとき、テーブルの上の携帯が震えた。画面に吉田さんの名前がある。僕は電話に応答しながら、梓に店の外を指差した。

「撮影どうだ？」

　さっき終わりました、と言いかけて僕は黙り、そして言った。

「ぼんやりした天気で、どうにも光量が足りなくて」嘘だ。空は晴天。冬らしい硬質な青空が広がっている。

「今朝、久留里さんから念押しで電話があったんだよ。あの保育園は絶対に晴天で、って。それにさ……撮影ができないなら」

　久しぶりに聞く吉田さんの声に僕はどこか懐かしさも感じていた。

「せっかく弘前まで行ったんだろう。親の顔見てこいよ。年末年始もろくに休ませてやらなかったからさ」

　親の顔、という言葉に胸のあたりをちくりと刺されたのを感じながら吉田さんに聞いた。

「吉田さん、お父さんの具合はどうだったんですか？」

「死んだよ」

　乾いた声だった。

「葬式も終わった。全部終わり。俺は明日から仕事に戻る。おまえみたいな足手まといのアシスタントなしでもできる仕事だから、慌てて帰ってこなくてもいいぞ。とにかくおまえの今の仕事は、久留里さんのお望みのとおり、晴天で保育園を撮ること！」

「……はい。吉田さん。話してはいなかったんですが、実は今、僕が世話になっていた伯母の具合が悪くて」

「だったら、なおさらじゃねーか。こっちのことは気にすんな。ただし、撮れなくても週明けには東京に戻ってこい。来週以降の仕事詰まってること、わかってんだろうな」

事務所のホワイトボードが目に浮かんだ。来週以降の吉田さんの撮影スケジュールは携帯で確認しなくても頭のなかにあった。

来週、月曜日からの撮影準備のことを考えれば、日曜の夕方までに東京に戻っている必要がある。つまり、木曜日である今日の午後と、明日の金曜日、土曜日、日曜も加えれば、四日間、僕には弘前にいる猶予が与えられたことになる。僕は吉田さんに礼を言って電話を切った。吉田さんに嘘をついている、という罪悪感が心の居所を不安定にさせた。

店の外から梓の顔を見た。窓際の席に座った梓はどこを見ているのか、何を考えているのか、視線を泳がせながら、時折、コーヒーカップに口をつける。そのとき僕のなかに浮かんできたのは今まで感じたことのないものだった。梓を撮ってみたい。僕と同じように親でつまずいた子どもが成長した梓の顔を。カメラを持ってこなかったことを後悔しながら、僕は店の中に戻った。

「日曜までここにいられることになった」そう梓に告げると、なんとも言えない複雑な表情になった。梓の向かいに座ると、飲み干していたコーヒーにお代わりが注がれている。僕が電話をしている間に、梓がドリンクバーで注いできてくれたのだろう。

「コーヒー、ありがとう」

そう言っても梓は何も言わない。

僕はすっかり冷えてしまった両手を擦《こす》り合わせながら、温かいコーヒーを飲んだ。

「本当のことを言えば……」

梓がだるそうに口を開く。

「よくわからない気持ちなんだよ。東京に戻ればお父さんが待ち構えているだろうし、かと言って」

そこまで言って梓は口を噤んだ。弘前にいたいわけでもない。梓はそう言いたかったのだろう。僕もまったく同じ気持ちだったから。

「時間があるんだ。梓の行きたいところに行こう。どこにでも連れていくよ」

梓は何を考えているのか、片肘をついて手を頬に当て、コーヒーとは呼べないような黒い液体の入ったカップの中のスプーンをくるくると回している。

「あたしの行きたいところに行ってくれる？」

「もちろん」

僕と梓の視線が合う。道行《みちゆき》、という言葉が浮かぶ。梓と二人、この旅で僕らは何を見ようとしているのか。それは梓にもわからないことなのかもしれない。それでも僕はこの場所で与えられた時間を使って、梓の行きたいところに連れて行ってやりたかった。

梓がまず行きたいと言ったのは、自分が捨てられていたという乳児院だった。住所を確かめると、それは弘前市内を抜けて、岩木山に近い。僕の実家にも近い。住所を目にしただけで鼓動が少し速くなる。けれど、実家に帰るわけではないのだから、と僕は自分に言い聞かせながら、ハンドルを握った。

梓が捨てられていた乳児院は林檎《りんご》畑が途切れたところに建っているコンクリート造りの簡素な建物だった。建物の上に十字架がなければ、まるで刑務所のようにも見えた。梓が僕の顔を見て頷き、二人、車から降りる。アポイントメントはとっていないが、事情を話せば建物の中に入れてくれそうな気がした。

僕は梓に尋ねた。

「どうする？　中に入ってみる？」

梓が黙って首を振り、固く閉ざされた門の前に立った。丁寧に雪かきがされているのだろうが、門の前は雪が固く踏みしめられたようになっている。梓が白い小さな手で門の鉄棒を握りしめ、もう片方の手で門の下を指差す。

「あたしはこれくらいの季節、裸のまま、おくるみでくるまれただけで、ここに捨てられていました」

まるでおとぎ話を語るようにも、アナウンサーが明日の天気を語るようにも聞こえた。

「嘘だと思うかもしれないけれど、あたしにはここにいたときの記憶があるの。寒くて、寒くて、おなかも空いていてね。背中が冷たくて、今にも死にそうだった。誰かに見つけてほしくてね。だから、あたしは全身全霊の力をこめて泣いたの」

そう言って編み上げの黒いブーツで根雪を蹴る。何度も、何度も。

「人間にそんなことができるのかな？　生まれたばかりの子どもを雪の日に裸同然でここに置くなんて……。一人のシスターが偶然ここを通りかからなかったら、あたしは凍死していたよ」

梓は昨日と同じようにメイクをしていない。けれど、素顔になった分、彼女の顔色があまりに白く見え、体調が悪いのではないかと心配になった。過去との対峙《たいじ》が、一人の人間にどんな作用を及ぼすのか、そのことがふと心配になった。園長先生の言うとおり、今だけを見て生きていけばいいのかもしれない。けれど、梓にとって、ここはどうしたって素通りすることのできない場所なのだ。

「梓、体調はどこもなんともない？」

うん、と梓は黙って頷く。

「人間にそんなことができると思う？」

梓は僕に向き合ってもう一度言った。

「親になったらいけない人だったんだろう」

僕の頭のなかには自分の父がいて、母がいた。彼らもそうだ。なんらかの縁があって結婚するのは自由だ。けれど、生まれた子どもの体と心の安全を願うのが、本当の親なのではないか。そうではなくて、父は僕を傷つけた。母は守ってはくれなかった。だから僕は父を……。

「史也の親もそうでしょう？」

梓の問いには答えず、僕は言った。

「写真を撮ろう」

門の前に梓を立たせて写真を撮った。ここはあまりに静かすぎる場所だと思った。風が空を切る音。僕と梓の呼吸の音。鼓動の音すら聞こえてきそうだった。僕が生まれた場所もそうだった。それはここからそう遠く離れてはいないのだ。そのことが僕を苦しくさせる。

梓は無表情でカメラのレンズを見ている。怒り、とか、悔しさ、などの感情すら感じられない。僕は仕事で撮っている新築の家の前で微笑む家族たちを思った。新しい家族の歴史が始まるその場所で、彼らはまるで人生の絶頂のように微笑んでいた。梓の視線のベクトルは今、過去に向かっている。そのことが少し怖かった。

梓を撮り終わり、僕はその乳児院にもカメラを向けた。どの窓にもカーテンが引かれたその建物の中に、なんらかの事情がある赤んぼうや子どもたちがいる気配はまったくない。昔、その中の一人が梓だったのだ、と想像しようとしたが、うまく像を結ばなかった。

乳児院を撮りながら、ふと、自分が赤んぼうのとき、父はどんな父で、母はどんな母だったのか、と思った。僕の誕生を二人は喜んでいたのだろうか。梓のように生まれたときの記憶なんて僕にはまったくない。小学校に入った年からもう父の家庭内暴力は始まっていた。父の暴力はまるで僕の家庭にしぶとく付着した瘤《こぶ》のようなものだった。

「一度来てみたかったの。ここに。もっといろんな感情が湧くかと思ったけれど、親が憎いという感情以上のことはないものだね」

そう梓はつまらなそうに言い、車に近づく。僕も慌てて後を追った。

二人、シートに腰を下ろし、同じタイミングで息を吐いて、顔を見合わせて笑った。

「すっごく緊張してた」

梓が僕の顔を見て言う。

「それは僕も同じだよ」

こんな写真を撮ったことはないのだ。一人の人間の過去につきあった、という経験もない。それほど僕は誰か特定の人間とかかわろうと思ったことがこれまでなかった。

梓という人間が、今まで見ようとしてこなかった僕のどこかにある扉を開こうとしている。その先が光溢《あふ》れる場所なのか、それとも真っ暗闇なのか、どちらかと言えばそれは後者だろうという気がした。

「一人じゃ到底来られなかった」

梓が自分に言い聞かせるように言う。

「ここから少し離れた場所にあたしが生まれた家があるらしい。行ける？」

梓が読み上げる住所をナビに打ち込みながら考える。夕暮れが訪れる前には到着できるだろう。けれど、僕の心は重かった。岩木山を越えれば自分が生まれ育った場所に着いてしまう。

もちろん、そこに行く気など到底なかったが、同じような場所で同じ時代に育った僕と梓の縁、というものを考えずにはいられなかった。

車を走らせながら、僕と梓の子ども時代のことを思った。いつか、妹が口にしたサバイバーという言葉が脳裏をよぎる。サバイブしていたのだ。僕も、梓も、そして、妹も。僕らは必死に。そして、それは子ども時代に限ったことではない。それは今もそうなのだ。園長先生の言ったように、今だけを見て生きていければそれはどんなに幸せなことだろう。けれど、今の僕の人生を作りあげているのは、今に繋がる過去だ。それが曖昧なままでは、先に進めないという梓のような人間は確かにいるのだ。梓のように。ならば自分はどうなのだろう……。

赤信号のたびに、梓に目をやった。悲しい顔をしているわけではない。泣いてもいない。梓の言うとおり、ただ親が憎い、という感情を再確認しに来ただけなのかもしれない。それでも僕は梓にどこまでもつきあうつもりでいた。

二人とも無言でいることに耐えられず、僕はカーラジオをつける。どこか居酒屋で聞いたことのあるような歌を歌うアイドル歌手が、「今を生きよう」とくり返している。そんな気分じゃないんだよ、と思いながら、僕は一日中、外国語講座を流しているAM局に合わせた。どういうわけだか、時おり吉田さんが眠気醒《ざ》ましにかけてくれ、というNHKのAM局だった。

「緊張する撮影の前に聞くと気持ちが切り替わるから」

といつか吉田さんが言っていたが、確かに今、僕と梓の緊張をほぐすには、ちょうど良かった。その時間帯はポルトガル語講座なのか、日本語の例文を先生らしき人が読み上げたあとに女性がポルトガル語で答える。

「お父さん、お母さんに感謝の気持ちを伝えます」

そのあとに聞き取ることのできないポルトガル語が続いた。

「んなわけあるかよ」

梓はそう言って笑った。その笑い声に車内に充満していた緊張がゆるくほどけていくのを僕は感じていた。

小一時間、車を走らせ、ナビに従って到着した場所に僕は車を停めた。あたりに民家らしきものはない。目の前にある平屋も、正確に言えば、すでに家ではなかった。掘っ立て小屋のようなものが建っており、もちろん中に誰かが住んでいる気配はない。何年、ほったらかしにしていたら、こんな家になるのか。かろうじてまだ家としての原形をとどめてはいるが、家全体が傾き、あと一本でも柱が折れれば、ぺしゃんこになってしまいそうだった。家の終わり、という言葉が頭に浮かんだ。僕が普段撮っている新築の家もいつかこんな日を迎えることがあるのだろうか。もちろん門も表札もない。玄関らしき場所の引き戸のガラスは誰の仕業なのか、割られ、ギザギザのひびが入っている。

梓は玄関の戸を開けようとするが、家が傾いているせいなのか、その戸は開かなかった。

「ここがあたしの生まれた家。こんな家が日本にあるなんて、驚いたでしょう?」

図星だったが黙っていた。僕らは家の裏にまわった。小さな庭だったのだろうか、空っぽの植木鉢がいくつか転がり、倒れた物干し台には赤錆《さび》が噴き出している。

縁側らしき場所に梓は靴のまま上がり、少しだけ開いていた戸を力まかせに開け、中に入ろうとする。

「危ないよ!」と言ったのに、梓は聞く耳を持たない。僕も梓と同じように靴のまま部屋に上がった。照明が天井から斜めに下がり、畳はささくれだって、力いっぱい踏みしめたら下まで抜けてしまいそうだった。

箪笥《たんす》や机などの生活道具はまったくない。誰かが確かに住んでいたのだろうけれど、それはもうずっと昔のことなのだろう、という気がした。

「あたしが探偵さんから写真をもらったとき、いちばん見たくなかったのがこの家の写真。そのときよりもっとひどくなってる。人間だって、迷い猫だってこんなところには住まないよね? あたしの母親はこんな家に住んでいて、あたしを産んで、そして捨てた。……父親のことなんか調べてもわからなかった。史也はこんな家、見たことも撮ったこともないだろう」

「……」

梓の言葉に何も言い返すことはできなかった。僕が撮ってきた家も誰も住まなくなり、放っておかれれば、こんな終焉《しゅうえん》を迎えるのだ。僕の生まれた家も……。いつかは終わりを迎える。そんなこと今まで考えたこともなかった。あの家にまつわる因果は永遠に続くのだと思っていた。父が死に、母が死ねば……。そう想像した途端、彼らがこの世からいなくなれば、自分のこの苦しみが和らぐ日が来るのか、と考えた。けれど、答えは出ない。一度起こった出来事は、自分が起こした出来事は、自分がこの世からいなくなるまで、自分のなかで反響し続けるのではないか。

僕の前にいた梓が前に進もうとして、へこんだ畳に足をとられた。梓の体が大きくよろける。僕はそれを支えようとして、梓の腰に手を伸ばす。梓が滑り込むように僕の腕の中に飛び込んでくる。梓は声をあげてひとしきり泣いた。僕は彼女の体をただ抱きしめているしかなかった。梓がばらばらになってしまうのではないか。そう思うと気が気ではなかった。水希のようにいきなり自分の生を断ち切るようなことはしないだろうが、自分の生まれた家や捨てられた場所を訪ね、彼女が激しく混乱していることはわかる。梓はこんなふうに泣く女ではなかったはずだ。弘前に連れてきてよかったのだろうか、という思いがよぎる。

「自分の人生の始まりがこの家なんて、神様はなんて不公平なことをするんだろう」

そう言って梓は泣いた。

「写真は撮らないほうがいい？」

腕のなかで梓が首を振る。

「撮ってほしい」はっきりとした声だった。僕は部屋の真ん中に梓を立たせ、シャッターを切り続けた。泣き顔の彼女を撮るのは気が引けた。それでも梓は強い瞳でレンズをのぞき込んでくる。死んでいる家の中で梓だけが生きていた。そして、それを撮る僕も。

第四章　下弦の月／闇夜の告白

1

翌日、伯母の病院に行ったが病室に伯母の姿は見当たらなかった。看護師に尋ねると、患者のための休憩室のようなところにいると言う。そこまで回復したのか、と思いながら、僕と梓はその部屋に向かった。

伯母は車椅子に座り、点滴の針を腕に刺したまま、窓の外をぼんやりと眺めている。

「伯母さん」

そう声をかけると一瞬驚いたような顔をしたが、なぜかいたずらを見つかった子どものような顔になった。

「こんにちは」

と梓が頭を下げると、

「あんたら、本当にお似合いだね」

と無表情でつぶやく。僕はその言葉を無視して尋ねた。

「もう大丈夫なの？」

「だって、もう体はだいぶいいのよ。寝てばかりで天井だけ見ているんじゃ、毎日、脳細胞が死んでくみたいで……あんたのほうこそ昼間っからこんなところに来て、仕事のほうは順調なの？」

「まあね……天気待ちなんだよ。晴れてるときの写真を撮ってこいって、ボスからきつく言われているからさ」

「だったら、梓さんをどっかに案内してあげなよ。弘前には城くらいしかないけどさ。弘前まで来て病人の見舞いなんて、気も滅入るだろう」

僕は黙って梓の顔を見た。梓と行った場所のことは話せるはずもない。

「そんなことないです。私、看護師だから、なんだか病院に来るとほっとします。私が働いているのはこんな大きな病院じゃなくて、ただの町医者だけど……」

「梓さんは看護師さんなのか。どうして史也と知り合ったのか、なんて聞くだけ野暮か」

「いや、僕が仕事で左手をひねって、それで」

「私のいる病院、整形外科なんです」

「そう……整形外科なの……」

伯母が僕の顔を見る。何か言いたげに。けれど、自分のその表情を振り払うように伯母が叫んだ。

「ああ！　煙草が吸いたい！」

「しっ！」

僕はそう言ってまわりを見渡した。目の前の大型テレビに見入っている患者さんばかりで伯母の声に気づいた人はいないようだった。

「何言ってんだよ。ここは病院で、伯母さんは病人なんだよ」

「私、持ってます」

梓がそう言ってデニムの後ろポケットに手を突っ込む。

「ねえ、梓ちゃん。一生のお願いだから外で煙草を吸わせてくれない？　一本だけ、いや一口でいいから」

梓さん、からいつの間にか、梓ちゃんになっている。

「馬鹿なこと言うなよ。外は雪だよ!?」

「上着、取ってきます！」

そう言って梓は休憩室を飛び出し、伯母の病室に向かう。伯母も伯母だが梓も梓だ。

そもそも看護師が喫煙者ってどういうことなんだ、と思いながら、僕は伯母の顔を睨《にら》んだ。

しばらくすると伯母のダウンジャケットやマフラーや帽子を手にした梓が休憩室に戻ってきた。梓が伯母の乗った車椅子を押し、休憩室を出ていこうとする。なんなんだよ、と思いながら僕も後に続いた。

看護師のいるカウンターで梓が何かを話している。どういう話をして梓が看護師を納得させたのかはわからない。多分、自分は看護師だから、と言ったに違いない。

車椅子を押してエレベーターに乗り込む。スムーズにエレベーターは下降し、病院の一階に着いたが、梓は降りようとしない。

「一階までならいいって」

そう言っているくせに、地下一階のボタンを押す。駐車場のある階だ。地下一階で降り、長く続く廊下を進み、自動ドアの前で梓は伯母にダウンジャケットを着せ、マフラーや帽子を身につけさせ、さらに自分のダウンコートを脱いで伯母の膝にかけた。

「私、ここにいて誰か来ないか、見張っているから、どこかの車の陰で。これ」

そう言って伯母に煙草とライターを渡し、僕に伯母の車椅子のハンドルを向ける。ため息をつきながら、僕は着膨れた伯母を乗せた車椅子を押し、ワンボックスカーの陰に停めた。

「早く、早く、一本だけだよ」

「わかってるって」

伯母は梓から受け取った煙草の箱から一本の煙草を抜き取り、火をつける。深く吸い込み、そして白い煙を吐き出した。

「ああ、生き返る。梓ちゃんが天使に見える。あんたにもそう見えるだろうけど」

伯母はしみじみとそう言って自動ドアの向こうにいる梓に手を振った。

「携帯に聡子から連絡が来たんだよ……あんたに伝えてほしい、一度、家に寄ってほしいって」

「まさか、なんでよ、やだよ」

ぶっきらぼうに僕はそう答えた。伯母はやけに時間をかけて煙草を口にしている。僕は気が気ではなかった。

「あたしだってそう思っているから、聡子に言ったよ。史也は帰る気はないだろう、って。だけどね……」

そう言って伯母は吸い終わった煙草を車椅子の下に落とした。僕はブーツで吸い殻の火を消す。二本目の煙草に火をつけようとした伯母から煙草の箱を取りあげた。

「なんだい、けち」

伯母が僕にしかめっ面をする。僕は落ちかかっていた梓のダウンコートで伯母の体をくるんだ。車椅子を押そうとすると、伯母が僕の手を止め、僕の顔を見上げる。

「昨日、眠れなくてさ、一晩中考えていたんだよ。あんた、梓ちゃんとなら、……二人でなら、あの家に帰れるんじゃないか？」

「……」

「この町に梓ちゃんを連れて来たこと、あんたはその意味を本当はわかっているんじゃないのかい？」

梓が義理の親に無理な結婚を迫られていて、その親から逃げ出すために梓をここに連れて来た、とは到底言えなかった。今の伯母に余計な心配はかけたくはない。

弘前に来たのは、梓の親に梓を渡さないため。そう思っていただけなのに、梓の生まれた家を見、梓が捨てられた乳児院を見て、僕の心のなかは少しずつ変化し始めている。

「伯母さんに会わせたかっただけだよ」

そう言いながら、自動ドアの向こうの梓に目をやる。大丈夫だから、という意味なのか、親指を立てて僕を見て無邪気に笑っている。なぜだか梓のその姿に、愛《いと》しい、という感情が混じっていることに気づいて自分でも驚いた。それを伯母に悟られないように僕は口を開いた。

「彼女は彼女でいろんな事情がある子なんだ」

伯母の背中から声をかける。

「それはあたしにだってわかる。こんなふうに見ず知らずのあたしに気を遣う子……何年、教師をやってきたと思ってんだ」

伯母が梓に手を振りながら言った。

「せっかく出会って、こんなところにまで連れて来たんだ。あんたが親に会うのは、梓ちゃんがいればできるんじゃないのかい。あんたはもう一生親には会わなくてもいいと思っていた。だけどさ、父親がああなった今……」

　そこまで言って伯母は口を噤《つぐ》んだ。

「父さんが何？」

　その言葉を口にするたび、感情が掻《か》き乱される。居心地の悪さを覚える。

「父さんは前と同じだろう。半身不随で車椅子に乗って、母さんの世話がなくちゃ生きていけない」

　伯母の手が再び車椅子の手押しハンドルに置いた僕の手に触れた。その冷たさに早く室内に戻らなければ、と思う。伯母が僕の手を引っ張る。僕はしゃがんで伯母の顔を見た。

「あたしも昨日までは知らなかった。だけど、聡子の様子がおかしくて聞き出したんだ。あんたの父親はいつ逝ってももうおかしくない体なんだよ。……ただ、病院には入りたがらなくて聡子が面倒を見ている。……その前にあんた、一度、会っておいたほうがよくないか？」

　病院には入りたがらなくて、という伯母の言葉に嫌悪の感情が湧いた。どこまで父は暴君なのか。僕は立ち上がり、黙ったまま車椅子を押す。

　父の体調が悪くなった、父の命がもうあまり長くはない、と聞いて、悲しさや寂しさを感じるのは、ごく普通の（その普通さは僕には想像することしかできなかったが）親子関係を保つことのできていた子どもだけだろう。

そのとき、僕の頭に浮かんで来たのは、父の命にとどめを刺す、という言葉だった。十三のときのあの感情が再び湧き上がってくる。僕のなかに住む黒い龍が赤黒い炎を吐きだし、暴れ回っているような気がした。伯母の車椅子と共に自動ドアの内側に入ると、

「寒かったでしょう?」

と、梓が伯母の手を摩《さす》る。

「ううん、梓ちゃんのおかげで気が済んだわ。また病院に来たときには」

「もちろん、お供します」

笑いながらそう言って梓は僕に代わって手押しハンドルを持ち、車椅子を押し始めた。

僕はその少し後を足を引きずるように歩いた。

車椅子を押している梓の背中が次第に小さくなる。気が遠のく。足が重い。十三のあの夜と同じだ。父に殴られ、蹴られた僕の体。同じように暴力を受け続けた母。その光景を目にして目が見えなくなった妹。そんな出来事を起こしたあの男。記憶が蘇《よみがえ》り、シャッフルされ、フラッシュバックする。僕は一度、そして、もう一度、大きく頭を振り、今に戻るのだ、と自分の体と心に命じた。

「また来てね」

梓が伯母をベッドに寝かせ、布団をかける。

「煙草はもうだめだから」

「ちぇっ」

そう言いながら伯母は口を尖らせる。名残惜しそうな伯母を残し、僕と梓は病院を後にした。

「外食ばかりでもなんだから、今日は何か作るよ。カレーかシチューの二択だけど」

車の中でシートベルトを着けながら梓が言う。それを確かめて僕は車を発進させた。

「梓は強いな」

「はあ？　それどういう意味？」

「……いや、自分の過去と向き合って……見ず知らずの僕の伯母にもあんなに優しくしてさ」

「あたしが本当に強いと思う？」

赤信号で車が停まる。その語気の強さに思わずたじろいだ。

「あんな家で生まれて、雪の日に捨てられた人間がいつも強くいられると思う？　それにこの町にはね、自分を捨てた親がまだ生きているかもしれないんだよ。あたしはそのことを考えると震えがくる」

僕は言葉に詰まった。

「そう見えるのなら、それでいいよ。だけどね、史也に強いな、なんて他人事《ひとごと》みたいに言われたくはないね。自分とは違う人間なんだ、と言われたみたいな感じがするよ」

「ごめん、ごめん、悪かった、つい口が」

梓がぷいと顔を背《そむ》けて窓の外に目をやる。こんなことは佳美とつきあっているときにも度々あった。僕は何か相手の気にいらないことを口にしてしまう。大概、それは僕に原因があった。父のことが、あの出来事のことが蘇り、重く心にのしかかっているとき。例えば、今のような。

「なんでも話そう」と梓に言ったのは僕だ。けれど、まだ父の容態のことを伝える勇気がなかった。

「スーパーそこにあるから停めて」

梓がぶっきらぼうに僕の顔を見て言う。僕は国道沿いのスーパーマーケットの駐車場に車を停めた。僕がシートベルトを外そうとすると、梓は、

「一人で買物行くから」

そう言って車から降りて、ドアを力いっぱい閉めて出て行く。その震動が車全体に響いた。今まで忘れていた右手の中指が鈍く痛む。もうすっかり治っていたはずなのに。父に傷つけられた体のあちこち。そのときの記憶が僕の頭を支配する。怖かった。そして、誰も助けてはくれなかった。だから僕は父を斧で……。

「ちょっとちょっと史也、大丈夫？」

梓が声をかけてくれるまで、僕はハンドルに突っ伏していた。梓が僕の体を揺すり、額に手をやる。

「なんかすごい熱いんだけど！」

確かに僕の体は燃えるように熱かった。僕のなかで黒い龍が燃える炎を吐いているせ

いだ。

「運転代わるから、史也は後ろで寝てな」

梓はそう言って丸く膨らんだスーパーマーケットのレジ袋を助手席に置くと、僕の体を支えながら後部座席のドアを開け、そこに僕の体を横たえた。

寒気で体が震える。僕はコートの中に顔を埋めた。梓の運転はうまいとは言えなかった。こまめに踏むブレーキの震動で吐き気が湧き上がってくる。

「伯母さんの家に薬とかはあるのかな？」

赤信号で停まったのか、梓が振り返って叫ぶように言う。

「そんなものあるのかどうかもわからない」

そう言うのがやっとだった。

「じゃあ、そこのドラッグストアに寄る」

梓は再び車を発進させる。車はどこかに停まり、大きな音を立ててドアを閉め、梓は車の外に飛び出していった。

伯母のアパートに着いたのは午後のまだ早い時間だった。駐車場からアパートまで歩くときにも梓は僕の体を支えてくれた。足元がふらつく。歩くのさえやっとだった。

アパート一階の部屋のドアを梓が開けたときには、やっと辿《たど》り着いたという気持ちだった。僕はベッドに体を投げ出す。梓がダウンコートを脱がせ、僕に掛け布団と毛布をかける。それでも寒かった。体の節々がきしむように痛む。

梓が体温計を僕の脇の下に挟んだ。しばらくすると、体温計がピッと音を立てる。

「三十九度二分！」

梓は目を丸くし、バタバタと階段を上がっていった。僕はベッドの中で梓が二階で立てる音をただ聞いていた。今、僕は一人ではない。そのことに安堵《あんど》していた。

いつの間にしたのか、マスク姿の梓がマグカップのようなものを手にベッドに近づく。

「インフルエンザとかだったらやばいから。明日、午前中に病院に行こう」

梓がそう言いながら、僕の体を起こし、僕の口元にマグカップを近づける。葛湯のようなものだろうか。生姜《しょうが》の香りが強くした。

「何かおなかに入れないと薬も飲めないから。少しでいいんだからね。ちょっとずつ」

そう言ってマグカップから銀色の大きなスプーンでとろりとした液体を掬《すく》うと、マスクをずらしてからふーふーと冷まし、幾度も僕の口に運ぶ。食欲もなく、水分をとりたいとも思わなかったが、僕はそれを口にした。さすがに看護師だけあって手際がいいね。そう言おうとしたが、口の中はねばつき、何かを話す、という気力すらない。

もういい、という意味で僕が首を振ると、梓は再びバタバタと二階に上がっていった。次に下りてきたときには水の入ったコップと風邪薬の箱を手にしていた。梓はまだコートすら脱いではいない。

「とりあえず、解熱剤。はい」

そう言ってまた僕の体を支え、薬を飲ませてくれた。そのあと、コートのポケットから、冷却シートを一枚出した。透明なフィルムを剝《は》がし、僕の額の汗をタオルで拭いてから、僕の額にそっと貼る。その冷たさが気持ちよかった。

「本当は、脇の下を保冷剤とかで冷やすのがいいんだけど、この家にはそんな気のきいたものなかったわ」

僕を寝かせながら、梓が笑いながら言う。

「布団がもっとあればいいんだけど」

「……クローゼット」

僕がやっとの思いで言うと、梓はすぐさま壁際のクローゼットの扉を開き、布団を数枚取り出した。

「なんか黴《かび》臭いけど我慢して」

そう言って僕の体に布団を重ねていく。

「ごめん……」

「何言ってんの。あたしが頼んで、わざわざ寒いところに行ったから……」

そう言って梓は僕の手を握った。

「手、あっつ！」

そう言いながら梓がベッドに座る。

「ゆっくり眠りなさい」

また同じ夢を見た。

けれど、いつもと違うのは自分が夢を見ているという自覚がある、ということだった。自分が熱を出し、伯母のアパートの一階の部屋のベッドで眠っているということもわかっている。額には梓が貼ってくれた冷却シートの冷たさも感じている。

夢のなかの僕は中学一年の僕ではなく、今の僕だった。けれど、目の前にいる父は僕が十三歳だったときのままだ。父は年齢を重ねておらず、あの頃と同じように、母の腹を蹴り、食卓の上の皿を床に叩きつけて割っている。母も妹も、あの頃のままだった。

僕の手には斧が握られている。その重さを僕は感じている。それに目をやる。刃先がぎらり、と光る。僕のなかの龍が叫ぶ。殺せ、ではなく、殺してもいい、と。僕は父に向かい、斧を振り上げた。父の後頭部に刃先がめり込む感触がある。血しぶきが僕の顔に降り注ぐ。

ついにやってしまった！

そこで目が醒《さ》めた。ベッドから体を起こす。夢だとわかっていたはずなのに、その世界から戻ってこられたことに安堵している。誰かが僕の手を握っている。視線を落とすと、梓が僕の手を握ったまま、ベッドに突っ伏している。その手を強く握り、頭にもう片方の手を置く。梓が目を醒まし、体を起こした。冷却シートの上から手のひらで額に触れ、僕の首筋に手をやる。

「熱はもうないよ」

そう言った僕の言葉を無視するように、梓が僕のシャツをめくり、脇の下に体温計を差し込む。

「三十六度八分……いったいなんだったんだろう。喉とか頭とか痛くはない？」

僕は首を横に振る。

「疲れが出たのかな。あたしがいろいろ連れ回したせいで……」

「ここにいると、いろいろと思い出すから」

そう言いながら僕は自分の手のひらを見る。夢のなかで血塗られていた両手を。

ベッドサイドの時計を見ると午前二時過ぎだった。

「でも、まだ寝ていたほうがいいよ……あたしは上で寝るから」

立ち上がった梓の手を摑《つか》む。

「ここにいて」

それは懇願に近かった。僕の顔を見下ろしていた梓は、口の端を上げてかすかに微笑む。デニムとセーターを脱ぎ、するりとベッドの中に入ってきた。僕はその体を抱きしめる。夢のなかの実体のない父や母や妹ではなく、今、生きている生身の梓の体を抱きしめる。彼女に感じているのは彼女の生育歴に対する同情なのかもしれなかった。けれど、今、この瞬間、梓を抱きしめていたい、という強い気持ちが僕のなかにある。梓の頭が僕の胸にあった。梓から南国の花の香りがする。生きている者の香りだった。僕は梓に尋ねた。

「ここに来たことを後悔している?」

梓はしばらくの間、黙ったままだった。僕の腕のなかで梓が頭を振る。

「こんなことでもなければここには来られなかった。後悔……というより、どこも想像どおりのところだった。あたしが捨てられた乳児院も、生まれた実家も、もっといいところだったらいいのにな、と思っていたけれど、想像以上にひどくて」

そこまで言って梓は乾いた笑い声をたてた。

「自分がどういうところで生まれて、どういうところで育ったか、記憶がない頃の記録を辿って……でも、そこからあたしは一生逃れることはできないんだなって」

僕は梓の声に耳をすます。その声が好きだ、ということに気づく。

「東京生まれ、東京育ちの、医者の娘です、とだけ言って生きていくこともあたしにはできる。素知らぬ顔で親の決めた相手と結婚することもできる。だけど、それって嘘じゃない? 一緒に生きていくことを決めたなら、自分の本当を相手には知っていてほしい。それが史也でよかった、と思った。そもそも、史也があたしを強引にここに連れてきてくれなければ……あ! 史也と一緒に生きていきたい、とか、そういう重いあれじゃないからね」

梓の唇を僕は塞いだ。その熱さを感じるほどに僕の熱は下がりきっていた。

「梓の行きたいところに行ったら、そのあとでいいから僕の家に一緒に行ってほしい」

「……あたしでいいのかな」

「梓でないとだめなんだ。梓にそばにいてほしい。梓と同じだよ。僕一人じゃ行けやしない。……親父の体調があんまり良くないらしいんだ」

　僕は天井を向いた。梓が体を起こし、僕の顔をのぞきこむ。

「だったら、そっちが先じゃない？」

「いや、まず、梓の母親に会いに行こう」

「……」

　今度は梓が天井を見上げた。二人で部屋の天井を見るともなしに見つめている。

「緊張するなあ」

　梓が右腕で自分の目元を隠して言った。

「行ける？　でもここまで来たら行ったほうがいいと思うんだ。まず僕だけが一人で行ってみようか？」

　そう言うと、梓はベッドを抜け出し、脱ぎ捨てたデニムのポケットから折り畳んだ紙片を取り出した。それを広げて僕に渡す。よくある飲食店のサイトをプリントアウトしたものだった。店の名前は小料理屋・梓。ランチタイムは午前十一時から、と記されている。

「明日、僕が一人で行ってみる。その間、梓はここで待ってな。どんな様子なのか見てくるから」

「あのさあ……」

ベッドの横に立ったまま、キャミソール姿の梓が呆れた口調で言う。

「なんで、あたしのためにそこまで」

「好きだからだよ」

ふいに口をついて出た。

「好きな人のことだから知りたいんだよ」

梓の顔がくしゃりと歪《ゆが》む。泣くのを我慢している子どもみたいな顔で言った。

「あたし、昔……いや、この話やめておこうか」

「そこまで言ってなんだよ」

「本当に好きになった人がいて、自分の生い立ちやらなんやら洗いざらい話したことがあるんだよ。そうしたら、やっぱり重いです、ってドン引きされてさあ……」

僕は梓の手を摑んで引っ張り、その小さな体を抱きしめた。

「僕はしないよ。僕も同じだからだよ。僕も同じくらいの重さを抱えているからだよ」

「史也のその重さって……」

今ここで洗いざらい梓に打ち明けてしまおうか、という考えが一瞬頭に浮かんだが、今はまだそのときではない、と僕は開きかけていた口を閉じた。

「その話はまだできない。でも梓には話すつもりでいる。だから、僕の家に一緒に来てほしい」

一人では到底行くことなどできないのだから。

最後の言葉を僕はのみ込んだ。

「わかった……」梓が頷《うなず》く。

「明日、梓も一緒に行くか？　その店に」

梓が寒そうに両腕を抱え、再び、ベッドの中に入ってきた。僕を梓が抱きしめる。

「本当のことを言うとすっごく怖い……あたし、その店にお母さんがいるんだとしたら、その人に何をするかわからない……」

「もし、そこに梓の母親がいるとして、話ができる状態なら、ここに来てもらおう。僕がそばにいるし。万一、梓が母親を」

殺そうとしても。

再び、僕は言葉をのんだ。頭を振って、梓がそんなことをするわけがない、と思い直す。殺そうとしているのは、親を殺そうとしているのは僕だ。そのとき、僕ははっきりと自覚したのだった。僕はまだ父に殺意を抱いていることを。今一度、父に会ったら、父を殺してしまうかもしれない、という妄想が僕の頭のなかから消えてはいない。それを梓が知ったら……。僕はそこまで考えて思考を意識的にストップさせた。

「一発殴ってやりたいよ。いや、一発じゃ足りない。二発、三発……」

そう言って僕の腕のなかで梓が指を折って数える。殺してやりたい、ではないのだ、ということに安心しながらも、僕は自分のなかで再びはっきりと芽生えた殺意、というものに対して、どう対処したらいいのか戸惑っていた。梓の目が自然に閉じていく。僕も無理矢理目を閉じた。

アパートの外からはなんの音もしない。このアパートの一室で抱きあって眠っている僕らしか、もう地球にはいないのではないか、と思うくらいに静かだった。まるで胎内にいる双子のように僕らは抱き合って眠った。そうやって新たにこの世に生まれ出たとしたら、どんなに幸福なことだろう、と想像しながら、僕はいつの間にか、深い眠りに落ちようとしていた。眠りに落ちる寸前に梓が僕の耳元に口をつけて囁《ささや》いた。

「史也のことが好きだよ」

その言葉に頷きながら、僕は眠りの世界に引きずられていった。

2

翌日、僕はアパートに梓を一人残して、小料理屋・梓に向かった。アパートからもそれほど遠くはない。僕が通っていた高校にほど近い場所にあったので、懐かしさを感じながら、僕は足を進めた。

細い路地を曲がったところに、その店はあった。引き戸の両脇には盛り塩が置かれ、そのまわりは綺麗に掃き清められている。僕がぼんやりと引き戸の前に佇《たたず》んでいる間にも、スーツ姿の男性数人が、戸を開け、店の中に入っていく。戸が開くたび、「いらっしゃいませ」という女性の声がする。似ている、と思った。梓の声に似ている。僕は心を決めて、戸を開けた。カウンターの奥のほうから「いらっしゃいませ」という声がするが姿は見えない。カウンターの中にいる白い調理服姿の男性が顔を上げ、僕にかすかに微笑みかける。彼に勧められるまま、僕はカウンターの片隅に座った。流行《はや》っている店なのだろう。まだ、十二時前だというのに、店の中はほぼ満席だった。目の前にいる彼が梓の父親か、と思ったが、顔をよく見れば、僕よりも少し年上くらいの男性のように思えた。見るともなしに、カウンターの上のメニューを見る。昼間は日替わりランチ一種類だけを供しているらしい。

しばらくすると、着物姿の女性がお茶を運んできた。

「ランチひとつ」

「はい、ランチひとつ」

そう言う彼女の顔を見て僕は頷いた。猫のような目、顎《あご》のライン、そして声。この人が梓の母親なのだろう、と僕は確信した。

僕はやってきた海鮮丼を食べながら、気づかれることのないように、着物姿の女性を見、カウンターの中の男性を見た。一口食べた海鮮丼はおいしかったが、食欲は湧かなかった。緊張して口が乾き、喉を通っていかない。それでも食べた。

「ご馳走さまでした」

と立ち上がり、入り口で勘定を済ませた。財布を出しながら、着物姿の女性と向き合う。おつりをもらいながら、僕は一息に言った。

「すみません、外で、少しよろしいでしょうか？」

彼女の顔に緊張の色が浮かんだ。明らかに警戒されている。彼女はカウンターの中の男性に、

「ちょっと外に」と声をかけた。男性も怪訝《けげん》そうに鋭い視線で僕を見ている。それでも、彼女は僕と二人、店の外に出た。

「あの、梓さんのお母様でしょうか？」

その瞬間、彼女の顔から血の気が引き、紙のように白くなった。唇に塗られたベージュの口紅が乾き、皺《しわ》を目立たせている。間違いない、と僕は思った。

「あの……何をおっしゃっているのか」彼女の言葉を遮るように僕は言葉を続けた。

「梓さんは今、弘前にいます。弘前にいられるのは今日までです」

明日は僕の実家に向かうのだから、梓が自分の母親かもしれない女性と会えるチャンスは今日しかない。

「時間は何時になってもかまいませんので会いに来られませんか？」

そう言って僕はアパートの住所を記したメモを彼女に渡し、頭を下げ、その場所を後にした。背中に彼女の視線を感じたが振り返りはしなかった。彼女が梓の母親であることは間違いないような気がした。けれど、彼女は来るだろうか。あの様子では来ないような気がした。

そんなことをつらつらと考えながら、僕はアパートまでの道を歩いた。

見慣れた地方都市のよくある風景。高校時代にあった店の多くがシャッターを下ろしていた。町の中心にある弘前城だけが、あの頃と変わらずその存在感を発揮している。

ここで過ごした時間の記憶が蘇る。自分のしでかしたことの罪の重さを抱えながら、僕は友だちらしい友だちもおらず、どこに行くのも一人だった。けれど、今は梓がいる。梓が伯母のアパートにいる、と思うと、不思議な縁だと思うと同時に、心のなかに温かさが広がる。

僕はデイパックの中からコンパクトカメラを出して、見慣れた風景を撮った。あの頃はまわりに何があったかなんて、どうでもよかった。ファインダーの中の景色は、まるで初めて見たもののように僕の目に映る。こんなふうにこの町を見たことがなかった。

梓と二人で今、ここを歩きたいと強く思った。そうすればこの町の記憶も書きかえられる。僕にとっても、梓にとっても。

あの店にいた女性は、子どもを捨てた経験をどんなふうに抱えて生きてきたのだろうか、とふと思った。その体験の重さにつぶされそうになったことはないのだろうか。

そう、僕のように。

「おかえり」

アパートに着くと梓が小走りに駆けてきた。僕は思わずその体を抱きしめた。もう懐かしいと感じるほどに、僕は梓が放つ香りを記憶していた。

梓が僕の手を取り、一階の部屋を見せ、階段を上がり、二階の部屋に誘導する。洗面所と浴室、キッチンにも連れていかれる。どの部屋も綺麗に掃除され、整えられていた。

「伯母さんが帰ってきたら腰を抜かすよ」

「さっき病院にも行ってきた。元気そうだったよ。退院が決まったって喜んでいた」

いつの間に、と思いながら、梓のその言葉が僕の心をかすかに浮き上がらせていた。

「どうせまた梓に煙草吸わせてくれって頼んだんだろう?」

「それは二人だけの秘密」

梓はそう言いながら布巾でリビングボードの埃《ほこり》を拭う。

「これ、史也だね」

そう言ってひとつの写真立てを僕に差し出した。小学二年生頃の僕と、母と妹の三人で伯母に会いに来たときの写真だ。カメラの向こうに伯母がいるはずなのに、僕の表情はかたい。そして、右手の中指の包帯。父親に折られたその場所が鈍く痛んでくるような気がした。

「なんか、怪我したとき?」

「……」

何かを言おうとして言葉が唇の前でとどまる。その話は明日でもいいだろう。僕は話を無理に変えた。

「店、行ってきたよ」

梓の視線が写真立ての上にとどまる。緊張した顔で僕を見上げた。

「店にいるのは多分、梓のお母さんだと思う。梓にとても似ている。ここの住所を渡した。何時でもいいから、ここに来てほしい、と伝えた」

黙って僕の話を聞いていた梓は、どさりとソファの上に体を投げ出し、煙草に火をつけた。

「……あたし、なんだかどうでもよくなってしまった。本当のことを言えば」

僕も梓の隣に腰を下ろした。

「会うのは怖い……」

梓の本音だろうと思った。僕らはしばらくソファの上で抱き合っていた。今日、梓の母親がここに来るかもしれないこと、明日、僕の父親に会いに行くということ。そのふたつの重さが僕と梓、それぞれを無口にしていた。

梓と僕は抱き合ったまま少しの間眠り、目醒めた梓がキッチンに向かった。

「圧力鍋を見つけたから何か作ろうと思って」

そう言って僕に丸く膨らんだスーパーのレジ袋を掲げて見せた。

「手伝うよ」

僕もキッチンに立った。梓は携帯の料理アプリを参考に肉の煮込みを作る、と言っている。僕は梓に言われるまま、玉葱の皮を剝《む》き、セロリをみじん切りにした。そんなことでもしていなければ、間が持たなかった。まるで新婚家庭みたいじゃないか、と夢のようなことを思いながら、口には出さなかった。この旅が終わったら、僕と梓はどうなるのか。同じ道を歩いていくのか、それとも、二人それぞれの道を歩いていくのか。それは旅の終わりに考えればいい、と僕はその問いへの答えを先延ばしにし、今、この時間を楽しむのだ、と自分に言い聞かせた。

夕食の時間が訪れる頃には、梓と二人悪戦苦闘しながら作った肉の煮込みはなんとか出来上がり、僕は梓が買ってきたワインの栓を抜いた。

「まあまあの出来かな」

笑って食事をしながらも、梓が緊張しているのがわかった。梓の母親が来ても来なくても、彼女の落胆を受け止めるつもりでいた。アパートの前を車が通り過ぎる音がするたび、梓の視線が宙を動く。そのたびに僕は梓の手を握った。あの人はやっぱり来ないのだろうか、と思いながら、僕は皿を洗い、ソファで横になってぼんやりしている梓を写真に撮ったりした。梓は僕に撮られることに抵抗しなかった。

玄関のチャイムが鳴らされたのは、午後十一時を過ぎた頃だった。僕と梓が顔を見合わせる。梓はソファから身を起こした。僕は彼女を手で制し、階段を下りてドアを開けた。

あの店の女性が肩に雪を載せて立っていた。チャイムを鳴らすまでの長い時間この人はドアの前にいたのだろう。

「店がなかなか抜けられなくて……こんな時間になってしまって申し訳ありません」

そう言って彼女は肩の雪を払った。

「あの……入っても？」

「もちろんです」と言いながら、僕は彼女を部屋に招き入れた。僕は階段を上がり、彼女を二階に案内した。小さな足音を立てて、彼女は僕の後をついてくる。

梓はリビングの椅子に片膝を立てて座り、俯《うつむ》き、爪を噛《か》んでいる。彼女のほうを見ようともしない。僕は彼女を梓の向かいの椅子に座らせ、お茶の準備をした。

「あのこれ、よがったら食べてください。ちらし寿司です……」

そう言って、お茶を出した僕に、小さな風呂敷包みを差し出す。

「すみません、気を遣っていただいて」

僕は梓の隣に座り、その包みをテーブルの端に置いた。梓は何も言わない。彼女が小首を傾《かし》げて僕に尋ねる。

「あの、弘前の方なんですか？」

「いえ、僕は東京でカメラマンをしています」彼女に名刺を差し出した。

「梓さんとは東京で知り合って、僕の仕事がこっちであったものですから、それで梓さんを連れて……ここは僕の伯母のアパートです。高校まで僕もこっちで過ごしたので」

青森出身なんです、とは言えなかったが、そこまで聞くとやっと彼女がほっとした顔を見せた。僕は彼女に興信所か何かの人間と思われていたのだろう。知らない男がやってきて、梓の名前を出し、ここに来てほしい、と言われ、怪しく思わないわけがない。ここに来るのだって、随分と勇気が必要だったに違いない。けれど、彼女はやってきた。

こんな雪が降りしきる夜に。

いきなり彼女が立ち上がり、床に手をついて頭を下げる。

「梓、いえ、梓さん」

時計の秒針の音、雪道を行く車の音。その静けさのなかに彼女の声だけが響く。

「本当にごめんなさい。あなたには謝っても謝りきれないことをしました。そのことをずっと今まで、そして今も私は悔いています」

彼女がそこまで言うと梓が立ち上がった。彼女の頭に足を乗せる。そして、力をこめる。彼女の頭がより床に近づき、後ろでまとめた髪がほどけて広がる。

僕は黙ったまま、梓の足を彼女の頭からどかそうとしたが、梓の力は強い。梓は彼女の頭に足を乗せたまま叫んだ。

「どうして捨てた！」

彼女の額が床につく。それでも梓は叫んだ。

「あんな寒いところにどうして捨てた！　あたしを殺すつもりであんなところに捨てたんでしょう⁉」

「違う！　それは違います！」

彼女がくぐもった声で叫んだ。

「どうしても育てることができながった。あの頃の私にはお金もなくて……夫にも捨てられ、頼れる人もいなくて。それで仕方なく」

「じゃあ、どうして一度もあたしに会いに来てくれなかったの!?　たったの一度も！　あたしがどんな想いで、親が会いに来るほかの子どもを眺めていたと思う!?」

　梓の声に涙が交じる。

「……どうしても合わせる顔がながった」

「たった、それだけの理由で!?　あたしが貯金を使って調べ上げなければ、あんたとこうして」

「十歳のときに東京のお医者様にもらわれだと聞いて、もう私の出番はないと思っていました。きっと東京で幸せに暮らしているんだろうと」

「そうだよ！　あたしはあの家でずっと大事にされた。父も母も、あんたとは大違いだった。あたしを大事に、本当の娘として育ててくれた。あたしも父と母を本当の両親だと思い込もうとした。だけどね」

　梓が彼女の頭から足をどける。起き上がった彼女に近づき、両肩を持ち揺さぶる。

「あたしの心のどっかには、いっつもでっかい穴が開いていて、そこを冷たい風が吹き抜けるんだよ。あたしは乳児院に捨てられた日のことを覚えている。あの日に吹いていた真冬の死にそうに冷たい風だよ。優しい両親といても、あたしはこの人たちの本当の子どもじゃない、どこかに本当の親がいるんだ、ってずっと思いながら生きてきた。その親が今どうしているんだろうって、ずっと考えながら生きてきた。そんなことを考えながら生きていく子どもが幸せだと思うのか？　あんたは自分の罪の重さを随分と軽いものにして生きてきたんじゃないのか？　あたしのことなんか、なかったことにして」

髪のほつれを直す彼女も泣いていた。

「本当にあなたには申し訳ないことをしだと思っています。けども、あなたのことを忘れたことなんかながった。毎日、東京に向がって手を合わせていた。あなたがどうか幸せであるように、と」

「手を合わせるなんて、死人みたいなことしないでよ！」

梓がぷいと顔を横に向ける。

「でも、あなたは会いに来てくれた。こんな私さ……あの、あなたは梓さんの？」

彼女が僕に視線を向ける。言葉に詰まったがそれでも言った。

「恋人です」彼女の顔にかすかに笑みが浮かんだ。

「そうでしたか。こんなにいい方に巡り合って梓さんは、……梓は幸せなんですね、今」

「ああ、幸せだよ。今のあたしは幸せだよ。この人はあたしの生まれや育ちを聞いてもびくともしない。そうやってこの人に巡り合ったのも、あんたがあたしをあのくそ寒い乳児院の前に捨てたからだよ」

そう言って梓は立ち上がり、彼女が持ってきた風呂敷包みを乱暴に開いた。小さな重箱の蓋《ふた》を開け、その中身を彼女の頭にぶちまける。ちらし寿司が、彼女の頭に、床にこぼれていくが、彼女は微動だにしない。

「あんたのことは一生かけて憎んでやる。これからどんなに幸せになっても、今のあんたの無様な姿は絶対に忘れない。あたしを捨てたあんたのことを憎んで憎んで、死ぬまで憎んでやる」

　梓が手を振り上げる。僕はその手を止めようとはしなかった。けれど、彼女の頬の寸前で梓の手が止まった。彼女が梓の強い視線を受け止める。その目から涙が一筋流れて顎から落ちた。

「もう一生会うことはない。顔を見ることもない。だけど忘れないでほしい。日本のどこかであんたのことを死ぬほど憎んでいる娘がいるってことを」

　彼女は再び、床に手をつき、深く頭を下げた。

「本当に、本当にごめんなさい」

　そうしてまた、部屋は静寂に満たされた。梓はうなだれたように視線を床に落とし、もう彼女を見ようともしなかった。彼女が立ち上がり、僕に頭を下げる。階段を下りようとする彼女の後を追った。

「あの子のごと、どうかよろしくお願いしますね」

　玄関で彼女は頭を下げた。髪に錦糸卵やいくらの粒が散らばっている。なぜだか、その姿に母の姿が重なった。ドアが閉まる前に彼女はもう一度、言った。

「どうか幸せにしてください」

　そう言って彼女は帰っていった。

　二階に上がると、梓は散らばったちらし寿司の中にぺたりと膝をついて座り込んでいた。僕は背中から梓を抱きしめる。

「気が済んだ?」

「な、わけない……ただ」

「ただ?」

「あの人の手を見たらさ、ものすごい手荒れしていて……それを見たら、殴れなかった」

梓が振り返り、僕の胸に顔を埋める。

「優しいな、梓は。それに勇気がある」

「そんなこと言われたの、生まれて初めてだよ……ただ、あんなに最低な親でも、顔がわかったら、なんだか憑《つ》き物が落ちたような気分になってる……本当のところ、あんなにちゃんとした綺麗な人だとは思わなかった。きちんと着物着て」

「店だって清潔な店だったし、人もそれなりに入ってた。ちゃんとした人だよ」

梓が散らばっていたちらし寿司を指でつまんで口に入れる。

「悪くはないよね……」

「食べさせたかったんだよ梓に」

人のことだとなんとでも言える。心の奥底ではそう思いながら、静かに涙を流す梓をただ抱きしめているしかなかった。

「あの、さっき……」

「ん?」

「恋人、ですって」

「僕はそう思っているよ。梓がどう思っているかわからないけれど」

「あたしもそう思っていいの？」

「僕のほうこそ、そう思っていいの？」

「もちろん」

僕と梓は深い口づけをした。床に手をつくと、べたべたとしたご飯粒が手についた。

「これを片付けないと……」

僕が立ち上がると、梓が背中に飛び乗ってきた。

「あたしの恋人！」

そう言いながら、僕の首や頬に口づけをする。梓が僕の恋人、という言葉に迷いはなかった。僕の本心でもあった。

梓の本心はわからない。けれど、自分を捨てた母を彼女は許容したのだ、と僕は思った。翻って自分のことを思う。明日会う予定の父のことを僕は許すことができるだろうか。梓のように。

濡れ布巾で床に散らばったちらし寿司を拾い集めながら思う。僕のなかで父に対する憎しみの内圧が高まっている。それは今にも爆発しそうなのだ。梓が母親の頭に足を置いたことなどかわいいものだ。

僕は、明日、父を、殺して、しまうかも、しれない。

それは弘前に着いてから僕の頭をよぎり、そんなことをするわけがない、と自分の考えを幾度も否定し続けてきた。けれど、龍の夢が僕の本心をさらけ出すのだ。僕の心の奥底にはまだあの龍がいて、殺してもいい、と叫んでいる。その龍を飼い馴らすことが今の僕にはできない。

その晩、僕と梓は初めて体を交わした。この世に、この場所に、繋ぎとめておいてくれないか、という懇願にも近い感情を抱いて、梓の温かなぬくもりをむさぼった。その晩、幾度も梓を抱いた。梓は優しく、僕の強引な欲求にも応えてくれた。健やかな眠りをむさぼる梓を見ながら、父に会わずに弘前から帰ってしまえばいいのではないか、とふいに思った。父のことなど忘れて、もうこの世にはいないつもりで。撮り終えた写真と、梓とともに東京に帰ってしまえばいい。

けれど、龍は夢のなかではっきりと僕にこう告げた。おまえは、弱っている父にとどめを刺しにきたのだ、と。

3

翌日は昨日まで降っていた雪もやみ、春を思わせるような穏やかな青空が広がっていた。

ノートパソコンから吉田さんに写真のデータを送る。

〈夕方までに東京に帰ります〉メッセージにそう書いて送ると、日曜日だというのに、すぐに返事が来た。

〈了解。写真、ずいぶんいいじゃないですか、先生。伯母さんの具合はどうだ？〉

〈退院が決まりました〉

〈なら良かった。先生のお帰りを仕事の山が待ち構えております〉

ほっとした気持ちで吉田さんからのメッセージをくり返し読みながら、東京には自分の仕事があり、変わらぬ日常があるということが、とてつもなくありがたく思える。このまま、梓と二人、東京に帰ることができたら、どんなにいいだろう。

けれど、昨日の梓と梓の母の対面を見て、自分も自分の過去と向き合わなくてはならない、と思ったことも事実なのだ。僕のなかの龍は父を殺してもいい、と言う。そんなことをするつもりは僕にはない。けれど、父を前にしたら何をしてしまうか、自分という人間がわからない。だからこそ、梓と二人で実家に向かいたかった。

梓と二人、簡単な朝食をとったあと、まずは伯母の病院に向かった。伯母の顔色はこの前会ったときよりずいぶんといい。梓と伯母が目配せしているのが目に入った。

「煙草はもうだめだから」

僕が言うと、

「ちぇっ」と伯母が子どものように口を尖らせる。

「私、ちょっと売店に行ってきますね」梓が自然に席を外す。

「なんだかすっきりとした顔をしているね、梓ちゃん」

昨夜、梓と梓の母親との間であったことなど、まだ、伯母に話せることではない。ましてや、梓と僕が初めて体を交わしたことなど。

「これから実家に行くよ」

伯母の言葉を無視するように、ぶっきらぼうに僕は言った。伯母が僕の顔を見つめる。ベッドから体を起こす。その体に僕はフリースのジャケットをかけた。伯母が口を開く。

「あんたたちが行くことはあたしから伝えておくから」僕は黙って頷いた。

「先がもう長くないんだ。あんたは何もすることはない。動けなくなったあいつを見るだけでいい。もうあんたに暴力もふるえない、暴言も吐けない。生ける屍《しかばね》になったあいつをひと目見るだけでいい」

伯母が僕の手をとる。

「いいね、あんたは何もしなくていい。あんたの苦しみを生んだあいつがボロ雑巾みたいになっているのを見ているだけでいい。わかったね?」

伯母はわかっている。僕が父に何かするのではないか、ということを怖れているのだ。

「梓ちゃんと行くんだから……」

伯母は自分に言い聞かせるように言った。

「東京に帰って二人で幸せに暮らすんだよ」

靴音がして梓が戻ってきた。

梓が伯母の体からずり落ちそうになっているフリースをかけ直す。

「あさってには娑婆《しゃば》に戻れる。……でも、またおいでよ。弘前に。二人で」

そう言って伯母は梓の手を握った。梓が尋ねる。

「退院は一人で大丈夫ですか？」

「なんでも一人でやってきたんだ。タクシーでアパートに帰るだけだもの。なんてことない」

「私が弘前に来たら、またアパートに泊まってもいいですか？」

「史也と喧嘩《けんか》したら弘前においで。いくらでも泊めてあげる」

そう言って伯母と梓はかたい握手を交わした。梓が再び弘前に来る、と言ったことに驚きながら、僕は心を通じ合わせた二人の女の顔を、ただじっと見つめていることしかできなかった。

病院を後にし、梓と二人、実家に続く道を走った。岩木山の向こう。二時間もかからず着いてしまうだろう。夕方までに東京にいる必要があるのだから、滞在時間は二、三時間。それくらいの短い時間ならば、堪えられそうな気がした。

朝の晴天は重く厚い灰色の雲に覆われ、岩木山に近づくにつれ、雪が激しくなってきた。黙っている僕に梓はあえて、話しかけることはせず、ラジオのスイッチを入れた。この前と同じ外国語講座を一日中流し続けているAM局のままだった。この時間はフランス語講座らしい。

「穏やかな日曜日ですね」と女性アナウンサーが日本語で告げ、その後、フランス語が続く。梓が口を開く。

「穏やかじゃないよね」

僕は黙ったままだった。口の中がやたらにねばつく。あの夢を見ているときと同じだ。

「緊張している？」

「そう聞かれたら、そうだ、としか答えられない」

岩木山が間近に見えてきた。風景に、雪を載せた冬枯れの木々が増えてくる。

「あたし、冬が大嫌いだった」

梓がまるで独り言のように話し始めた。僕の緊張をほぐすように。

「この陰気な天気。自分がこんな天気の日に捨てられたんだって、雪が降るたび思い出すから……。東京って冬はいつもからっと晴れているじゃない？　あたし、それだけで、いいところにもらわれてきたなあ、ってうれしかったな」

確かに僕もそうだった。大学進学と同時に東京に来たとき、冬に雪のない生活がどれほど快適か思い知ったのだった。父親に殴られて、庭に駆け出し、真っ白な雪に散った鼻血の赤の色を思い出さずにいられる生活が、精神的にどれほど楽だったか……。

それなのに、僕は今、時間を遡《さかのぼ》って、自分を痛めつけた相手に会おうとしている。それが正しいことなのか、自分にとって必要なことなのか、車を走らせながらも僕の心は迷っていた。このまま、進路を変えて、空港に行ってしまうこともできるのだ。

「ここで史也に、全部、見せたね、あたしの全部」

梓が捨てられた乳児院を見たこと、生まれた実家を見たこと、梓の母親に会ったこと、そして、梓と体を交わしたこと。それがこの二、三日の間に起こったことだとは思えないほど濃密な時間だった。

一人の人間とこんなふうに内面を曝《さら》しあったことはない。僕は誰ともこんなふうに心を通じ合わせたことがない。それが正しいことなのかどうかもわからない。口さがない連中は、幼少期にトラウマを持つ人間同士の傷のなめ合いだ、と言うかもしれない。けれど、梓と僕とはこんなふうに不器用にしか、誰かと関係を結ぶことができない。

僕は梓に尋ねた。

「お母さんと会って気が済んだ?」

「な、わけない。元々の性格がしつこいんだから」

そう言って梓は笑った。

「ちらし寿司ひとつで許されると思う? 許すわけもない。許すはずがない。いつもはぼんやりとした顔の女の人を呪い殺す、って思っていたけれど、今度はあの人を思い浮かべればいいんだな、って。ただ……」

僕は梓の言葉を待った。

「自分を産んだ人がこの世にまだいる、ってわかって、自分のどこかに重石《おもし》ができたような気持ちではあるよ。だって、もしかしたら、ホームレスみたいにひどい生活をしているんじゃないか、死んでるんじゃないかとまで想像していたからね。普通の人生を送っている人なんだ、って安心したと同時に、さらに憎しみが高まったとも言える。あたしのことを忘れていた時間だって、あの人にはきっとたくさんあったんだろうって、そう思ったら、また、憎くもなるよ」

梓の手が伸び、僕の頬に触れる。その手は滑らかで温かかった。

「一人じゃ到底来られなかった。弘前なんて、青森なんて、二度と行くもんか、と思っていた。どういう偶然かわからないけど、来られて良かったと思う。史也がいなければ来られなかった。まあ、その代わりに、今の父からじゃんじゃんメールやら電話が来て大変なんだけど……」

「なんて言ったの？　お父さんに」

「弘前に産みの親に会いに来てる、と返信したら、なんにも返事が来なくなっちゃった……絶縁されるかもね、あたし。史也のせいだよね。どうしてくれる？」

そう言って画面が真っ暗になった携帯を僕の目の間で梓が振って見せた。

「なんてね。昨日から電源切ってあるだけなんだけど。面倒臭いから」

そう言って梓は乾いた声で笑った。

「史也、十三のときに何があった？」

梓の言葉がみぞおちに響いた。

その問いに答えることは告解に近い。亡くなってしまった水希以外にそれを話したことがない。それでも僕は口を開いた。

「親父を殺そうとした」

梓が僕に視線を向ける。

「そうして、実際に行動した。家には薪ストーブがあって、その薪を割る斧があった。親父がいつも使っていたその斧を頭に振り下ろしたんだ」

梓がラジオを消した。

「ただ、斧の刃は親父の頭を向いていなかった。僕は斧の背で親父の頭をかち割っただけだ。そうして、親父は酔って階段から落ちた、ということになった。母も、まわりの人間もそうして事件を隠した。……だけど、そのときの、十三歳の僕には明らかに殺意があったんだ。僕は犯罪者なんだよ。本当は罪を償わなければいけない人間なんだ」

「……どうして」

梓が口を開く。軽く咳払いをしてからこう尋ねた。

「史也はどうしてその人を殺そうとしたの？　どんなひどいことをされたの？」

そのとき、ふいに視界に紗《しゃ》がかかった。自分の目に、涙が湧いている、と気づくまでに時間がかかった。僕は車を道の脇に停めた。車の外に出るつもりはなかった。雪はやみそうもない。エンジンを切った車内に雪のように静寂が降り積もる。

「暴力がいつもそばにあった家だった。日常茶飯事だった。親父が酒を飲んで暴れる。物心ついたときからそうだった。母や僕はいつも父に殴られていた。妹の目が見えなくなった時期もある。そういう家で僕は育った。だから僕は親父を殺そうとした……この手で」

そう言って僕は自分の手のひらを見た。あの日、親父の血に染まっていたこの手を。

梓が僕の頭をかき抱く。僕の目から流れている涙を指で拭った。

「自分を守るために、お母さんのために、妹さんのために、史也はそうしたんだ。それのどこに間違いがあるんだろう」

僕はしばらくの間、声を出さずに泣いた。僕が泣きやむまで、梓はただ、僕の体を抱きしめていた。

「史也が最初にうちの病院に来たときから、なんとなくそんな気がしていたんだ」

「そんな気？」

「前にも言ったことあるじゃない。この人は子どもの頃に何かあったんじゃないかって、そういう勘だよ」

梓が僕の髪の毛のなかに指を入れ、梳《す》くように指を動かす。

「そういう子が病院に時々来ることがあるんだよ。今でも」

梓は僕の指を手に取り、それを自分の頬に当てた。

「いくつも骨折の跡がある子がいて、あたしから児童相談所に連絡したこともある……」

今も自分と同じような目に遭っている子どもがこの日本のどこかにいる、という想像が僕を苦しくさせた。たまたま、そういう親の元に生まれてしまったという不運。いったい誰を恨めばいいのだろう。

「史也はなんで、実家に帰ろうと思った？」

「……」

今度こそ、父を仕留めるためだ、という言葉が即座に頭に浮かんだが、僕は頭を振り、その考えを頭の外に追いやった。

「死にかけているんだ。僕や、母や、妹を、ひどい目に遭わせてきた怪物が死にかけている。それを自分の目で見たいんだ。あいつは今、病に苦しんでいる。親父は多分、もうすぐこの世からいなくなる。その姿を見ないことには、終われないんだよ。梓がお母さんと会ったように……」

「父親の見舞い、じゃないんだ？」

「な、わけない」

僕がそう言うと、梓は満足そうに微笑んだ。

再び、雪の降りしきるなかを走った。山間の道を進む。道一本挟んで、この前、梓と訪ねた乳児院がある。

「こんな雪の日に捨てやがって馬鹿野郎が」と梓はつぶやいた。

なぜだか僕はその言葉に梓の健やかさを感じた。

親のことは悪く言ってはいけない、という空気の居心地の悪さは、いつも僕が感じていたことだった。産んでもらったのだから、育ててもらったのだから、親に感謝すべきだ。有識者らしい人たちがテレビやラジオで口にしているのを見聞きすると、無性に腹が立った。けれど、そうは思わない、と言い返す勇気がない自分にも腹が立った。自分は親から傷つけられたことのない人間だ、という仮面をかぶって今まで暮らしてきた。

中学のときも高校のときも大学のときも、今の事務所の人間にも、そして、吉田さんにも。心が開けないのは当然だ。嘘の仮面をかぶって、快適に息ができるはずもない。いつも水中で呼吸を止めているような息苦しさを感じていた。けれど、僕は梓といるときだけスムーズに息ができる。肺いっぱいに息を吸い込むことができる。そのことを実感した。

道を進むにつれ、空気がもったりとした重さを持ってきたように感じる。民家が少なくなり、細い山道を進む。コンクリート建ての灰色の建物が見えてきた。それは梓が捨てられていた乳児院にも似ていた。僕は近くに車を停めた。

「あれが僕の通っていた小学校だよ」

そう言うと、梓は興味深げに、窓に目をやった。

父親に傷つけられた怪我を隠し、自分の家では何も起きていないふりをして、必死にここに通っていたことが、もうずいぶん昔のことのように思えた。

コツコツ、と窓を叩く音がした。音がするほうに顔を向けると、一人の老人が立っているのが見えた。僕は老人が拳で叩いている窓を開けた。

「間違ってたらごめんよう。……あんだ、横沢さんのどごの？」

　老人の面影に僕の奥深くにあった記憶が呼び醒まされる。

　彼の言葉に頷き、僕は車から降りた。

「……駐在さん、ですよね……」

「さっきから見慣れない車があるなあ、と思っていでさ。いや、もうおらは駐在はとっくに退職したんだけんども。昔の癖が抜けなくてさ。あんだの横顔見で、もしかして……って思ってさあ」

　そう言いながら、駐在さんが僕の腕を叩く。

「こんなに大きぐなって。今は東京で仕事してるんだっておめの母ちゃから聞いたじゃ。たいしたもんだ」

　彼が車内の助手席にいる梓に目をやった。梓が駐在さんに頭を下げる。

「奥さんだが？」

「いや……彼女です」

「おめの母ちゃに顔見せに来ただが？」

「……まあ、そんなところです」

「こんなべっぴんさん連れで来たらおめの母ちゃも喜ぶべさ。それにおめの父ちゃも」

「……」

　この人は共犯者なのだ、という言葉がふいに頭に浮かぶ。あの出来事をなかったことにした共犯者。

それなのに、あんな出来事はなかったようなふりをして、当たり障りのない会話を続けている。僕が実家に行くことがただの孝行息子の帰省であるはずもないことなど、この人だって理解しているはずなのに。

「すみません、今日中には東京に帰らないといけないので……」

僕は思いきって言った。会話の不自然さにもう耐えられそうもなかった。

「そうだが。次来るときは、もっとゆっくりしてげな」

「はい……」

次、ここに来ることなどあるのだろうか、と思いながらも、僕は駐在さんに頭を下げて車の中に乗り込んだ。車を発進させる。スピードを上げる。バックミラーに映る駐在さんの姿がみるみる小さくなっていく。

「いい人だね……」

梓の言葉をうまくのみ込めないまま、僕は黙って頷き、森の中の道を車を走らせた。あの人もあの出来事の共犯者なのだ、とは言えなかった。

車一台やっと通れるような道を進む。家の屋根がかすかに見えてきた。梓が助手席から体を乗り出すようにして、フロントグラスの向こうに視線を向ける。

「ねえ、もしかしてあの家じゃないよね？」

「……そう」

「なんとまあ、随分とでかくて立派な……まるでペンションじゃん」

この家に住んでいた頃、自分の家を見た誰もが言った言葉を梓も口にした。

十三で家を出た自分に、おまえは十数年後、恋人と呼べる人を連れてこの家に戻ってくる、と言ったとしても、十三の僕は絶対に信じようとはしないだろう。今の僕だって、再び、この家に帰ること、しかも、梓という女性を連れて帰ってきたことが信じられない。

庭に車を停める。母が使っているのであろう見慣れない軽自動車が庭の端に停まっていた。

車から出て家の全体を眺めた。僕が年齢を重ねたように、この家も年齢を重ねている。視線は自然と薪置き場に向けられる。薪を割る父が動けなくなったのだから、薪はどこかで購入しているのだろう。木の断面を見せた薪が規則正しく並べられている。薪置き場のどこかに斧があるはずだ。そう思った瞬間に僕は薪置き場から視線を外した。

「どういう豪邸なんだこれ。意味がわからない」

梓は家の二階に目をやりながら、目を丸くしている。

車の音に気がついたのか、玄関のドアが開き、母が顔を出した。

「もう着く頃じゃないかと思っていたの。朝、姉さんから連絡があって……おかえりなさい」

そう言う母の顔はどこか複雑だ。笑顔を浮かべているのに、目は笑ってはいない。母が梓に気づき、頭を下げる。梓が口を開く。

「あの、私、史也さんの……」

「恋人だよ、恋人の中原梓さん」

僕はきっぱりと言った。

「姉さんから話は聞いていたのだけれど、梓さん、東京から、こんな遠いところまで来てくださって……」

そう言って深々と頭を下げる。僕と梓は顔を見合わせた。母の仕草はどこか芝居めいている。さっきの駐在さんと同じだ。「あの出来事」には無視を決めこむつもりなのだろう、と僕は理解した。

「とにかく寒いから家の中に入って」

母に促され、僕と梓は家の中に入った。吹き抜けの玄関。そこには天窓があり、そこに嵌《は》められたステンドグラスが七色の光を放っている。時間が巻き戻される感覚がした。

「うわあ」と口を開いたまま、梓は上がり框《かまち》に座ってブーツの紐をほどく。母はもうリビングのほうに向かって視界から消えていた。ブーツを揃えながら、梓が小声で僕に耳打ちする。

「この村で、この家、浮きまくってるわあ」

「母の、母の父の趣味だよ。僕だって趣味じゃない。こんな家」

梓に対しても、どうしても言葉が尖ってしまう。それほど僕は緊張していた。梓はわかってる、というふうに、指で僕の頬をつまみ、笑った。

家の中はどこか消毒液のような香りで満たされていた。父はどこの部屋にいるのか。いるとしたら、一階のリビングの隣にある父と母の部屋だろう。そこに、多分、父がいる。距離が近づいている。鼓動が速くなる。できることならば、今すぐ梓と共に、この家を後にしたかった。なぜ、この家に来たいなどと、一度でも思ったのか。

リビングは薪ストーブでほどよく暖められていた。ダイニングテーブルの上にはラップフィルムのかけられたサンドイッチの皿。母が作ったのだろう。

「急なことで、買物にも行けなくて。梓さん、お口に合うかわからないけれど、よかったら食べてくださいね」

僕と梓は母に勧められるまま、椅子に腰をかけた。サンドイッチが盛られた皿には見覚えがある。いつか父が割った皿と同じ柄だ。あのときの皿をまだ使っている母がやはり理解できない。何を見ても、どこを見ても、記憶が僕をこの家にいたときに引き戻す。

そのとき、隣の部屋で誰かがえずくような音がした。誰かではない。父だ。父が隣の部屋に寝ている。紅茶を淹れていた母がティーポットをテーブルに置き、

「ちょっとごめんなさいね」と席を外す。母が襖《ふすま》を小さく開ける。開けたときにベッドの端がちらりと見えた。背中に嫌な汗を掻き始めているのがわかる。梓が立ち上がり、後を追う。

「あの、私、看護師なので、何かお手伝いできることがあるかもしれません」

そう言いながら、僕に目配せをし、隣の部屋に入っていった。

僕は後を追わなかった。まだ、父と対面する勇気はなかった。しばらくの間、隣の部屋で母と梓の交わす声に僕は一人、テーブルに向かったまま、ただ耳をすませていた。

部屋の中で何が行われているのか僕にはわからない。しばらくすると、母と梓が二人、部屋から出て来て、洗面所に向かった。梓と母、二人の女がこの家に同時に存在する、ということに僕の頭は混乱していた。

二人はタオルで手を拭いながら、廊下を進み、部屋に入ってきた。

母が尋ねる。

「何時までいられるの?」

「……夕方までには東京にいないといけない」

「あ!」携帯を手にしていた梓が声をあげた。

「ねえ、午後からの便、天候不良で全便欠航だって」

「え……」

そうだとするなら、弘前に帰るまで、だ。けれど、開こうとした僕の口を塞ぐように母が言う。

「だったら、家《うち》に泊まればいい。だって、史也がこの家に帰るの、何年ぶりになるの?」

梓の前で普通の母親を演じている彼女を見ていると、どうしようもない嫌悪感がわき起こる。この家にいるのは、短ければ短いほどいいのだ。返事に迷っていると、梓が口を開く。

「一晩だけ泊まったら？　飛行機が飛ばないのなら、どうにもできないもの」

梓のその言葉の真意を測りかねながら、僕は薪ストーブの火を見つめ、黙ったまま頷いた。梓は母が勧める食事を口にし、母が尋ねる当たり障りのない質問に答えている。

母の前では梓は東京の看護師の女性だった。母は梓の姿を正確に捉えようとはしない。そこに母の老いを感じもした。あんなことがあったのに、自分の息子はこんなにいい女性に巡り合えた、あの出来事など、もう思い出すことはないだろう、とそう思っているのかもしれない。

もし、梓が昨夜、産みの母に会い、その頭に彼女が持ってきたちらし寿司をぶちまけた女だと知ったのなら、母はどんな顔をするのか。ここからそう離れてはいない乳児院の門の前、こんなふうに底冷えのする雪の降る日に捨てられていた人間だと知ったら、母はどんな顔をするのか。

そもそも母は、僕がこの家に来てからというもの、「お父さん」という言葉を僕の前で発していない。まるで父などこの家にいないかのように振る舞っている。それはなぜなのか。父と僕を会わせないようにしている。

そうか。そういうつもりか。とその問いに答えが出る頃、僕は吉田さんに事情を伝えるために携帯でメッセージを送った。

〈了解〉とだけ返された吉田さんからの文字が無性に懐かしかった。吉田さんに会いたかった。仲間と仕事がしたかった。この家に戻ってみようなどと一瞬でも思った自分を悔いた。

家の中を見回す。父に叩きつけられたこの床の上、母が父に腹を蹴られたこの部屋、妹と隠れた浴室、父から逃げるために必死で駆け上がった階段。家のそこかしこに、暴力の記憶がしみついている。けれど、そんなことはまるでなかったかのように、この家は母の手でどこもかしこも清められ、整然としている。

いつか仕事で行った新築の家を思い出した。真新しい部屋の壁にクレヨンでいたずら描きをしたあの子ども。あの子は今、どうしているだろうか、とふと思った。写真撮影のために彼が描いたクレヨンの線を必死で消したけれど、なんでも描いていいんだよ、と本当は伝えたかった。

家には秘密がこもる。その家族だけが抱えている秘密が。あらわにならなければ、その秘密は腐臭を放つ。この家もかつて、そうだった。母はその秘密を消すように、僕が家を出たあと、必死であの出来事の痕跡を消してきたのだ。

母が空の皿を手にしてキッチンに立つ。梓が僕に耳打ちする。

「お父さんに会わないで大丈夫？」

「……」

隣の部屋にいるのに、正直、そんな気持ちにはなれなかった。僕は黙って首を振った。梓が肩をすくめる。

「二階に行こう。僕の部屋に」

僕は梓を誘った。隣に父がいる一階にいることに耐えられそうもなかった。梓が僕の後に続いて階段を上がる。妹の部屋の隣の、十三まで僕が暮らした部屋。正直なことを言えば、その部屋の扉を開けることも怖かった。それでも、その部屋のドアを開けると、母が定期的に掃除と換気をしているせいなのか、床に埃がたまっている様子もない。カーテンもベッドカバーもつけ替えられていて、どこも清潔に保たれているが、置いてあるものは、僕が十三歳のときのものなのだ。書棚や勉強机の上には、あの頃読んでいた本や漫画、参考書が整然と並べられている。クローゼットを開けると、僕があの頃、着ていたジャンパーやジャージの上着が吊《つる》されている。僕は水希の部屋を思い出していた。水希の部屋も時間が止まっていた。この部屋も同じだ。もしかしたら、と僕は思った。

母は僕を十三歳のままで、どこかに置き去りにしたのではなかったか。

そのとき、ふいに梓が口を開いた。

「お父さん……」

僕は梓の顔を見た。何かを言い淀んでいる。それでも心を決めたように言葉を発した。

「史也のお父さん、多分、もうあまり長くはない……あと、一晩か、二晩か、三晩か、わからないけど。……もうチアノーゼも出ている。本当なら、すぐにでも病院に運んだほうがいいと思うけれど……」

死ぬのか。と、ただそう思った。

「お母さんにもさっき、さりげなくそう伝えたんだけど、この家で看取る、って、ただ、それだけしか言わなくて……」

母がそうしたいのならそうすればいい。そう思いながら僕は無意識に右手の中指に手をやっていた。そこが鈍く痛む。そこだけではなかった。父に傷つけられた頭、背中、腹、足、手、指……。なぜだか父に傷つけられた、すべての部分がきしむように痛んだ。

「まだ痛むの?」

梓が不安げな顔で尋ねる。

「いや、そうじゃない……この家に帰って来てから、なんだか夢のなかにいるみたいで……」

「昨日のあたしと同じだな。今でもあれが夢のなかの出来事みたいに感じる。史也……」

「ん?」

「やっぱりあたしたち、弘前に帰ったほうがいいのかもしれない。その前にお父さんの顔をちらっと見ればいいじゃない。それでもう終わりにしよう。お父さんの顔を見て、それだけで十分じゃないかな?」

いつになく不安げな梓の様子に僕はかすかにいらだってもいた。

「弘前に帰る体力が今日はもうないよ……梓の運転もこの雪じゃ無理だよ」

僕は気弱に笑ってみせた。実際のところ、そのとおりだった。今すぐにでもベッドに潜り込んで泥のように眠ってしまいたかった。そうして、父の顔を見ないまま、僕はこの家を後にする。

「史也がいなければ、あたしはあの人に会えなかった。史也が怖いと思うのなら、あたしと一緒にお父さんの顔を見よう」

「見たくはない」

僕はきっぱりと言った。

「……あとから、後悔しない？」

「絶対に後悔なんかしない。あいつが今日死んでも、明日死んでも、僕の知ったことではない。今、死んでくれても僕はなんにも感じはしないよ。なんの感情もないんだ。ゼロ」

言いながら梓に嘘をついている、と感じていた。梓に初めてつく嘘だった。

あいつがもうすぐ死ぬ。

この世からいなくなる。

それでも、僕にはやらなければならないことがある。それをするのならば今日の真夜中だ、と、僕はそのときにはもう心のなかで決めていたのだ。

第五章　新月／見出すもの、見出されるもの

1

母と梓と三人で夕食をとった。主に話をしているのは母と梓の二人で、その会話も、ただ、お互いの表面を撫でているようなむず痒《がゆ》いものだった。父が死にかけているというのに、母は笑みすら浮かべている。この人もまた、悪人だ。

「仕事は順調なの？」

「……」僕は反抗期の少年のように黙っていた。代わりに梓が答える。

「史也さん、忙しいですよ。最近は人物も撮るようになって」そう言って梓が僕に目配せをした。

「そう……梓さんは何科で看護師をされているの？」

「整形外科です」

梓の言葉に母の眉がかすかに動いたような気がした。整形外科、それは僕が子どもの頃から頻繁に通っていた診療科だ。母が何かを思わないわけはない。梓が言葉を続ける。

「カメラのレンズを落としそうになって、それを摑《つか》もうと手首をひねったみたいで。それでうちの病院に……」

「昔から、史也はどこかそそっかしいところがあったものねえ」

僕は憮然として黙っていた。僕は薪ストーブに目をやった。ストーブの火が消えかけている。

「薪をとってくるから」

そう言って僕は椅子から立ち上がった。家の外に出ると、まだ雪は降り続いている。玄関から勝手口のほうにまわり、僕は薪置き場に向かった。父が薪を割らなくなったとはいえ、この薪置き場のどこかに斧があるはずだ。僕は暗闇に目を凝らし、その場所を探った。そのとき、ふいに遠くのほうから声がした。足音が近づく。目を細めて僕はその人を見た。

「今日はしばれるはんで薪もたくさん必要だじゃなあ」

駐在さんだった。ダウンコートで着膨れた彼の、黒い長靴の先を手にした懐中電灯の光が照らしている。

「母ならば家の中にいますけれど……」

「いや、おめの母ちゃにには、今日の昼間も会ったのよ。ごごのとごろは様子を見に毎日。……おめの父ちゃもいよいよ」そこまで言って口を噤《つぐ》んだ。

「おめさ会いに来たのよ」

そう言って駐在さんは、薪置き場にある切り株の上の雪を手のひらで落とし、そこに腰を下ろした。僕は立っている場所から動かなかった。

「おめが弘前さ行ってしまってがら、おめにも会えなぐなってなあ。それがら東京の大学さ行ったと聞いで、まんずさびしい思いもしたんだや。もうこっちさは二度と帰ってこないだべなと思っていだもんだから、今日会って驚いだもなんも。おめがこんなに立派になって彼女さんも連れで来るってなあ……」

僕は黙って駐在さんの話を聞いていたが、できれば早く、この場を去りたかった。その様子に気づいたのか、駐在さんが立ち上がり、薪の束を僕に手早く渡す。

「彼女さんもいるんだはんで。おめ、後悔するようなことだばしてはならね。もう終わったことだんで。もうすぐ終わるんだんで。おめの父ちゃに対する気持ぢはおらなんかにはわがらないけんども、おめにはおめの人生がこれがらも続ぐのよ。……わがったべ」

そう言うと、駐在さんは僕の肩に積もった雪を手で払い、その場を後にした。彼の手にした懐中電灯の明かりが揺れ、そして森に隠れ見えなくなった。彼は僕がこの家に何をしに来たのかわかっているのだ。

手渡された薪の束を下に置き、僕は斧を探した。けれど、それはもうどこにもなかった。それならば、どうすればいいか、僕は考えながら、家の中に戻り、ストーブに薪をくべる。

「外はずいぶん寒かったでしょう」

そう言いながら母が夕食の食器を片付け始める。梓も母に続き、キッチンに立った。そのとき、ふいに、隣の部屋から、うめくような声がした。母が声のしたほうに顔を向け、部屋に向かう。しばらくすると、母が紙のような白い顔で部屋から出て来た。梓が遠慮がちに言う。

「……あの、出過ぎたことを言うようですけれど、お父様、もう病院に運んだほうが良くはないでしょうか?」

母は床に視線を落としている。沈黙が続く。それでも母は口を開いた。

「時間の問題だ、ということはわかっているの。だけど、病院でたくさんの管に繋《つな》がれたまま死にたくはない、と昔から言っていてね……」

まるで、死ぬのを待っている、とも僕には聞こえた。あの怪物がそんなに簡単に死ぬはずがない。母を苦しめて、苦しめて、そして、息絶えるはずだ。それならば僕が……。

風呂に入り、妹の部屋に梓と二人分の布団を敷いて寝た。自分の部屋では眠りたくはなかった。このまま眠りこけて梓と二人、朝を迎える。そして、空港に向かい、東京に戻る。そうだ、そうするのだ、と思いながら眠ろうとするのだが、一向に眠りは訪れな伸ばしてきた。いつまでも幾度も寝返りをくり返す僕に気づいたのか、梓が隣の布団から手を伸ばしてきた。

「史也……」

そう言いながら僕の手を握る。生きている人の熱と重さを持った手だ。今にも眠りそうな声で言う。

「史也と同じ経験をしていないから、あたしには史也の気持ちを想像するしかできない。だけど、十三のときと今の史也はまるで違う。別の人間だよ。史也は優しい、強い人間だよ。何があってもあたしは史也のそばにずっといるよ。ずっとずっといるよ。あたしのお母さんに会わせてくれてありがとう。この家に連れて来てくれてありがとう。明日、東京に帰れるといいね……」

そう言う梓の瞼《まぶた》が自然に閉じていく。僕の手を握っていた手から力が抜けていく。僕は体を起こして梓の手を布団の中に入れた。

梓の穏やかな寝息が聞こえるまで、僕は布団の中で暗い天井を見つめていた。夢のなかではないのに、龍が僕のなかで暴れだそうとしていた。あいつにとどめを刺すのだ。その声は龍の声ではなく、僕の声だった。僕はそっと布団を出て、今一度、深く眠りこんだ梓の顔を確かめ、部屋をそっと抜け出した。

足音をしのばせて階段を下りる。リビングの中は薪ストーブの熾火《おきび》のせいでまだ暖かかった。この部屋の隣に父がいる。そう思うと足がすくんだ。あのときと同じだ。僕には今、はっきりとした殺意がある。僕は襖《ふすま》を開け、部屋の中に進んだ。中央に大きなベッドがあり、その向こう側に母が寝ている布団が目に入った。

見たくはなかった。けれど、いつの間にか雪は止《や》み、カーテンの隙間から差し込む月光がベッドの上に寝ている男の顔を浮かび上がらせている。老いてやせ細った一人の男がそこにいた。月光がその顔の皺《しわ》をしみをあらわにしていた。怪物だと思っていた男がこんな老人であるはずがない。龍が叫ぶ。こんな男を殺してしまうことなど簡単だ、と。

斧などで立ち向かう必要はない。クッションか、両手でこの男の口を塞いでしまえばいい。あるいは両手で首をしめるか。そうすればこの男はすぐに呼吸をとめてしまうだろう。けれど、僕はこの男に直接、触れたくはなかった。

僕はリビングに戻り、ソファのクッションをひとつ手にした。再び、部屋に戻る。僕がこのクッションを男の顔に押しつけさえすればいい。僕がそうすることでどんな罪に問われるのか、もうそんなことはどうでもよかった。なぜなら、僕は元々罪人だからだ。もうずっと以前に罪に問われる必要のあった人間だからだ。

クッションを男の顔に近づける。あと少しでこの怪物の命は終わる。そのとき、ふいに、父の瞼が少しずつ開きかけた。どろりとした視線が僕をとらえる。口がかすかに開く。僕が誰だかわかっているのだろうか。布団の中から枯枝のような手が伸びてきた。その腕にはもうほとんど肉はなく、やせ細っていた。その手が僕の手に触れる。悪寒がする。僕や母を殴った手が今はもう見る影もない。殺せ。最初、僕はそれを龍の声だと思った。この男を殺せ、と。けれど、それが父から発せられた声だとわかるまでに時間がかかった。

「こ、ろ、せ」

父が自分を殺せ、と言っている。足が震える。

今、やるのだ。今、やらなければ。

僕はクッションを父の顔に押し当てようとした。父が大きく咳き込み、胸のあたりが波打った。そのとき、自分の体に大きな衝撃を感じた。梓だった。梓が僕の手からクッションを奪い、床に放り投げる。梓が即座に人工呼吸を始める。僕はただその様子をまるで夢であるかのように見ていた。

ごふっ、という音がして父が息を吹き返す。幾度か父は荒い呼吸をしていたが、それがすぐに穏やかなものに変わった。梓が片手で額の汗を拭う。僕と向き合い、僕の頬を叩いた。一度、そしてもう一度。

「目を醒《さ》まして！」

僕はその場に膝をついた。梓が再び、父の脈を診《み》、胸のあたりに頭をつける。大丈夫、というふうに、僕の顔を見て頷く。いつの間にか、騒ぎに目を醒ました母が父のそばにいた。

「すぐに救急車を呼んでください」

梓の言葉に母は耳を貸さない。黙ったままその場に立っている。しばらく経って母が口を開く。

「病院には運ばない。この人の死は私が最期まで見届ける」

「このままでは亡くなるのを待っているだけですよ。お母様はそれでいいんですか？病院に運べばもう幾日かはもつかもしれない」

「そんなこと、させはしない」

母はきっぱりとした口調でそう言った。

僕は思う。

殺せ、と言っていたのは、龍ではなく、本当はこの母であったのではないかと。

「お父様はもったとしても、あと一日、二日だと思います。それでもいいんですか？」

言葉もなく母は頷く。

「それでやっと終わるの。私たち夫婦の間違った歴史がやっと終わる」

母がリビングに向かう。梓が僕の腕をとって立たせ、父のそばから離した。僕はひどい汗を掻《か》いていた。梓が僕をソファに座らせ、その上にあったブランケットで僕の体をくるむ。

母は薪ストーブの前に座った。

「あの人が寝付くようになってから、毎日、毎日、幾度、あの人を殺そうと思ったかわからない……例えばこの火かき棒を見れば、これであの人の頭をかち割ってしまおうかという誘惑にかられる」

母が火かき棒でもうすっかり灰になった薪ストーブの中をかき回す。

「お父さんの誤解から始まったことだった。私には結婚前につきあっていた人がいた。史也は、その相手との子どもじゃないか、とお父さんは疑い続けていた」

いつか伯母に聞いた話を思い出した。学生時代に母がつきあっていたという人、その人が母の結婚後、この家まで来たことがあると。

「そんなことあるわけがない、史也は正真正銘、お父さんと私の子ども。だけど……お父さんの疑念は晴れなかった。そこからすべてが始まったの、お父さんの暴力は……」

母の独白は続く。

「何度もお父さんと話をした。DNA鑑定までもした。正真正銘、史也は二人の子どもだと話し続けても彼はわかってはくれなかった。……そうだとしても暴力は許されることじゃない。本当は暴力を受けるのは私一人でよかったはずなの。私は史也と千尋を守ることができなかった」

「だったら、この家から逃げ出せばよかったじゃないですか！　離婚でもなんでもして……」

梓が叫んだ。

「……」母は黙る。そして、再び、口を開く。

「東京で生まれて、東京で育った梓さんにはわからないこの土地の因習というものがあるの。離婚なんて道は私の人生にはなかった。そうしたい、と両親に口にしたこともある、けれど、それは叶わなかった」

「子ども二人連れてこの土地を出ればよかったじゃないですか？　暴力から逃れるためには、どんな方法もあったんじゃないですか……どこか別の場所で仕事を見つけるとか」

「……この家を守ることが、私に与えられた役割だったから……」

あの気詰まりな祖父の家での食事の席で、母を盛大に褒める祖父の言葉が耳をかすめた。

「こんなにめんごい子を産んだ聡子もたいした娘だじゃ」

「聡子は昔から頭がよぐて、ピアノがうまぐて藝大にも受かった頭だ。史也の頭の良さは母親譲りだ」

そう言って祖父は母を褒め続け、父は末席で背中を丸めて酒を飲んでいた。

「でも、それも、もうすぐ終わる。もう少し、もう少しなの、史也……私も史也もあと少しで自由になれる」

母の目は遠くを見ていた。どこか虚《うつ》ろな目だった。

「あなたと千尋を守れなかった。史也を守ってあげることができなかった。あなたにひどい傷を負わせた。私は母親ではなかった。私は一人の人間として、生きているべきではないわね……」

そうして母は正座をし、僕に向かって頭を下げた。

「どうか許してほしい。本当にごめんなさい」

昨日の梓の母と同じだ。自分が産んだ子どもに母が手をついて謝っている。その光景を見るのは二度目だ。

「時間が巻き戻せると思っていますか？　そうやって手をついて子どもに謝ったからって、失われた時間が取り戻せると思っているのなら大間違い！」

梓が大声で叫んだ。

それは昨夜、自分の母にも言いたかったことなのだろう、という気がした。

「それにお母様は、あなたは、夫が死んだら、自分も命を絶とうと思っているでしょう。私は東京生まれの東京育ちのお嬢さんなんかじゃない。このすぐ近くの乳児院に捨てられていた子どもです。そのあとは児童養護施設で育って、今の両親にもらわれたんです。あなたのような目をした友人を私は何人も見てきた。そうして実際に命を絶ってしまった子もいた。あの子たちと、今のあなたは同じ目をしている」

母の目からぼろぼろと涙が零《こぼ》れ落ちた。

「死んだらすべてが許されるなんて思わないで！　お父様をこのまま死なせて、あなたが自死したら、また違う重荷を史也と千尋ちゃんに背負わせることになる。あなたが心から二人に責任を感じているのなら、本当にそう思っているのなら、残りの人生をかけて、あなたの人生を生きるべきじゃないですか？」

梓の言葉に、母の嗚咽《おえつ》が静まり返ったリビングに響いた。

「史也さんは十三のときから重荷を背負って生きてきた。今も彼の両肩にはその重みがのしかかっているんです。この人は十三のときから、人生の半分しか生きてはこなかった。あなたがもっと勇気を出して、この人を守っていたら……そうしていたら……史也さんを守れる人はあなたしかいなかったのではないですか？」

「もういい……」

僕は思わずつぶやいていた。

「もういいんだ……」

母に何かを期待したことなどなかったのだから。

僕がさっき父の顔にクッションを押しつけて殺そうとしたことに、梓は触れなかった。母に伝えようとはしなかった。それが僕と梓との秘密になった。梓が立ち上がり、携帯を手に取る。その言葉から、彼女が救急車を呼んでいるのだ、と理解するまでに時間がかかった。

僕は立ち上がり、洗面所に向かった。蛇口をひねり、頭から凍るように冷たい水をかぶる。顔を洗い、洗面所の鏡で自分の顔を見た。ふたつの暗い洞穴《ほらあな》のような目が鏡の中から僕を見ている。僕は確かにさっき、父を殺そうとした。再び、罪を犯そうとした。あの十三のときの夜と同じだった。あのときから時間が経過していない。梓の言うとおり、僕の時間はあのときから止まっていたのだ。頭がぼんやりとし、目の前が霞《かす》む。龍の声はもう聞こえなかった。代わりに聞こえてきたのは、遠くから次第に近づいてくる救急車のサイレンの音だった。

救急隊員が父の体を運び出そうとする。母が寄り添い、梓も後を追う。僕は救急車になど乗るつもりはなかったが、「一人にしておけない」と梓に促され、僕も救急車に同乗した。

父の呼吸は穏やかではあったが、その顔には死の色が色濃く浮き出ていた。救急隊員の手によって、父の口元が酸素マスクで覆われる。父はかきむしるようにして、細い腕でそのマスクを外そうとする。父の腕が僕の手に伸びる。僕はその手を反射的によけようとする。それでも父は、僕の腕を掴む。

父が僕を見ている。父の口がかすかに動く。何かを言おうとしている。僕は目を逸《そ》らす。梓が父の顔に被さるように体を傾け、酸素マスクを少しずらして、その言葉を聞き取ろうとする。父の言葉に梓が頷く。そうして再び、酸素マスクを父の口元に戻す。梓は僕にその言葉を伝えようとはしなかった。僕のほうから尋ねようともしなかった。

二十分ほど走り、救急車は総合病院に到着した。ストレッチャーで父が運ばれていく。梓が病院の人間に何かを伝えている。僕は目の前で行われていることがまるで夢であるかのように感じていた。父がもうすぐこの世からいなくなる。そのことに深い安堵《あんど》を感じていた。怪物はもういなくなる。母や僕や、妹を苦しめていた男の人生が終わろうとしている。そのことに喜びを感じるほど、僕はこの人に苦しめられてきた。長い、長い、時間……。

それでも父は死ななかった。長い夜が続いた。座り心地の悪い病院の椅子で、僕と母と梓は夜を過ごした。容態が安定しているので、一般病棟に移す、と看護師が言いに来たときには、気がつくと、もうすっかり夜が明けていた。病院の椅子で眠りこんでしまった母に梓がコートをかけ、僕を廊下の隅へと誘う。

「史也、今日、東京に帰ったほうがいい……」

「えっ」

「ここからが長いんだ。看護師の勘だよ。それでも、亡くなるまで……」

そこまで言って梓は言い淀んだ。そして、声を潜めて言った。

「長くても、あと一週間くらい……」

僕は自分の手から力が抜けていくのを感じていた。

まだ生きる。まだ生きるつもりなのか、と。

「史也は仕事もあるでしょう。お母さんにはあたしが付き添う」

「でも……」

「史也はもうここにいなくていい。お父さんの死に目に会わなくてもいい。それよりも危ないのは……」

そう言って母のほうに視線を向けた。

「お父さんと二人きりにするのはまずいと思う。亡くなったあとも、お母さんを一人にしておくのは……」

「……」

「史也と違ってあたしには時間があるんだ。いくらでも。史也は東京に戻って、普段どおりの仕事を続けるんだよ。史也も少し、お父さんと距離を置いたほうがいい……」

クッションを父の顔に押しつけようとしていた僕を突き飛ばした梓の体の衝撃を思い出した。僕がこのまま父のそばにいたら、また同じことを僕がするのではないか、ということを梓は心配している。

「いいんだろうか……梓にそこまで」

「弘前に連れて来てくれて、あたしの行きたい所に行って、お母さんにまで会わせてくれた。史也にはどんなに御礼をしても足りないよ……」

梓が僕の手をとる。生きている人間の温かさがあった。

「こういう言い方は縁起でもないと普通の人は言うかもしれないけれど、お父さん、あと、本当にもう少しなんだ。史也はお父さんが亡くなったら、またこっちに帰ってくればいい。しばらくの間、史也と別れるのは寂しいけれど……」

そう言って梓が握った手に力をこめる。僕は梓の体を抱いた。抱きながら、気になっていたことを尋ねた。

「父さん……」

「ん？」

「救急車の中でなんて言ったの？」

僕から体を離して、梓が視線を泳がせる。そして、心を決めたように言った。

「……史也、って。……ただそれだけ」

すまない、でも、ごめん、でもなかったことに僕は落胆していた。父は怪物のままだった。父への憎しみがまた、僕の心ににじむ。そんなに簡単にあの人のことを許せるわけもない。そのことを僕は一生抱えていくのだろう、と思いながら、僕は梓の体を抱きしめていた。

2

「おまえ、帰って来てよかったのかよ」

その日の夕方、事務所の機材置き場で片付けをしていた僕を見て、吉田さんが呆れたような声をあげた。吉田さんには、東京に戻るのが遅くなったことの詫びを入れ、父の体調のことも簡潔に話した。

「あと一週間くらいらしいんです。僕がそばにいても何もできないし……母もいますし。それに」

そう言って僕はホワイトボードに目をやった。吉田さんの欄には明日からのスケジュールが休みなくマーカーで記されている。

「これ、全部、僕がアシストしないとだめですよね」

「親の死に目に会わせないほど、俺も鬼じゃねーよ」

そう言って吉田さんは笑った。

「でも吉田さんだって、お父さんのお葬式終わってすぐに東京に戻ってきたじゃないですか……すぐに仕事再開して……」

「俺は親父とは疎遠だったからな。カメラマンになる、って言ったときに、家から勘当されてるし」

そんな話は確かに聞いたことがあった。大学の写真学科に入る、と言ったときに猛反対を受けて、学費もすべてバイト代でまかなったのだと。学生時代は、パンの耳が主食だった、という話もくり返し聞かされてきた。

「田舎の長男だろう。地元の大学出て、役場に勤めて、地元で嫁もらって、子ども作って、実家のそばで暮らす、っていうのが俺の親父の夢でもあったから。それ全部、ひっくり返して東京に来ちまった。母親は泣いたよ。親父にも殴られた。親父はおふくろも殴った。とばっちりだよな。こんな息子に育てたおまえに責任があるってさ。まあ、そんなこと、俺の世代で、あの田舎じゃ珍しいことでもなんでもなかったけどな……」

「……」僕はちりちりと胸のあたりに痛みが走ったが、黙って吉田さんの話を聞いていた。

「最期までわかりあえはしなかったな、父親とは。血の繋がりがあっても、俺がどんなに東京でちゃんとやっていても、親父は俺を認めようとしなかった。東京で写真を撮りたい息子なんて、死ぬまで理解不能だったんだろう、と思うよ。俺も親父が亡くなったとき、涙も出なかった。そんなもんか、と思っただけだった。そういう自分も嫌になってさ。おまえ……」

「はい」

「本当に今、親父さんのそばにいなくて後悔しないか？」

「……」

「仕事のことなんてどうにでもなるんだよ。ほかの奴らもいるし、どうとでもできるんだから」

僕は黙った。本当のことを言えば、死にゆく父のそばにいることが怖かった。病院のベッドにいる父のことを思った。いつ、再び、例えば、自分の手のひらで、彼が頭を乗せている枕で、父の口を塞いでしまうかわからない。父への殺意は僕のなかから消えたわけではないのだ。

「僕と父も……」僕は口を開いた。

「わかりあえた関係とは、いえないんです」

そうして右手の中指を吉田さんの前にかざした。

「この指、少し曲がってますよね。……父に折られたんです」

吉田さんの眉間に皺が寄る。

多くを語るつもりはなかったが、吉田さんには知ってほしかった。

「だから、今、父が死んでも、僕も吉田さんと同じように泣きもしないし、葬式にも出ずに、すぐに仕事に戻るつもりです」

椅子に座った吉田さんが顎《あご》に手を当てながら天井を見上げる。

「カメラマンてな」

そう言いながらマグカップに口をつけた。

「そういう言い方はしたくもないけどさ、そんな冷徹さがどっかにあるよな……」

僕もマグカップに口をつけた。さっき淹れたコーヒーは、もうすっかり冷めている。

「親父の亡骸《なきがら》を見たときさ、俺、これ撮りたい、って思ったの。それで、通夜の席でさ、誰もいなくなった瞬間に撮ったのよ。ここに帰って来てその写真見てさ、もっとこういうふうに撮ってれば、と思ってる自分がいてぞっとしたんだわ」

僕は父の亡骸を撮りたいと思うだろうか。答えは出なかった。

「おまえが親と何があったのか、俺は今、聞かない。だけど、おまえが話したいと言うのなら俺はいつでも聞くよ」

吉田さんが僕の顔を見る。

「今はまだ話せません。だけど、いつか話したいと思う日が来るかもしれないです。そのときは、聞いていただけますか？」

「もちろん」

そう言って吉田さんは椅子から立ち上がった。

「もうここはいいから。今日は家に帰れ。あとのことはほかの奴らに任すから。明日の午後の撮影、頼むわ。俺のアシスト、やっぱおまえじゃないとだめなのよ。ほかの奴らじゃさ」

そう言って僕の肩を叩き、吉田さんは部屋を出て行った。一人、残された機材置き場の部屋で、僕はここから遠く離れた青森の病院にいる梓のことを思った。

アパートに戻ると、郵便受けが満杯になっていた。カラフルなちらしの間に乱雑な文字が躍っている白い紙が幾枚も交じる。

「梓はどこにいる！　梓を返せ！」

書いた当人の顔は容易に浮かんだ。梓の義理の父だ。あの人は、僕と梓が弘前にいる間、何度もここに来たのだろう。この様子では、あの人が今日ここに怒鳴りこんで来てもおかしくはない。明日の仕事が始まる前に、やっかいなことはできれば早いうちに片付けてしまいたかった。僕は二階の自分の部屋には戻らず、梓の家である整形外科に向かった。

患者として受け付けをした。僕のほかには患者はおらず、すぐに名前を呼ばれた。診察室に入る。机に向かってペンを走らせていた医師、梓の義理の父が部屋に入ってきた僕を見て顔色を変えた。

「おまえっ！」

彼が立ち上がり、腕を振り上げる。殴られる、と思って身をかわしたが、彼の腕は空でとまったままだった。

「梓さんは今、青森にいます」

みるみるうちに彼の顔が怒りで赤く染まった。

「それは梓から聞いた！」

そう言って彼が机の上にあった携帯を握った。まるでひねりつぶしてしまいそうな力で。

「おまえと梓は、いったいいつから！」怒鳴り声が部屋に響く。

「ここで診察を受けたあと、街中で偶然出会いました。僕が梓さんを強引に部屋に匿《かくま》ったわけではありません。梓さんの意思で彼女は僕の部屋に来ました。父親の決めた結婚相手と結婚したくはないと。弘前に連れて行ったのは、僕の仕事が向こうであったからです。彼女を仕事のアシスタントとして連れて行きました。梓さんは弘前で実の母親に……」

「……会ったのか？」苦しげにうめくように彼が言う。

「ほんのわずかな時間でしたが。彼女の生まれた家も、乳児院も見ました。それも彼女の意思です」

彼が眼鏡を外して、左右の目頭を両手で揉んだ。はらりと白髪の前髪が彼の額に落ちる。

「……梓は、梓は、東京に帰ってくるのか」

「今、僕の父親の容態が悪くて梓さんが付き添ってくれています。僕の父の命も、もって一週間くらいかと。僕の父が死ねば、梓さんは東京に戻ってきます……」

「なんで、おまえの父親に……」

「先生は、僕のレントゲン写真を覚えていますか？　覚えていらっしゃらなくてもいいんです。僕は子どもの頃から父親に暴力を受けて生きてきた人間です。十三のときに伯母に引き取られて、それから父にも会ってはいませんでした。けれど、梓さんが実の母親に会っているのを見て、僕も父に会ってみようと思ったのです。梓さんがいなければ僕は父には会えませんでした。その父が今、亡くなろうとしていて……」

「だから、なんで梓がおまえの父親に付き添っているんだっ！」

僕は彼の目をまっすぐに見て言った。

「……僕を守るためです」

続けて僕は言った。

「僕は梓さんと結婚するつもりでいます。許されなくてもそうするつもりです。偶然に出会った二人でしたが、僕にとって梓さんとの出会いは必然でした」

彼が僕の目を焼き尽くすような視線で睨《にら》む。

「いきなりやって来たおまえにそんなことを言われて、はい、そうですか、と言えるもんか！　何が必然の出会いだ。たまたまおまえと梓はこの病院で会っただけだろう。……そもそも梓にはもう結婚を決めた相手がいるんだ。その準備も進んでいる」

「それが嫌で梓さんはあなたの元を逃げ出したんです」

彼は再びうめくような声を出し、椅子に座り込んだ。

「あなたのことを嫌って梓さんは家を出たわけではありません。梓さんは自分を育ててくれたあなたに心から感謝もしている。……でも、もうやめませんか。あなたの思い通りの道に進ませることは。梓さんはもう一人の立派な大人です。梓さんには看護師ではなく本当にやりたいこともある。それはあなたもご存知だったのではないですか？」

彼は僕の言葉を無視するように立ち上がり、部屋を出た。玄関のほうで物音がする。患者はもういない。病院を閉めるのだろうか。確かめるように玄関のドアが幾度か閉まる音がした。再び彼は診察室に入って椅子に座り、僕に向き合った。立ったままの僕に椅子を勧める。

「君が梓との出会いが必然だったと言うのなら、僕と妻にとって、梓との出会いはそれ以上のものだったよ。梓は十歳で青森からこの家に来た」

そう言って彼は診察室の窓に視線をやった。僕も同じ方向に目をやる。日はもうとっぷりと暮れていた。カーテンを閉めていない窓に、僕と彼と、二人の姿だけが映っていた。

「妻との間には子どもが一人いた。けれど、生まれてすぐに病気で亡くなった。その後、僕ら二人は子どもに恵まれなかった。子どもを持つことが許されない人生なのだろうと、あきらめてもいた。けれど、どうしても子どもをあきらめきれない妻が養子を育てたい、と僕に告げた……」

彼がふーっと長い息を吐く。

「僕は最初乗り気ではなかった。血の繋がらない子どもを育てることは並大抵のことではない。けれど、妻に押し切られるようにして青森の児童養護施設に向かった。育てるのならば、死んだあの子と同い年の子どもがいい。正直なことを言えば、そのときの僕らは子猫か子犬でももらうような安易な気持ちだったのかもしれない。そのあとの苦労なんて想像もしなかった」

彼はデスクの上にあった万年筆を手に取り、それをくるりと手の中で一回転させた。

「最初に会ったとき、あの子はまるで野犬みたいな目をしていた。誰のことも信じない、と目が語っていた。東京に連れて来てからも、それはそれは、大変だった。最初はあまり言葉も発しなかった。僕とも妻とも一定の距離を保って自分の内側に入らせない。こっちの学校に通うようになっても、トラブル続きだった。口さがない誰かが、梓がもらわれっ子だ、児童養護施設育ちだ、と知って彼女をからかった。梓も負けてはいなかった。転校当初は数えきれないくらい同級生の親に頭を下げ続けた。僕は仕事で忙しかったから、それをしたのは主には亡くなった妻だが……梓をこの家で育て直した、と言っても過言ではない。からまった糸をほぐすように僕と妻は梓に愛情を注いだ。……それは、暴れ馬を手なずけていくような作業にも似ていた。いっときは、ほとほと疲れて、正直なところ、僕は梓をこの家に迎え入れたことを後悔したこともある。けれど、妻は絶対にあきらめなかった。梓を実の娘以上に愛して、叱り、しつけて、面倒を見て……梓は少しずつ僕らに心を開くようになった」

彼は立ち上がり、カーテンを閉めた。小さな診察室の中は密室になり、僕は少し息苦しさを感じた。

「この家に来て一年も経った頃だろうか。梓は僕らの寝室にある小さな仏壇を見つけた。亡くなった小さなあの子の遺影も飾ってある。それを見つけたあと、梓は僕らにこう言ったんだ。『この子の代わりにもらってくれたの？』と。僕も妻も言葉を返せなかった。梓の言うとおりだったからだ。その日を境に、梓は変わった。癇癪《かんしゃく》も起こさない、僕らや先生に反抗もしない、学校で友だちと喧嘩《けんか》もしなくなった。勉強もよくするようになった。外から見ていわゆる『良い子』になった。あの子は頭のいい子だ。その日に知ってしまったんだ。僕らがどういう意図で彼女をこの家に迎えたか、を」

彼がデスクの上にあったミネラルウォーターのペットボトルを僕に差し出す。僕は首を振った。彼が蓋《ふた》を開け、それに直接口をつけた。彼の喉が鳴る。

「嫌がっていたピアノやバレエの習い事も自分から進んでするようになった。本当はそんなこと、梓はしたくはなかったはずだ。でも、彼女はわかってしまったんだ。亡くなったあの子にやらせたかったことを、僕と妻が梓にやらせていることを。梓はそんなことは口にしなかったけれど、僕らが期待するような『良い子』でいなければ、また僕らに捨てられてしまう、と思っていたのかもしれない。看護師になったのもそうだ。梓が看護師に興味がないことなど僕だって知っていた。けれど、『将来、何になりたい？』と聞くと、考える間もなく『看護師』と答えていた。この病院で看護師として働き、この家から結婚相手の家に嫁ぐ。それが僕と妻の夢だったから、梓はそれに応えただけだ」

彼が手にしたペットボトルの中で水が揺れる音がする。

「この家に来て十年以上が経って、時間はかかったけれども、梓は僕と妻によくなついていたし、事情を知らない誰かが見れば本当に血の繋がった親子にしか見えなかっただろう。けれど、妻が数年前に癌《がん》で亡くなったとき、梓は一度も泣かなかった。僕はそんな梓を叱った。手をあげそうになったこともある。でも『どうしても泣けないんだ』と言うばかりだった……。はたから見れば本当の親子のようでいて、僕らは梓と心が通じ合っていなかったのかもしれない。妻が亡くなったあとから、梓はたがが外れたように夜の町をふらつくようになった。妻が嫌がっていた真っ黒な服に身を包んで、派手な化粧をして。だからこそ、僕は結婚話を進めた」

彼の目がいつの間にか赤くなっていた。僕はそれを見て見ぬふりをした。

彼がうめくようにつぶやく。

「梓は、青森で、元気なのか……」

「……はい」

「梓は本当に戻って来るのか？」

「はい。もちろんです」

「おまえとのつきあいを許したわけじゃない。……けれど、梓を自由にするときが来たのかもしれない。梓にはもう限界だったんだろう。死んだあの子の鋳型の中で生きることが。……無理に結婚話を進めるのはもうやめる、と梓に伝えてくれないか。それから青森から帰って来たら、必ず一度、家に帰るように、と。何しろ、僕からのメールも電話も無視されているのでね」

彼が再び机の上にあった携帯を憎々しげに握る。

「わかりました」

「ひとつ、聞いていいか？　おまえは梓を幸せにする自信があるのか？」

「……自信で人は誰かを幸せにできるものでしょうか？　肩書や貯金や輝かしい経歴や、そんなものは僕にはありません。今でも一人食べていくのにぎりぎりの生活をしています。けれど、僕と梓さんは、出会ったからには、二人で生きていかなくちゃいけない。そういう関係なんです、僕らは」

わかった、わかった、というように彼が僕の言葉を手で制した。

「おまえはまだ若い。けれど、これだけは約束してほしい」

僕は彼の目を見た。

「梓のことを絶対に傷つけないでほしい。どんなことがあっても」

僕は彼から目を逸らさずに言った。

「絶対に傷つけたりしません」

大通りからどこかに向かう救急車の音が聞こえ、そして、走り去って行った。目の前にいる梓の義理の父は、僕が最初にここに来たときから、何歳も年齢を重ねたように見えた。僕は彼に頭を下げ、病院を後にした。玄関のドアを閉じたとき、嗚咽のようなものが聞こえた気がしたが、それは空耳だったのかもしれなかった。

青森から帰って来て三日が経った。東京に戻って来た翌日から僕は溜まっていた仕事に翻弄された。東京に仕事があることが、僕の居場所があることがありがたかった。今日も栃木県にある久留里さんが建てた新築の住宅に吉田さんと僕と、久留里さんの事務所の境さんと向かっていた。

「また新婚夫婦なんですよ」

昨日も徹夜だったのか、後部座席に座っている境さんが疲れた声で言う。

「何度も言いますけど、新婚で久留里さんの家に住むって、造っておいてなんですけど、どんだけ金持ってるんだ、って気がしますよね。世の中、不景気なんて嘘なんじゃないかと思いますよ」

「境さんも久留里さんに設計してもらえばいいじゃないの」

吉田さんが口を挟む。

「一生かかっても久留里さんの家なんて住めませんよ、僕の給料じゃ。せいぜい、リフォームした中古マンションくらい。それならローンでどうにかなるかもしれませんけど」

「その前に、境さん、彼女はどうした？」

「嫌みな質問だなあ。僕、同棲してたのに、仕事が忙しくてあんまり家に帰らないから、彼女出てった、って、この前も吉田さんに話したばっかりですよね。この仕事してたら、恋愛なんかうまくいきませんよ。ねえ、横沢さん」

境さんが後部座席から乗り出すように、運転している僕に同意を求める。なんと答えていいかわからず、僕は黙った。

「こいつは彼女いるのよ。なんてったって、先生はこの前の弘前出張に彼女同伴で」

「ちょっ吉田さん」僕は思わず声をあげた。

「え、どういうことですか？　横沢さんに彼女がいるなんて初耳なんだけど！」

「保育園の写真データ見たらさあ、なんでだか美人さんの写真データも一緒にくっついて送られて来ててね。同じ日に撮ってるんだもの。同伴撮影ってバレバレ」

東京に帰って来てからもう何度もそのことで吉田さんにいじられているので、僕は言い返すこともできず、口を噤んでいた。保育園で撮った梓の写真を吉田さんは叱ることなく、存分に褒め、けれどもこんなふうにネタにされては笑われていた。

「横沢さん、おとなしい顔してやるときはやるなあ」境さんが呆れた声を出す。

「で、また、その写真がいいのよ。建築や住宅ばっか撮ってる堅物と思ってたけど、こいつ、女性をこんなふうに撮れるんだって、俺、びっくりしたわ」

「もういいじゃないすか」思わず僕は言ったが、吉田さんの口は止まらない。

「聞いたら、こいつが行った整形外科の看護師さんだって言うんだもの。びーっくりしたわ。どこで出会いがあるかわからないよ、境さん」

「僕、腰が痛いから病院行こうかな……なんて病院です？」

と境さんにしきりに聞かれたが黙っていた。しばらく経つと、境さんの穏やかな寝息が聞こえてきた。

吉田さんには、梓を弘前に連れて行ったことを幾度も詫びたが、梓が僕の父に付き添っていることを簡潔に話すと、詳しいことは何も聞かれなかった。

「そこまでの関係の女性を連れて行ったとしても、俺がどうこう言う話じゃないから。いい写真さえ、撮ってくれれば俺はそれでいいんだから」と言っただけだった。吉田さんに甘えている、と思いながらも、僕は心のなかで頭を下げた。

小一時間、車を走らせ、現場に着いた。門扉の前で一人の女性が僕たちの到着を待っていた。お施主さんの妻であるその女性、高橋《たかはし》さんと簡単な挨拶を済ませ、家の中に招き入れられる。僕が今日の段取りを説明する。

「日の加減もありますので、午後二時までには全部の撮影が終わると思います」

「写真に撮っていただけるなんて光栄です」

そう言って小首を傾《かし》げる高橋さんの目が、梓に似ている、と思った。胸の深くが鈍くきしむ。ここから遠い青森にいる梓のことを頭のなかから振り払うように、僕は撮影の準備を始めた。いつものように黒いシャツ、黒いデニム、黒い靴下で水回りをチェックするために、浴室に向かおうとすると、吉田さんに腕を摑まれた。

「今日はリビングと外観の撮影もお願いしますね」

「えっ、いいんですか⁉」

「もういい加減、俺のアシストはいいだろう。おまえに独り立ちしてもらわないと事務所の仕事もまわらないもの。今日は押さえで俺も撮るけど」

「ありがとうございます」

　自分の声が震えていることが恥ずかしかった。

　それでもいつものように水回りをチェックした。建てられてまだ半年。目立った汚れはない。吹き抜けになった広いリビングには、天井にある出窓から日がさんさんと差し込み、早春だというのに暑いくらいだった。そのとき、ふと思った。僕のあの家は、今、どんなふうになっているだろうか、と。そんなことを考えながら、リビング全体が写る場所にカメラを固定し、吉田さんにチェックしてもらう。

「もうほんの少し右で」

「はい」

　カメラの位置を直しているそのとき、デニムの後ろポケットに入っている携帯が震えた。胸がちりりとした。もしかしたら。

「すみません」と言いながら携帯を見た。梓からだった。

「すみません。すぐ戻ります」

そう言って僕はリビングを離れ、家の外に出た。

「今」梓の声は落ち着いていた。

「今さっき、史也のお父さんが亡くなったよ。今、仕事中でしょう。もう切るね。またあとで」

それだけ言って梓からの電話は切れた。怪物が死んだ。やってきたのは、深い悲しみではなく、津波のように押し寄せてくる安堵の気持ちだった。

「すみませんでした。中断してしまって」

そう言いながらリビングに戻ってきた僕に吉田さんが声をかける。

「どうした？　なんかあったか？」

「父が今、亡くなりました」

僕は再びカメラ位置を確かめ、吉田さんにチェックをお願いした。吉田さんはカメラを覗き込むことなく、低い声で言った。

「いいのか……すぐに帰らなくて」

「帰りません。大丈夫です」

即答した僕に吉田さんと境さんが顔を見合わせる。吉田さんはしばらくの間、腕を組んで何かを考えていたが、わかった、という風に僕の顔を見て頷くと、仕事を再開した。境さんは呆れた顔で僕の顔を不躾《ぶしつけ》に見ている。理解されたい、とは思わなかった。理解などされなくてもいい。

「じゃあ、これで」

吉田さんのOKの出たカメラのファインダーを僕は覗き込む。さっきまで薄い雲に覆われていた太陽が顔を出し、天井の窓からリビング全体に光が降り注いでいた。

世界が光に満ちている。久留里さんが設計した家を撮影してこんな気持ちになったことはなかった。父が亡くなり、世界がまるで違った様相をしていることに気づいて、僕の心は歓喜に震えていた。シャッターを切り続ける。僕の心の様相も、ここにいる人たちには絶対に理解できないことだろう。父が死んで喜んでいる僕。シャッターを切りながら、そんな僕を理解してくれるのは、この世界で梓一人しかいないだろう、と思っていた。


その一週間後、父の葬式に出た妹の千尋と梓を迎えに行くために、夜の羽田空港に向かった。ゲートから疲れた顔をした二人が出てくる。僕は手を挙げて二人の名前を呼んだ。梓が笑顔で僕に小走りで近づいてくる。僕はかすかに線香のにおいのする梓の体を思わず抱きしめていた。

「ねえ、恥ずかしいから、お願い。こんなところで、みんな見てるから、やめて」

まわりの視線を気にしながら、そう言う千尋の声も聞かず、僕はまるで十年ぶりに会ったかのように、梓の小さな体を抱きしめ続けていた。梓が実体のある人間である、ということが心の底からうれしかった。

その夜、梓は「明日には史也のアパートに戻るから」と言い残して、自分の家に帰った。「迎えに行こうか？」という申し出を梓は断った。

「全部、自分で話をしたいから。それに、お父さんに史也が何するかわからないし」と笑った。

僕のアパートの近くにある寂れた居酒屋で千尋と二人で簡単な食事をした。生ビールのジョッキをあおり、枝豆を口にしながら千尋が僕を責めるように言う。

「お兄ちゃん、変わったね」

「そうかな」

「そうだよ。昔のお兄ちゃんなら空港であんなこと絶対にしなかった。梓さんのことほんとに好きなんだね、ふん」と言いながら、枝豆の莢《さや》を僕にぶつける。

「お兄ちゃんと梓さんのことは梓さんから聞いた。梓さんご自身のことも。本当に梓さんには感謝してる。梓さんがいなかったら、私もお母さんもどうなっていたか……」

そう言って目の端を赤くする。

「お父さんの、いや、人の人生の最後って、あんなに壮絶なんだ、って。お父さんのことなんか大嫌いだけど、冷静な梓さんがいなかったら耐えられなかった絶対。お父さん最後の最後まで」

そこまで言って千尋が僕の顔を見る。

「お兄ちゃん、この話して大丈夫？」

「大丈夫」

　本当のことを言えば、父の話など聞きたくはなかったが、千尋は僕に聞いてほしいのだと思った。僕は頷き、千尋も表情のない顔で頷く。

「お父さん、安らかに亡くなった、という言葉と全然違う亡くなり方だった。最後までお父さんは苦しんで苦しんで死んだ。喉をかきむしるようにして、手で空をつかんで……。お兄ちゃん一人、ずるいよ！　私だってあんなお父さん、見たくなかったよ。お兄ちゃんは見たくはなかっただろうけれど、本当は、お兄ちゃんは、子どもの一人として、お父さんの最期をちゃんと見るべきだったんじゃないの！」

　千尋の声が次第に大きくなる。店の中にいるほかの客が何ごとかと、こちらのテーブルに不躾な視線を投げてよこす。

　いつもなら、千尋は「として」「べき」などという言葉を絶対に使わない。千尋は僕にやり場のない怒りをぶつけているのだと思った。

「千尋……」

　テーブルに突っ伏してしまった千尋が泣いているのかと心配になった。千尋がだるそうにゆっくりと顔を上げる。僕は声を潜めて言う。

「千尋が覚えているかどうかわからないけど、僕は父さんを殺そうとした」

　千尋が顔を上げて僕の顔を見つめる。

「子どもの頃、千尋の目が見えなくなったあとだ。十三歳のときと、それに……」

「それに?」

「この前、実家に帰ったとき、僕は父さんを殺そうとした。寝ている父さんの顔をクッションで押さえ込もうとして。それをしなかったのは、そばで梓がとめたからだ。でも、それくらい、今でも父さんに対して憎しみがある。……千尋が言うように、僕が父さんの子どもとして、本当にやるべきことがあったとするなら、あの人を殺すことだった、と今でも思っているよ。理解してくれなくてもいい。ただ、千尋には知っておいてほしい。僕はそういう人間なんだ」

僕の顔を見ていた千尋がふーっと長く息を吐いた。

「お兄ちゃん、私が、目が見えなくなったの、本当にそうだと思っていた?」

「えっ」

「あんなの嘘だよ」

居酒屋の店内のざわめきが急に大きくなったような気がした。

「見たくないものが家の中にあったから、子どもの私は見えない、と嘘をついた。それに、私が見えない、と言うと、お父さんは少しひるんだようなところもあったし。お母さんはいろんな病院に連れて行ってくれたけど、目が見えなくなる原因なんて、わかるわけがないよね。だって、本当は見えていたんだから。だけど、お母さんが少しでもお父さんと離れる時間もできたじゃない。私をいろんな病院に連れ回すことで」

そう言ってから千尋が手を挙げて、店員に生ビールのお代わりをオーダーする。

「お兄ちゃんが十三歳のときに父さんにやったことも見ている。駐在さんに『僕がやりました』と言うところも……全部、全部、私は見ているし、知っている」

「……」

「いつか、お兄ちゃんとサバイバーの話をしたじゃない。お兄ちゃんはお兄ちゃんの方法で、お母さんや私を守ろうとした。私は私の方法で、自分やお兄ちゃんやお母さんを守ろうとした。二人とも同じだよ、やってきたことのベクトルは」

　僕はぬるくなってしまったビールに口をつけた。ひどく苦い味がした。

「だから、お兄ちゃん、一人だけで苦しまないでほしい、っていっつも思っていた。お兄ちゃんが弘前の伯母ちゃんのところに行ったときは、お兄ちゃん、逃げ切れた、と子どもの私は思ったんだよ。犯罪者になることもなかった。ううん、元々犯罪者なんかじゃない。正当防衛だもの。お父さんは怪我をしたあと、もう暴力をふるう力なんて残っていなかったし。お兄ちゃんのおかげで、お母さんと私は守られたんだよ。だから、そのことを一人で抱えて、罪悪感を持たないでほしい……」

　千尋の目の端から、涙が一筋零れた。

「……わかった」

「お母さんだって……」

「母さん？」

「うん。お母さんが最後までお父さんを病院に連れて行かずに、自分で看取るって言い張ったのは、もしかしたら、お父さんへの復讐《ふくしゅう》なんじゃないかな、って思ったし、私、お父さんが自分でお母さんにそう伝えたのかもしれない、ってなんとなく思うんだよね」

「自分で？」

「最後の最後まで苦しみ抜いて死んだのは、お兄ちゃんや私や、お母さんへの懺悔《ざんげ》の気持ちもあったのかもしれないな、って」

最後まで言い終わらないうちに千尋は声を詰まらせた。僕はデニムの後ろポケットに入っていたハンカチを千尋に差し出す。

「死ねばいい、死ねばいい、とずっと思っていたけれど、最後はやっぱり少し、かわいそうだと思ってしまったかな。あの苦しそうな顔見たら、さ。その気持ちを自分だけが体験してるのが悔しくてさあ。お兄ちゃんにも味わってほしかったんだよ！」

「そっか……ごめんな。梓と千尋に全部押しつけて」

そう言ってはみたものの、父の末期の顔を見たとしても、千尋には悪いが、僕の心は変わらなかっただろう、とも思う。

泣きやんだ千尋は今、おなかが空《す》いていたことに気づいたように、テーブルの上の焼き鳥にかぶりついた。

「お兄ちゃんは一人じゃないんだよ、ってずっと思っていて、そのことに気づいてほしかったけれど、お兄ちゃんはもう一人じゃないもんね。梓さんみたいな人ができて、本当に心からうれしいと、私はそう思っているんだよ」

「ありがとう……」

そう言って僕と千尋は小さくジョッキをぶつけ合った。僕は千尋に尋ねた。

「母さんは？」

「ん？」口をもぐもぐとさせながら千尋が上目遣いで僕を見る。

「母さんはこれからどうするんだ？」

「しばらくは伯母ちゃんの家にいるって。伯母ちゃんがお母さんを一人にしておけない、って」

「そっか……」

「だから、あの家にはもう誰もいないんだよ。……お兄ちゃん、お母さんには無理して会わなくてもいいと思うけれど、あの家には一度、行ったほうがいいと思うんだよ。……お母さんはもう二度と、あの家には戻らないような気が、なんとなくするんだよね」

「誰もいない家に僕が？」

「区切りだよ。あの家の歴史？　みたいなものがちゃんと終わったことをお兄ちゃんは見ておいたほうがいいと思う。それで、私とお兄ちゃんがなんとかあの家からサバイブした記念に写真を撮ってほしいんだよ」

「サバイブしたのか？　僕ら……」

「だってこうしてちゃんと生きてるじゃん。私は結婚するし、お兄ちゃんだって梓さんという大事な人を見つけた。うちら、立派に生き延びたんだよ。あの最低最悪な家から！

生き延びて、新しい家族を作ろうとしている」

そう千尋に言われて肩の荷がまたひとつ軽くなったことも事実だった。それから、千尋とはその居酒屋で僕らの子ども時代がいかにひどかったのかを二人で深夜まで話し合った。ひとつ話し終わるたびに、その出来事を茶毘《だび》に付しているような気持ちになることが不思議だった。

僕らの最低最悪な子ども時代がやっと終わったのだ。そう思うと、あの家のことが脳裏をかすめた。いつか一人であの家に行かなくてはならない。あの家の最後を見て、僕らはやっとサバイブできた、と思えるのではないかと、そんな気がした。

3

翌日、仕事を終えて自分のアパートに向かった。坂道を上がりきる頃、自分の部屋に灯りがついているのが見えた。自分の顔が自然に微笑んでいるのがわかる。慌てて階段を上り、部屋のドアを開けた。梓がソファに寝っ転がったまま、

「おかえり」と顔をこっちに向けた。

弘前のあの伯母のアパートではなく、自分の部屋に梓がいることに現実感が伴わない。

ソファの隣には見覚えのあるキャリーバッグが転がっている。

「家、出て来た」

けろっとした顔で梓が言う。

「お父さんに会ってくれたんだってね、話をしてくれたんだってね。ありがとう」

そう言って梓は僕に口づけをした。懐かしい梓が放つ香りに胸がかきむしられるような思いがした。ソファに座り直した梓の隣に座る。

「お父さん、なんて言ってたの？」

「勘当だ、って泣きながら。つきあいを認めてくれたわけじゃない」

言いながら梓の顔が泣き笑いのようになる。

「ただ、新しい看護師さんが見つかるまではしばらくの間、昼間は働いてほしい、って。それがぎりぎりの譲歩みたい。まあ、あたしもすぐに次の仕事が見つかるわけじゃないから、いいんだけど。だけどあたし、この部屋で暮らしていいのかな？」

「もちろんだよ」

そう言う僕に梓はくり返し口づけをする。梓が今、生きて、自分のそばにいる、ということに僕は幸福を感じていた。千尋が言うように、僕は確かにサバイブしたのだ。

「こちらのほうこそ、父さんのこと、ありがとう……本当は僕が」

向き合って梓に頭を下げた。

「そんなこと別にいいんだ。史也のお父さんだけど、あの人はあたしの人生になんの関係もない。お父さんもああなってしまったら自分が殴られる心配もないし……」

そう言って梓は笑った。

「妹さんは何か言ったかもしれないけれど、史也はあの人の最期なんて見送らなくてよかったよ。死ぬ間際に苦しんでいる姿を見て、親子が簡単に和解するなんてそんなの嘘じゃないか。そんなこと、史也にさせたくはなかったんだよ。史也のなかにあるお父さんへの憎しみは永遠に消えなくてもいい」

実の父が亡くなったばかりだというのに、僕と梓の会話を誰かが聞いたら、不謹慎だと眉をひそめるかもしれない。けれど、梓と僕、二人でしか作ることのできない関係性のカタチがあることに僕はまた安堵する。

僕は梓を抱きしめる。ずっと思っていて、言葉にできなかったことを言った。

「梓、僕と結婚しよう」

梓の目が丸く見開かれる。

「お父さんにも幸せにする自信なんてない、とはっきり言った。苦労をかけるかもしれない。その可能性のほうが高い。だけど、僕、梓がいないとだめなんだ」

言いながらまるで懇願のようなプロポーズだと思っていた。

「自信があるとは言えないな」

梓が僕から少し離れた場所に座り直して言う。

「史也のことは好きだよ。一緒に暮らしたいと思う。だけど、結婚をして、将来、自分に子どもができて、こんな言葉は嫌いだけれど、普通の親のようにちゃんと愛することができるのかどうか、正直なところ、あたしには自信がない。普通はさ、自分が親に愛されてきたことを思い出して、自分の子どもにも接するんじゃないかな。あたしにはその経験がないから、よくわからない。史也だって、そうじゃないの？」

　僕は立ち上がり、梓の前に跪《ひざまず》くように座った。

「僕だって自信があるわけじゃない。結婚にも、子どもを持つことにも、自信があるのか、と誰かに問われたら胸を張って、あります、とは言えない。だけどさ、自分が親にされて嫌だったことをしなければそれで十分じゃないか」

「嫌だったこと？」

「僕は子どもには絶対に暴力をふるわない。梓は」

「絶対に子どもを捨てたりしない」

「それだけで、もう十分じゃないか。自分の親にされたことをくり返さない。その気持ちだけあれば、僕らみたいな二人でも、いつか親になれるんじゃないか」

「……」

　梓の目にうっすらと涙が浮かぶ。

「こんなあたしでも、いつか親になれるのかな」

　僕は投げ出されたような梓の手を握りしめて言った。

「なれるよ。僕はいつか、それはずっと先かもしれないけれど、梓との子どもが欲しい。梓とじゃなければ嫌なんだ。梓と僕とで、家族を作ってみたいんだ」

　こくり、と梓は頷き、僕の首に手を回した。僕と千尋だけではなく、梓も過酷な子ども時代をサバイブした一人の人間なのだ。サバイバー同士が結婚をして、それがうまく家族として機能するのか、僕にだってわからない。けれど、梓と家族を作り、子どもを育てていくことが、僕の父に対しての、そして、梓の母に対しての、最大の復讐なのだ、と僕は思っていた。

梓が僕から体を離し、僕の顔を見つめて言う。

「史也と出会ったことで、人生の良い運を全部使い果たしてしまったような気がする」

「そんなことあるもんか。僕ら、これから取り戻すんだよ。僕らの人生、これから先、もういいことしか起こらないよ。絶対にそう」

「随分と自信家だなあ……」

「僕らの子ども時代より悪いことなんてあるもんか」

そのとき、窓の外から物音がした。自転車を漕いでいる親が子どもを叱る大きな声だった。後ろに座っているだろう子どもの泣き声も聞こえてくる。その二人の声が通り過ぎていく。梓がぴくりと体を動かす。

「あたしたちみたいな子ども時代を過ごしている子どもがどこかにまだいるんだよね」

梓が僕の体を抱きしめる。

「その子たちが今夜だけでも、穏やかに眠れるといいね」

僕は自分の子ども時代を思い、千尋の子ども時代を思い、梓の子ども時代を思って、梓と二人、ほんの少し泣いた。そして、ふいに、もうこの世にはいない水希のことを思った。水希も僕や梓や千尋のように、生き抜いてほしかった。水希の分まで、僕らは幸せに生きねばならない。そう心に誓った。そして、梓にもう一度尋ねた。

「僕と結婚してくれますか？」

「はい」

僕は梓の涙を指で拭った。

その日から僕のアパートで梓との暮らしが始まった。僕は相変わらず、仕事に忙殺され、梓は父親の元で昼間、看護師として働きながら、夜間の専門学校でアパレルの勉強を始めた。二人の稼ぎを合わせても生活は楽ではない。けれど、二人の間では、そんなことは小さな問題でしかなかった。

小さな衝突はいくつもあった。暮らし始めてみなければわからないお互いの欠点に、うんざりすることもあった。声を荒らげて喧嘩になったこともある。けれど、僕はそれすらもうれしかった。梓は自分が今まで強固に守っていた境界線を軽々と越えて、僕という人間に向き合ってくれた。自分以外の誰かに、心を開いて向き合ったことのない僕にとっては、それすらも新鮮な経験だった。

梓の父親は僕との関係を全面的に認めたわけではない。けれど、僕との暮らしが三カ月過ぎ、半年が過ぎ、梓の気持ちにまったく変化がないことを知ると、僕との関係をしぶしぶと認めた。

千尋は父が亡くなって一年数ヵ月後に結婚することになった。

ある夜、僕のアパートに突然やって来た千尋は、堅苦しい結婚式ではなく、お互いの家族や東京の友人や知人だけを集めた食事会のようなものをしたい、伯母と母だけは弘前から呼びたい、と告げた。梓は学校に行っていて留守だった。

「お兄ちゃんたちも一緒にしちゃえば」

「やだよ。そんなの」

「式はしないの？」

「もう少ししたら籍だけ入れる。それで終わり」

「えっ、それってお兄ちゃんだけの気持ちじゃないの？　梓さん、ウエディングドレスとか着たくないの？」

「籍だけ入れたい、っていうのは梓の気持ちだよ」

「そっか……」

と言いながらも千尋はどこか納得のいかない顔をしている。

「ところで、お母さん来るけど、お兄ちゃん大丈夫？」

そう言われて僕は黙った。

梓とあの家を訪れて以来、母には会っていない。お互いに連絡をとることもなかった。

「大丈夫もなにも、お祝いごとなんだから……」

そう言ってはみたものの、心は重く沈んだ。

千尋の結婚相手である佐田さんとそのご両親、そして千尋は春に弘前を訪ね、母と会っていた。僕と梓も東京で佐田さんのご両親と会食をしていた。みかん農家だという佐田さんのご両親は本当に素朴ないい方たちだった。兄として何も言うことはない。

僕と亡くなった父、母との関係は、彼らにはなんの関係もないことだ。僕と梓が新しい家族を作ろうとしているときに、千尋もまた、同じように新しい家族と縁を結ぼうとしている。そこに兄として、水を差すようなことはしたくはなかった。

「千尋……」

「ん？」

「幸せにならなくちゃだめだぞ」

「何いきなり」

「僕ら、幸せにならなくちゃだめなんだ。何か困ったことがあったら、すぐ僕に」

そう言う僕の言葉を千尋が遮った。

「お兄ちゃんはすぐ責任を自分で背負おうとするね！　言われなくても幸せだよ。すっごくいい人だもの」

佐田さんが心底いい人なのは、数回会ううちにわかっていたことだった。千尋のことを心から大事にしていることもわかっていた。それでもあえて言っておきたかった。千尋のたった一人の兄として。

「お兄ちゃんのほうこそ幸せになりなよ」

「もう十分幸せだよ」

「ねえ、この会話、人が聞いたら呆れるよ。お互いにのろけ合って」

そう言って互いに笑い合った。けれど、僕の心にはまだかすかにしこりが残っていた。どんな顔をして東京にやって来る母と会えばいいのか。

その日、千尋と佐田さんが選んだという中華料理店の個室でお互いの家族が顔を合わせた。弘前からやって来た伯母も、一時は不治の病なのではないか、と疑念を持ったが、退院後は体調がいいのか、顔色は良く、僕と梓の顔を見て、

「あんたたちも千尋と一緒にお祝いすればいいのに」と千尋と同じようなことを言った。しばらくぶりに見る母は、一気に年齢を重ねたように見えた。梓に再び会えたことを喜び、梓も母に会えたことを喜んでいる。この二人もまた、縁を結ぶのだ、ということが僕にはとてつもなく不思議なことに思えた。

食事の途中、喫煙室に行きたい、という伯母に僕が付き添った。伯母が煙草に火をつけながら言う。

「母さんのことは心配しなくていい。あたしがちゃんと見ているから」

伯母はそう言って煙草の煙を深く吸い込んだ。

「それにしても、梓ちゃんは綺麗になった。弘前で会ったときも素敵な娘さんだと思っていたけれど、今はもっと綺麗になった。あんたも、千尋も、本当に」

そう言って声を詰まらせる。

「いい人に巡り合えて本当に良かった。あんたたちは本当に勇気がある。心から尊敬するよ」

言いながら煙草を持っていないほうの手で僕の腕を強く掴む。

「母さんのこと、よろしく頼みます」

ふいに口をついて出た言葉に僕自身が驚いていた。わかってる、というように、伯母が僕の腕を掴んでいる手に力を込める。伯母が、煙草の煙が染みたのか、指で目を擦《こす》る。

「あんた、いつだって、母さんや千尋を守ろうとして。……やだね、年とると涙もろくて。あたしはもう少しここにいるから、あんたは部屋に戻りなさい。梓ちゃんのそばにいてあげないと」

そう言って犬を追い払うように手で僕を払う。

喫煙室を出ると、廊下の先に洗面所から出て来た母の背中が見えた。そのあまりにも小さな背中に声をかけようとして、やめた。どんな言葉をかけていいのかもわからなかった。

けれど、伯母に言われて気づいた。少年だった僕は、あの怪物みたいな父から、この人を必死で守ろうとしたことを。でも、それも全部終わったことだ。怪物はもうどこにもいない。僕の役目は終わったのだ。

僕の気配に気づいたのか、母がふり返る。僕と母の視線が合う。母が何かを言おうとして口を開き、さっきの僕と同じように、僕にかけようとした言葉を自分の内側にしまい込む。母がかすかに微笑む。まるで僕という人間への恐れを隠すように。僕は母に微笑みを返すことはできなかった。母という人は未だに僕にとって不可解だ。そういう親が自分に割り当てられた、ということの理不尽さにもまだ、幼い怒りがかすかに残っている。いつか腹を割って母と話ができる日が来るだろうか。その日が来ても、来なくても、それはもう僕にとって、どちらでもいいことだった。けれど、部屋に入っていく母の背中を見て思った。僕はもう母すらいない、あの家に一度、行くべきだと。あの家の最後を見届けるべきだ、と。


あの家に向かったのは、父が亡くなって二年後のことだった。梓との暮らしも二年を迎えていた。家に行くことは随分と悩んだ。それでも、八戸《はちのへ》に撮影の仕事があり、それならば一度、と僕の心の風向きは変わった。梓にも「一緒に行かないか?」と尋ねたが、

「史也、一人で行ったほうがいい。あたしは仕事も学校もあるし」

と言われた。

「一人で行くのが怖い?」

笑いながら梓が言う。

「な、わけない」

「あの家にはもう誰もいない。史也の安全を脅かす人は誰もいない」

だから安心して、と言うように梓が僕の顔を覗き込む。

「わかった」と梓には返事をしたものの、正直なところ、僕はあの家に一人で行くことが怖いのだった。

それでも八戸での撮影を終え、母と伯母のいる弘前の町を素通りして、僕は一人、あの家に向かった。

季節は夏に向かっていた。滴るような新緑のなか、車を走らせる。窓を全開にすると、新鮮でどこか甘い香りのする空気が車内を満たした。

細い山道を抜けたその先に家はあった。家があることなどわかっているのに、まだそこにある、ということがどこか僕には納得できない。住む家族がいなくなっても、この村に不似合いな僕の家はまだそこに立っていた。

庭の隅に車を停め、外に出る。誰もいなくなった家の庭は雑草が繁茂していた。物干し台の金属製の竿には赤い錆《さび》が噴き出している。キーケースの中から、もう幾度も捨てようと思った家の鍵を指でつまむ。

玄関のドアは難なく開いた。吹き抜けの玄関、そこにある天窓に嵌《は》められたステンドグラスが廊下に七色の光を放っている。

僕は靴を脱いで家に上がった。廊下の奥のリビングに進む。母がこの家を出て行く前に掃除をし、ソファやリビングボードには白いシーツがかけられていたが、床にはうっすらと埃《ほこり》がたまっている。

リビングの隣の部屋、そこには父のベッドがあるはずだが、僕はまだそれを見る気にはならなかった。シーツを少しだけ剝《は》がし、僕はソファに腰をかける。そうして、家の中を見回した。父に受けた暴力の記憶が蘇《よみがえ》り、吐き気のようなものが喉の奥からせり上がってくる。

頰を張られ、腹を蹴られ、指を折られたこの場所。今、ここには誰もいない、ということが、父に受けた暴力の記憶すらまるで夢のようにしてしまう。

忘れるものか、と僕は奥歯に力をこめる。死ぬまで忘れるものか、と誓いをたてる。

僕は立ち上がり、リビングの隣の部屋に足を向けた。父が寝ていたベッドはシーツなどもかけられていない剝《む》き出しの状態でそこにある。

父の体重を支え続けたためか、ベッドの中心がかすかにへこんでいた。そのかすかなくぼみは、父が、あの怪物がこの世から消え去った、という事実を何度でも僕に伝える。

僕はベッドサイドにある木の椅子に座った。母が父を看病しているときに座っていた椅子だろうか。母が刺繡《ししゆう》をした赤い小さなクッションが所在なげに置かれている。それを腹に抱えた。

しん、とした静けさのなかに、時折、風の吹く音や、木や葉が揺れる音、鳥のさえずりが交じる。僕はもう一度、ベッドのくぼみを見る。

なぜ、そんなことをしようと思ったのかわからない。僕はそこに顔を近づけて、においを嗅いだ。なんの香りもしない。あの人が発していた酒の饐《す》えたようなにおいなどするわけもないのに。

僕は立ち上がり、そのベッドに体を横たえてみた。視線の先に天井の木目が見える。このベッドに寝て、あの人は何を考えていたのか。暴力をふるった家族への懺悔か、それとも、自分の体をあんなふうにした息子への憎しみか。いくら考えてみてもわからなかった。

僕はベッドに横になったまま、眠りに引きずり込まれていった。たくさんの夢を見た。子どもの頃この家で起こったこと、僕が父さんにしてしまったこと、叫ぶ妹の声、梓とこの家にやって来たこと、父の顔にクッションを押しつけようとした僕、この家から救急車で運ばれていく父の姿……。そうした光景が少しずつ夢にあらわれては消えていった。最後にあらわれたのは黒い炎を噴き出す龍だった。父を傷つけたあの夜から幾度も僕の夢にあらわれた黒い龍。その龍が僕の体をたった一度、強い力で締めつけ、そうして、空に向かい、やがて消えていった。

僕が幼い頃の若い父も出てきた。僕を肩車して森の中を歩く父、リビングの柱に僕や妹の身長の印をナイフでつける父。その無骨な手と指。それがいつか僕や家族を傷つけるものになるとも知らずに、僕は無邪気に笑っていた。

「父さん……」

そうつぶやいたとき、玄関のチャイムが鳴っていることに気づいた。早朝に出てきたので、昼にはまだ遠い。こんな時間に誰が、と思いながらも僕は玄関に向かい、ドアを開けた。そこに老いた駐在さんが立っていた。僕の顔を見て驚いたような顔をしている。

「なんだ、おめが。おめ、一人できだのが?」

僕は黙って頷いた。

「いや最近、このあだりも物騒になってでな。空き家さ入り込んで悪さばする子どもも多いもんで、おらが散歩がてらにこのあだりも見回っているのよ。来てみだら、見慣れね車が停まっているもんで、おらはてっぎり……」

そう言う駐在さんを僕は家に招き入れた。ダイニングテーブルを覆っていたシーツを剝がし、その椅子を駐在さんに勧める。

「すみません、水道も止めているみたいでお茶も出せなくて」

僕がそう言うと、

「なんも気にするな」と遠慮がちに椅子に腰をかける。僕も向かいの椅子に腰を下ろした。久しぶりに見る彼は、白髪で、かすかに背中も曲がっているように見えた。僕が年齢を重ねているのと同じように、この人も年齢を重ねている。

「おめ、東京の仕事が随分と忙しいんでないのが。父ちゃの葬式にも来ねがったから

……」

「いや、今日は八戸まで来たもんですから」

「東京から、そしたところまで仕事で来るなんて、たいしたもんだなあ。おらが初めておめに会ったとぎ、まだ、おめはこんなにちいさがっただのに」

そう言って目の前に手のひらを伸ばす。

　自分にそんな幼い頃があっただなんて、自分でももう信じられなくなっているが、駐在さんと話していると、この人と初めて会った小学生の頃の自分に戻ってしまう。小学校の帰りに呼び止められた自分。家の秘密を必死でこの人に知られないようにしていた自分……。そのとき、ふいに駐在さんが立ち上がり、床に正座をして手をついた。

「ほんとにすまながった」

　僕に頭を下げながら絞り出すように言う。

　僕は慌てて駐在さんに駆け寄り、その体を立たせようとするが、まるで重い石のように、駐在さんの体は動かない。仕方なく、僕も駐在さんの向かいに腰を下ろした。

「おめも、おめの母ちゃも妹さんも、おらは助けるこどができながった。おめがあの父ちゃに何されてるが知ってで、なんの手助けもしながった。本当におめにはすまないことをした」

「いや……だけど、駐在さんは僕を守ってくれたじゃないですか。何かあったらここに電話しろ、って」

　それを書いたメモもいつの間にかなくしてしまっていたが、確かにこの人は僕を、僕の家族を助けようとしてくれた。

「それに、あのとき、僕が父に……十三のときです。僕が父を……」

　殺そうとしたとき、という言葉は最後まで音にできなかった。この人は父が自分で起こした事故だと、僕をかばってくれた。

「いや、なんのこどだべ。最近は物忘れが激しくってなあ……」

「駐在さんは忘れてなんかいないはずです。僕は、本当は罪を償うべき人間だった。十三歳の少年だったけれど、罪を犯した。そして、それをあなたは隠蔽《いんぺい》した」

「……」

瞼の皺で隠れてしまいそうな目で駐在さんが僕を見つめる。

「少し呆《ぼ》げできたおらだけども、これだけは覚えてる。あれは事故だね。おめの父ちゃが酔っ払って階段から自分で落ちたんだね」

駐在さんの態度も言葉も以前と変わりはしなかった。

「おめの父ちゃも」

駐在さんが筋張った手のひらで自分の顔を撫でてから言う。

「おめの父ちゃも、自分の父ちゃからひどい折檻《せっかん》を受けていだみだいだなあ。いつか、おめと妹さんと母ちゃが病院に行っていないとき、そんな話を父ちゃから聞いだこともあっだのよ」

駐在さんが遠くを見る目になる。

「おらたちの年代の生まれじゃ、珍しいごとではない。おらも父ちゃに野良犬みたいに殴られで、蹴られで、育ったものなあ……。子どもに優しぐするなんで、どこか気恥ずかしいところもあるんだね」

吉田さんも、いつか僕にそんなことを言っていたことを思い出した。

「じゃあ、駐在さんは自分のお子さんを蹴ったり、殴ったりして育てましたか？」

「いんやあ、それは……」

駐在さんが口ごもる。

「親から受けた痛みを知っているのに、なぜ同じことを自分の子どもにするのか、したのか、僕にはまったく理解できません。それに僕は父から優しくされなくてもよかった。ただ、暴力をふるわれたくはなかった。それだけです。一人の子どもが持つ願いとして、それは贅沢《ぜいたく》なものでしょうか？」

言いながら腹が立ってくる。この家に帰って来たことさえ後悔した。

「いや、おめの父ちゃを理解しろ、同情しろ、だの、おらはまったぐおめに言う気はね。気を悪ぐしたら許してけろ。おめは自分の子どもに手をあげるような父親には絶対にならねじゃ。それはわがってる。十分にわがってる。ただな……ただ、いづか気が向ぐことがあったら、父ちゃの墓前さ行ってやれ。憎んででもいい。割り切れね気持ぢを抱えだままでもいい。おらはそれだげが、ただひとつ気がかりでなあ」

「絶対に嫌です」

きっぱりとそう言った僕の顔を駐在さんは泣きそうな顔で見つめる。誰になんと言われようと、父の墓参りなどしたくはなかった。

「……わがった。おめの苦しみはおめにしかわがらねもんな。おらも年とって、つい余計なことば言ってまうようになった。気を悪ぐしたら本当に申しわげね」

そう言って駐在さんは僕に頭を下げた。

「すみません。僕も駐在さんの気に障るようなことを言って」

「なんも気にすなって。……おらが余計なごと口滑らせたんだね。さて」

駐在さんがゆっくりと立ち上がる。僕はその体を支えた。

「どんなことがあっだとしても、この家は、この村は、おめの故郷だや。いつでも、嫁さんと、子ども連れで帰ってくんだや。そのときまで、おらも長生きせねばいげないな」

そう言いながら駐在さんは玄関に進み、靴を履いた。僕は思わずその背中に声をかけていた。

「駐在さん……」

「ん?」

「本当にありがとうございました」

僕は深く頭を下げた。

「なんも、おらはおめに頭を下げられるようなごとはしてねや。いいが、必ずまだ帰ってくるんだや」

そうくり返し言いながら、駐在さんは帰って行った。玄関のドアを開けたまま、小さくなっていく背中を見つめた。幼い頃、あの背中にしがみつき、自転車でこの家まで送ってもらった日のことを思い出し、そのときの僕の心細さと、それを支えてくれた駐在さんの優しさを思って、胸が締め付けられるようだった。

僕は車に戻り、カメラバッグと機材を下ろし、家の中に運んだ。

再び、家の中はしん、とした静寂に包まれた。

どの部屋も記録として残しておくつもりだった。

玄関を撮り、リビングを撮る。シャッターを切るたびに、父に受けた暴力の記憶が蘇る。父の暴力から逃れて駆け上がった階段、僕の部屋、千尋の部屋。父の暴力に震えた幼い僕と千尋の息づかいが聞こえてくるようだった。千尋と逃げ込んだ浴室、母が腫れ上がった顔を幾度も映したであろう大きな鏡のある浴室……。

外に出て外観を撮った。いつか千尋の入学式だったか、玄関の前で家族四人が並んで、伯母さんに写真を撮ってもらったことを思い出した。嫌な記憶ばかりの幼少時代に、それでも息継ぎをするような瞬間もあった。けれど、それもほんの一瞬のことだ。それ以外の時間、僕は水のなかで溺れ、今にも息絶えそうだったのだから。

庭で、ほとんど空になっている薪置き場を撮った。どこかに斧があるはずだ。僕はシャッターを切る手を止めて、それを探した。この前、梓とこの家に来たときには見つからなかったそれは、薪の奥に落ちたような場所ですぐに見つかった。刃は赤く錆《さ》び、刃こぼれをおこしている。僕は指でその刃に触れた。刃を染めている錆の赤はもしかしたら父の血なのかもしれない。僕はそれを庭の雑草の上に置き、写真に撮った。

切り株にひとつの薪を置き、斧を打ち下ろしてみる。薪が湿っているせいなのか、刃が古いせいか、うまく割れない。それでも、僕はもう一度、同じことをくり返した。薪がふたつに割れるまで、何度も、何度も。そのときに思い出したのは、黙ったまま、庭で一人、無表情で薪を割る若い父の姿だった。そのときの父の鬱屈《うっくつ》など知りたくもない。想像したくもない。ただ、彼はこの家でたった一人だった。父を理解したい、などとは心の底から思ったことがない。ただ、薪を割っている、若い父の孤独に、僕の心がかすかに同調していた。その瞬間、ぱきり、と音を立てて薪が真っ二つに割れた。割れた薪の一片を手にとり、鼻に近づけてみる。湿った木の生々しさは、どこか血液のにおいにも似ていた。

家の中に戻ってタオルで手を拭い、リビングの隣の部屋に入る。

父が寝ていたベッドの全景が入るようにカメラを固定する。それを撮ろうかどうか、最後まで迷った。いつか吉田さんが僕に話してくれたことを思い出した。吉田さんが自分の父の葬儀のとき、亡骸を撮りたいと思ったということ。父への複雑に歪んだ気持ちを超えて、僕は父のベッドを撮りたいと思った。

ベッド中央のかすかなくぼみには、さっきよりも濃い翳《かげ》が宿っていた。もう誰も寝ていないそのベッドに向かって僕はシャッターを切る。かつて、ここに父がいた。けれど、今はもういない。父の不在が、僕の心にさざ波のような動きすら起こしはしないことに、僕は、僕自身の欠損を感じる。誰もいないベッドに、人でなしはどっちだ、と言われているような気持ちになった。

それでもなんとかベッドを撮り終わり、ひどく疲れを感じた僕は、隣のリビングに向かい、シーツがかけられたままのソファに体を投げ出すように横になった。

天井に顔を向けて、額の上に腕を置く。

昔、この家に家族がいた。けれど、もう誰もいない。生き残った母も、千尋も僕も、この家にはいない。もしかして、父の魂だけがまだ、この家にあるような気がして、僕は目を閉じた。

「もう全部終わったよ、父さん」

心のなかでつぶやいて、僕は目を閉じた。


僕と梓が籍を入れたのは、父が亡くなって三年後のことだった。結婚式もいらない、ウエディングドレスも着たくはない、という梓の希望を叶えて、僕らは二人だけで区役所に行き、その帰りに、いつもは行かないようなイタリアンの店に行き、しこたまワインを飲んだ。

梓は夜間の専門学校を終えたあと、希望どおり、アパレルの会社に勤めるようになった。今はただの一般職だが、いつかプレスの仕事がしたい、というのが梓の目標になった。

僕はまだ吉田さんの事務所で働いていた。いつかは独立するつもりでいたが、独り立ちするには、時期も早く、力量もないと思っていた。梓の父にいつか話したとおり、梓と二人の稼ぎを合わせれば、なんとか食べていける、といった状態が続いていた。それに独立しなかったのは、吉田さんと一緒に仕事をしていたかったからでもあった。

入籍から二年が経って、吉田さんと二人で酒を飲む機会があった。たわいもない話のあと、吉田さんに言われた。

「横沢君、クビです」

「えっ」

僕は手にしていたワイングラスを落としそうになった。

「僕、何かしましたか？」

「むしろ、逆です。もういい加減、独立してくれませんかね」

「でも、僕はまだ……」

「自分の力を過小評価するの、やめてくれませんかね。結婚もしたし、いいタイミングじゃないか」

「でも、自分の写真のチェックもまだ吉田さんにしてもらっている状態ですよ。僕一人で業界で食っていける自信なんかありませんよ」

「いつまでもそうやって俺に甘えているから、いつまで経っても一皮剝けないんじゃないですかね」

図星だった。

「自信、なんて、もう十分にあるだろう。久留里さんから、この住宅は横沢君で、って指名が来るくらいなんだよ。おまえと俺はもう師弟関係じゃない。ライバルだ……」

「ライバル……」

　そう吉田さんは言ってくれるが、写真の技術において、僕と吉田さんではまだ雲泥の差がある。

「妻にまず相談してみてもいいですか？」

「梓ちゃんならさっさと独立しろ、って言うだろうと思うけどね」

　そう言うと吉田さんは笑った。

「ちょうどいい機会じゃない」

　吉田さんの元からの独立という話をしたとき、梓はこともなげにそう言った。

「だけど、フリーになるって大変なんだよ。今より我が家の経済状態は悪くなるかもしれない。不景気だってまだ続いているし……先の読めない時代だし」

「そしたら、あたしが史也を食べさせていくよ。なにも心配いらない」

　それのどこに問題があるの？　という顔をして梓が答える。

「あたしもプレスの仕事ができるようになったし、お給料も上がった。史也は自分のしたい仕事をすればいい」

　こういうときの梓はいつも強気だった。

「大丈夫。なんとかなるよ」

　結婚してから、梓のその言葉に何度、僕は助けられてきただろう。吉田さんに説得され、梓に背中を押された。心を決めてしまえば、やるしかない、という野心に満ちた気持ちが腹の底から湧き上がってくるようだった。そして、僕は吉田さんの事務所を卒業し、自分の名前を冠した個人事務所を立ち上げることになったのだった。

久留里さんからの写真の依頼だけでは到底食べてはいけない。僕は自分の作品を収めたポートフォリオを持って、建築家のアトリエや建築雑誌に売り込みに行った。

吉田さんの事務所に売り込みに行ったときのことを思い出した。あの頃の僕は売り込みに行ったというのに無口でぞんざいな若者だった。よくあんな自分をスタッフとして採用してくれた、と吉田さんに対して頭が下がった。

住宅や建築は僕が生涯撮り続けていきたいものだったが、青森で梓を撮った写真を見せると、人物写真にも多くの依頼が来た。企業の社長のポートレートから、グラビアアイドルの写真集まで、僕は来た仕事をひとつひとつ丁寧にこなした。人間を撮ることは興味深かった。写真はその人が隠している内面まで浮き彫りにしてしまう。自分の写真でそれができているかどうかはわからなかったが、僕はそういう写真を撮りたいと思った。

仕事の合間には、事務所の片隅にホリゾントを設置して、急ごしらえのスタジオで梓や千尋夫婦を撮った。

「懐かしいね。なんかこういう家族写真、子どもの頃に撮ったことがあったよね。村の写真屋さんで」

千尋がメイクを直しながら言う。

「そんなことあったっけ？」

「あったよ。お兄ちゃんの小学校の入学のときも、中学のときも！　私のときは庭で撮っただけだったけどね！」

千尋が口を尖らせながら言う。

「お父さんと写真屋さんに予約しに行ったこと覚えているもん」

子ども時代の想い出は父親から受けた暴力の記憶ばかりで、淡い想い出は抜け落ちている。

「お父さんいっつも、お兄ちゃんばっかり、ずるい、って思ってた」

その言葉に思わず黙ってしまう。父が亡くなってもう何年も経っているのに、僕は未だに千尋の前でも父のことをうまく話せなかった。

梓や千尋が友人や会社の同僚に話してくれたおかげで、土日のほとんど、僕は人物を撮り続けた。まるであの村の写真屋さんみたいだ、と心のなかで苦笑しながらも、僕はその仕事を楽しんでこなした。

梓は土日、時間のあるときは、僕の事務所でやってきた人たちのメイクや服装チェックなど細々とした仕事を手伝ってくれた。

家族写真も多く撮った。ただ、カメラの前に並んで立っているだけなのに、その家族の在り様が透けて見えることもあった。写真を撮る前に大声で子どもを叱りつけるような高圧的な親たちには、無性に腹が立ったし、父や母におびえているような子どもには、心のなかで「負けんな」とエールを送った。他人の家族の本当のところはわからない。他人の僕が口を出してどうなるものでもない。ただ、元気で生き延びてほしい、と祈ることしかできなかった。

東京にやって来た伯母と母を撮ったこともある。

「もう遺影が必要な年だから」と軽口を叩きながら、伯母がすました顔でカメラの前に座る。母は「なんだか恥ずかしいから」と腰が引けていたが、伯母に強引に勧められ、それでも伯母のあとに椅子に座った。

梓が椅子に座った化粧気のない母の頬にふんわりとチークを入れ、口紅を塗り直す。カメラをはさんで、僕とほんのり華やいだ表情の母が目を合わせる。母の目はカメラがなければ見られなかった。父が亡くなったあとは憔悴《しょうすい》していた母だったが、梓の施したメイクのせいではなく、ほんの少し若返ったようにも見えた。ぎごちなく笑顔を浮かべる母に僕は幾度もシャッターを切る。その顔に若かった母の面影が重なった。

「三人で撮ろうか」

僕がそう言って伯母と梓に声をかけると、母の両脇に二人が立つ。僕は三人の女に向けてシャッターを切った。僕を生かしてくれた女たちだ、と心のなかで思いながら。

浮き沈みはあったが、大海に漕ぎ出した草の舟のような僕の個人事務所もなんとか軌道に乗ってきた。

梓と夫婦という法的なカップルになって五年が経っていた。やっかいな地方ロケを終えて、疲労困憊《こんぱい》で新しく引っ越したマンションに辿《たど》り着いた。深夜に近かったが、梓はもうとうに家に帰っているはずなのに、部屋の窓には灯りがついていない。もう眠っているのか、と思いながら、ドアを開けた。

真っ暗なリビングのソファに梓のシルエットが見えた。照明のスイッチに手を伸ばすと、

「点《つ》けないで！」と梓が言う。

僕は重いカメラバッグを床に置いてソファにいる梓の隣に腰を下ろした。

「何かあった？」

梓は黙ったままだ。僕は黙って梓の背中を摩《さす》る。梓が洟《はな》をかむ。泣いているのか、とぎょっとした。梓が泣いている姿など、結婚して以来、見たことがなかった。

「どうしたの？」

そう言う僕に梓がプラスチック製の細い棒のようなものを差し出した。僕は暗闇のなかで目を凝らした。真ん中にはっきりと二本の縦線が浮き出している。これって……。

「子ども？」

自分の声がかすかに震えているのがわかった。

「子どもができたのか？」

梓がこくりと頷く。

「どうして泣いてるの？」

「怖い……」

そう言って梓が僕の腕に顔を埋める。僕は梓の髪を撫でながら彼女の言葉を待った。

「妊娠してる、ってわかって、まっ先に思ったのは仕事のことだった。今、大事な仕事を抱えていて、本当のことを言えば、子どもを産むタイミングじゃない。史也との子どもができたら、誰よりも大事にする、って決めていたのに、あたしが考えたのは仕事のことだった。そんなあたしって、いい親になる資格があると思う？　この子がいなかったら、って一瞬でも考えたあたしが」

そう言って梓は自分のおなかに手を当てる。僕も梓の手に自分の手を重ねた。

「だけど、この子がいなくなると考えたら、そっちのほうが怖い。自分のなかで考えがまとまらなくて……頭のなかが真っ白になって」

この子、と梓は何気なく口にしているが、僕にはまだ、まるで現実感がなかった。それでも僕は言った。

「大丈夫。なんとかなる」

いつも梓が言ってくれた言葉を今度は僕が言う番だった。僕にその言葉を裏付ける自信があるわけではない。けれど、世の中の父親は、そんな不安を押し隠して、自分の妻にこう言うのではないか。そこまで思って、父親、と自分のことを自然に思っていることに気づく。本音を言えば、自分が独立したときよりも怖い。自分がいい父親になれるのかどうか、僕にだって自信があるわけではない。

「梓がぎりぎりまで仕事が続けられるように僕も仕事を調整する。子どもを産んだあとだって同じだよ。仕事をやめることなんてない。梓はどっちも手放さなくていい。それに、いい母親になる、なんて思わなくていい。いつか梓と話したことがあっただろう。梓は子どもを捨てない。僕は子どもに暴力をふるわない。それをくり返さないだけで、僕らはもう十分にいい親なんだよ」

　梓が頷き、口を開く。

「あたし、お母さんのことを考えていた。一人であたしを抱えて、どうしようもなくなって、あたしを乳児院の門の前に置いたお母さんのことを。どんなに心細かっただろう、と思って、あの人を思ったら泣いていたの。恥ずかしいけれど」

「いつか梓のお母さんを東京に呼ぼう。それで梓と二人の写真を撮ろう。……何にも心配いらない。大丈夫」

　梓が僕の首に手を伸ばす。梓の纏《まと》う香りが僕の鼻をくすぐる。僕は梓のシャツをめくり、僕らの子どもがいるあたりに直接、手を当てた。まだふくらんでもいないそこに、自分と梓の子どもが今、この瞬間にも育っていることが不思議だった。

　梓の母が手にいっぱいの荷物を抱えて、弘前からやって来たのは、出産予定日の二週間前になった頃だった。

着るにはまだ早いベビーウエアや、彼女が作ったのであろう、タッパーに入れられた大量のお惣菜を次々にテーブルの上に広げる。

再び自分の母親と会った梓は、緊張しているのか、あまり自分の母と口をきかない。けれど、弘前で会ったときのように怒っているわけでもない。話しているのはほとんど僕だった。

「どんなものでも東京にあるんでしょうけど、私の得意なものと言ったらこれぐらいしかなくて」

そう言って梓の母はちらし寿司が詰められたお重の蓋をとった。僕が皿を用意し、彼女がちらし寿司を皿に盛る。あの夜、梓がぶちまけたちらし寿司だ。もしかしたら、また、梓が同じことをするかもしれない、という不安がなかったわけではない。

梓は今も長くつわりが続いていて、病院に入院し、点滴を受けたほどだった。僕が作る夕食にもほとんど手をつけない日も多かった。そのことを梓の母に話すと、

「私もそんなでした。梓ちゃんを妊娠しているときは、ほとんど食事もとれなくて……」

と伏し目がちに話した。梓の母の若い頃に思いをはせた。その時間は梓が今、過ごしている時間より穏やかなものではなかったはずだ。

「少しだけ食べてみる?」

僕が梓に皿を差し出すと、黙って受け取り、箸でほんの少しのちらし寿司を口に運んだ。

「……おいしい」という言葉に、梓の母が顔をほころばせる。梓の言葉は少なかったが、あの夜のように自分の母親を激しく拒否している様子はない。

食事を終えて、マンションからほど近い僕の事務所に向かった。せり出したおなかを抱えるように歩く梓を梓の母親が支える。

「写真だなんて、なんだか緊張してしまいます」

そう言う梓の母親を椅子に座った梓のそばに立たせた。初めて会った日から感じていたことだが、やはり梓と梓の母親は似ている。妊娠して梓のメイクが薄くなった分、余計にこの二人は親子なのだと感じる。おなかの子どもの性別は、妊娠中には医師に尋ねないこと、と僕と梓は決めていたが、もし女の子だったら、梓と梓の母によく似ている子どもになるだろうという気がした。

「自然な笑顔で」と僕が言うと、

「簡単に言うけれど、それがいちばん難しいんだって」

とすかさず梓が笑いながら言葉を返す。梓の母が笑う。そんな二人を僕は撮り続けた。

その日の夜のうちに帰るという梓の母を僕だけが車で空港に送ることになった。

マンションの入り口で僕の車に乗り込む梓の母に梓が声をかける。

「また来てね。子どもに会いに」

それが梓の精一杯の言葉なのだろうと思った。

「体を大事に。史也さんと仲良ぐね」

そう言った梓の母は走り出した車の中でずっと目にハンカチを当てていた。

空港のゲートの入り口で梓の母が僕に言う。

「史也さんの青森のご実家に行かれることもあるでしょう。弘前にもまた来てくださいね。家族三人で」

僕は言葉につまった。梓の母は僕が青森出身ということ以外、僕の家の事情など何も知らない。それでも、彼女の言うとおり、いつか家族三人で、青森に、あの家に、いつか帰れる日が来るのかもしれない。それはいつになるのかわからない。けれど、自分が育った村だと、家だと、生まれてくる子どもに、あの村を、あの家を見せてやりたくなった。

空港から帰宅すると、梓がソファに横になっていた。テーブルの上に広げられていた梓の母が持ってきたお惣菜は冷蔵庫の中に収められていた。

「史也、ありがとう」

言葉に出さずに頷きながら、僕は梓の横に座る。大きくせり出したおなかに僕は手のひらを当てた。もう何度、梓にありがとう、と言われ、ありがとう、と言ったのか。梓のおなかのなかで子どもがぐるりと回転するかのような感触がした。父親には言われたことも、自分が父親に言ったこともない、その言葉を僕は何度でも子どもにかけるつもりでいた。

梓の陣痛が始まったのは、それから一週間後の夜明け前のことだった。痛みに顔をしかめる梓を車の後部座席に寝かせ、病院までの暗い道を走った。予想外に出産は進んでいて、梓はすぐに分娩室に運ばれた。僕は廊下のビニール椅子に座ってそのときを待った。うめき声にちかい梓の声に、胸がかきむしられるようだった。僕は手を合わせて祈っていた。僕をひどい目に遭わせる神様なんて存在はいないと昔から思っていた。けれど、祈らずにいられなかった。

窓の外が次第に白々としてくる。ふいに、子どもの泣き声がした。助産師さんに呼ばれ、僕は分娩室の中に入る。

母になった梓に抱かれた、まだ羊水にまみれた子どもがそこにいた。

「男の子だよ」という、疲れ切った梓の言葉に目頭がふいに熱くなる。ただ泣くだけのその子を見ていたら、僕が新しく生まれ直したようなそんな気がした。

新しい家族が始まる。

また、ここから始めるのだ。

解説

早見和真

心臓で読む小説だ。

この解説の依頼を受けるずっと前、刊行されたばかりの本書『朔が満ちる』を読んだときの気持ちを、いまでも鮮明に覚えている。

この物語を必要としている人に、どうかこの本が届きますように——。

僕自身が犯罪をテーマにした小説を書いている最中だったこともあり、ナーバスになっていた面はあったと思う。

それでも今回文庫解説の依頼を受け、あらためて本書を読み返してみて、なぜあの日の自分がそう感じたのかよくわかった。

本を開けば、そこかしこに祈りの言葉が溢《あふ》れている。史也の、梓の、千尋の、芙佐子の、水希の、吉田さんの……。もっと言えば、母の、父の。そして何より著者である窪さん自身の祈りの声だ。

読者である僕が祈りたくなるのも必然だった。

解説などという大役を仰せつかっておきながら、窪さんとはこれまでお目にかかったことがない。

それでも自分とほぼ同時期にデビューし、作家としての階段を颯爽《さっそう》と駆け上がっていく姿を、ずっと眩《まぶ》しく見上げていた。

……などと書いたら窪さんは間違いなくイヤがるだろうが、事実なのだから仕方がない。それほど『ふがいない僕は空を見た』でのデビューは鮮烈だった。

当時の〈R－18文学賞〉という新人賞の性質から、ことさら性描写がクローズアップされたが、僕は窪さんの〝モノの見方〟に一貫して感動していた。物事を広く見渡す俯《ふ》瞰《かん》の目を持ちながらも、それが決して上から目線ではない。押しつけがましいところがいっさいなく、登場人物たちに自然と寄り添っているのが行間から滲《にじ》み出ていた。

読者として、僕には「良い小説」の基準のようなものがいくつかある。その一つは「たとえ一行しか出てこないキャラクターであっても、その人物で一冊の外伝が書けるか」というものだ。

つまりは物語のために人間を駒のように扱っていないかということなのだが、実際に書いてみるとこれが意外と難しい。ふと油断すれば、ストーリーを転がすためだけに新しいキャラクターを生み出そうとしているし、動かそうとしている自分に気づく。

窪さんの小説にはそういう記号的な人間が出てこない。視点人物のみならず、すべてのキャラクターに対して対等に、慎重に目配りしようとしているのが伝わってくる。

ファンの方には、そんなの知っている、当然だろうと叱られてしまうかもしれないけれど、僕が窪美澄という小説家を信頼している一番の理由はそれだ。

物事に対する向き合い方、その眼差《まなざ》しにずっと信頼を寄せてきた。


当然、それは本作にも当てはまる。

物語は凄惨な暴力シーンから幕を開ける。酒に酔って暴れる父、腹部を蹴られてうめき声を上げる母、「目が見えない！」と泣き叫ぶ妹、そして明確な殺意を持って斧を手にし、「殺せ、殺せ」という心の内の〈龍の声〉を聞いている僕……。

すべて大人になった史也の回想によるものであり、暴力描写にそう多く分量が割かれているわけではない。

なのに全編を通じて重たい空気が垂れ込めるのは、作中で史也自身が〈今だけを見て生きていければそれはどんなに幸せなことだろう。けれど、今の僕の人生を作りあげているのは、今に繋《つな》がる過去だ。〉と独白している通り、過去から連なる今日を生きているからだ。

〈過去は過去のこと、水に流して、という言葉が心から嫌いだった。過去は今に繋がっているし、今は未来に繋がっている。記憶喪失にでもならない限り、父親と母親の記憶は永遠に僕のなかから消えてはいかない。そのことが、二十八になっても歯がゆかった。〉

史也の少年時代はまだ続いている。血にまみれた十三歳までの記憶は、二十八歳になったいまも拭えていない。

しかし、彼は今日まで生きてきた。必死に生き延びる中で見つけたのは、いくつかのささやかな出会いだ。

それぞれが大小の悩みを抱え、自らも決して強者ではない。そんな彼女ら、彼らとの出会いを経ても、史也の傷が簡単に癒えるわけではないけれど、そうした一つ一つの出会いもまた確実に未来へと通じていた。

そして、史也を〈世界の外側にひっぱりだそうとする人間〉が現れる。「生まれた家でなにかあった人間ってあたし、すぐにわかるんだよね」と言ってはばからない梓である。

ここから二人はお互いのか細い手を取り合って、それまで直視してこなかったそれぞれの過去と対峙《たいじ》していく。

生皮を剝《は》ぐかのような痛みの伴う彼らの旅に、読者も心臓をちりちりとさせながらつき合うことになる。

そうして辿《たど》り着いた青森で、深い森の中にたたずむ洋風の、ちょっと変わった家で、再び史也が父と相対したとき、僕はそれまで悪漢としてしか存在していなかった父親という人間に対してはじめて思いを巡らせた。

それはきっと史也自身がはじめて父を想像したからだ。

父親はあいかわらず「怪物」のままだったし、「憎しみ」は心に滲んでいる。それでも、史也は梓の体を抱きしめた。

簡単に許せるわけがない。そんな史也の気持ちに同調しながら、血なまぐさい少年時代から彼が半歩だけ逃れた瞬間と感じられ、すっと心が軽くなった。

この物語には、たくさんの祈りの声が溢れている。

そしてもう一つ、本作を彩る大切なキーワードがある。それは「希望」だ。

最初に読んだときも、二度目も、僕は同じ箇所で「おやっ」と感じた。

それは第五章〈新月／見出《みいだ》すもの、見出されるもの〉の2節にある以下の文章と、そこから始まるさらなる物語だ。

〈僕らの最低最悪な子ども時代がやっと終わったのだ。そう思うと、あの家のことが脳裏をかすめた。いつか一人であの家に行かなくてはならない。あの家の最後を見て、僕らはやっとサバイブできた、と思えるのではないかと、そんな気がした。〉

自宅アパート近くの寂れた居酒屋で、ともにここまで生き延びてきた妹・千尋と、史也が言葉を交わす場面だ。

かつては酒そのものを憎んだこともあるはずの二人が、しみじみと飲み交わすシーンはとても美しく、充分にカタルシスを得られた。いずれの読書でも、僕はここで物語が閉じられるのが自然だと感じた。

ならば、そこから三十三ページという決して少なくない分量を使って、窪さんは何を綴《つづ》ろうとしたのだろう。

蛇足であるはずがない。それこそが希望なのだと僕は思う。

生き延びた先にはきっと希望が待っている。

そう提示する必要が著者にはあったのではないだろうか。少なくともこのラストの三十三ページこそが本作の一番の特長であり、最大の魅力であると僕は捉えた。

彼らの旅につき合ってきて良かったと穏やかに思えた。

小説は決して高尚なものではない。もっとも手軽な娯楽であり、すべての人に開かれたエンターテインメントだ。高尚なものであるはずがない。

本気でそう信じている一方で、いいものを書いたからといって簡単に多くの人に届くものではないことを僕たちは痛いほど知っている。

でも、どうしても届いてほしい読者はいる。

〈「あたしたちみたいな子ども時代を過ごしている子どもがどこかにまだいるんだよね」

梓が僕の体を抱きしめる。

「その子たちが今夜だけでも、穏やかに眠れるといいね」〉

この物語を必要としている人に、その周囲にいる人たちに、どうかこの本が届きますように。

（はやみ　かずまさ／小説家）

謝辞

本作の執筆に際しまして、カメラマンの木田勝久氏、藤井浩司氏の御両名にお話を伺い、参考とさせていただきました。深く感謝申し上げます。

著者

朔《さく》が満《み》ちる　朝日文庫

2024年7月30日　第1刷発行

著　者　窪《くぼ》　美《み》澄《すみ》

発行者　宇都宮健太朗
発行所　朝日新聞出版
〒104-8011　東京都中央区築地5-3-2
電話　03-5541-8832（編集）
03-5540-7793（販売）
印刷製本　大日本印刷株式会社

Published in Japan by Asahi Shimbun Publications Inc.
定価はカバーに表示してあります

ISBN978-4-02-265161-7

窪　美澄
クラウドクラスターを愛する方法
「母親に優しくできない自分に、母親になる資格はあるのだろうか」。家族になることの困難と希望を描くみずみずしい傑作。《解説・タナダユキ》

角田　光代
坂の途中の家
娘を殺した母親は、私かもしれない。社会を震撼させた乳幼児の虐待死事件と〈家族〉であることの光と闇に迫る心理サスペンス。《解説・河合香織》

小川　洋子
ことり
《芸術選奨文部科学大臣賞受賞作》
人間の言葉は話せないが小鳥のさえずりを理解する兄と、兄の言葉を唯一わかる弟。慎み深い兄弟の一生を描く、著者の会心作。《解説・小野正嗣》

村田　沙耶香
しろいろの街の、その骨の体温の
《三島由紀夫賞受賞作》
クラスでは目立たない存在の、小学四年と中学二年の結佳を通して、女の子が少女へと変化する時間を丹念に描く、静かな衝撃作。《解説・西加奈子》

西　加奈子
ふくわらい
《河合隼雄物語賞受賞作》
不器用にしか生きられない編集者の鳴木戸定は、自分を包み込む愛すべき世界に気づいていく。第一回河合隼雄物語賞受賞作。《解説・上橋菜穂子》

柚木　麻子
嘆きの美女
見た目も性格も「ブス」、ネットに悪口ばかり書き連ねる耶居子は、あるきっかけで美人たちと同居するハメに……。《解説・黒沢かずこ（森三中）》

朝日文庫

伊坂 幸太郎
ガソリン生活
望月兄弟の前に現れた女優と強面の芸能記者⁉ 次々に謎が降りかかる、仲良し一家の冒険譚! 愛すべき長編ミステリー。《解説・津村記久子》

湊 かなえ
物語のおわり
悩みを抱えた者たちが北海道へひとり旅をする。道中に手渡されたのは結末の書かれていない小説だった。本当の結末とは——。《解説・藤村忠寿》

綿矢 りさ
私をくいとめて
黒田みつ子、もうすぐ三三歳。「おひとりさま」生活を満喫していたが、あの人が現れ、なぜか気持ちが揺らいでしまう。《解説・金原ひとみ》

森見 登美彦
聖なる怠け者の冒険
《京都本大賞受賞作》
宵山で賑やかな京都を舞台に、全く動かない主人公・小和田君の果てしなく長い冒険が始まる。著者による文庫版あとがき付き。

横山 秀夫
震度0《ゼロ》
阪神大震災の朝、県警幹部の一人が姿を消した。失踪を巡り人々の思惑が複雑に交錯する。組織の本質を鋭くえぐる長編警察小説。

中山 七里
闘う君の唄を
新任幼稚園教諭の喜多嶋凜は自らの理想を貫き、周囲から認められていくのだが……。どんでん返しの帝王が贈る驚愕のミステリ。《解説・大矢博子》

今村　夏子
星の子
《野間文芸新人賞受賞作》

病弱だったちひろを救いたい一心で、両親は「あやしい宗教」にのめり込み、少しずつ家族のかたちを歪めていく……。《巻末対談・小川洋子》

江國　香織
いつか記憶からこぼれおちるとしても

私たちは、いつまでも「あのころ」のままだ――。少女と大人のあわいで揺れる一七歳の孤独と幸福を鮮やかに描く。《解説・石井睦美》

恩田　陸
錆びた太陽

立入制限区域を巡回する人型ロボットたちの前に国税庁から派遣されたという謎の女が現れた！　その目的とは？《解説・宮内悠介》

井上　荒野
あちらにいる鬼

小説家の父、美しい母、そして瀬戸内寂聴をモデルに、逃れようもなく交じりあう三人の〈特別な関係〉を描き切った問題作。《解説・川上弘美》

小説トリッパー編集部編
20の短編小説

人気作家二〇人が「二〇」をテーマに短編を競作。現代小説の最前線にいる作家たちのエッセンスが一冊で味わえる、最強のアンソロジー。

梨木　香歩
f植物園の巣穴

歯痛に悩む植物園の園丁は、ある日巣穴に落ちて……。動植物や地理を豊かに描き、埋もれた記憶を掘り起こす著者会心の異界譚。《解説・松永美穂》

ドナルド・キーン著／金関　寿夫訳

このひとすじにつながりて

私の日本研究の道

京での生活に雅を感じ、三島由紀夫ら文豪と交流した若き日の記憶。米軍通訳士官から日本研究者に至るまでの自叙伝決定版。《解説・キーン誠己》

佐野　洋子

役にたたない日々

料理、麻雀、韓流ドラマ。老い、病、余命告知——。淡々かつ豪快な日々を綴った超痛快エッセイ。人生を巡る名言づくし！《解説・酒井順子》

深代　惇郎

深代惇郎の天声人語

七〇年代に朝日新聞一面のコラム「天声人語」を担当、読む者を魅了しながら急逝した名記者の天声人語ベスト版が新装で復活。《解説・辰濃和男》

本多　勝一

〈新版〉日本語の作文技術

世代を超えて売れ続けている作文技術の金字塔が、三三年ぶりに文字を大きくした〈新版〉に。わかりやすい日本語を書くために必携の書。

群　ようこ

ゆるい生活

ある日突然めまいに襲われ、訪れた漢方薬局。お菓子禁止、体を冷やさない、趣味は一日ひとつなど、約六年にわたる漢方生活を綴った実録エッセイ。

山里　亮太

天才はあきらめた

「自分は天才じゃない」。そう悟った日から地獄のような努力がはじまった。どんな負の感情もガソリンにする、芸人の魂の記録。《解説・若林正恭》